文 史 哲 通 识 读 本 丛 书

廖祥忠 | 总主编

中国现代文学
通 识 读 本

温儒敏 ◎ 主编

中国传媒大学出版社
·北京·

总 序

一、缘起

近年来，全国艺术类院校招生火爆，确实发现了不少好苗子。但大家也普遍感到很多学生文化素养亟待提高，创作出来的文艺作品比较肤浅，缺少深刻的内涵，有数量缺质量，有“高原”缺“高峰”。经过长时间的思考，我们认为原因主要有以下三点；一是生活阅历不够，没有积淀；二是文史哲的根基没有，或者很少；三是我们的教育也没有完全回应中华优秀传统文化的传承问题，绳短不能汲深井，浅水难以负大舟。

习近平总书记高度重视中华优秀传统文化，并将其作为治国理政的重要思想文化资源。他强调，中华优秀传统文化是中华民族的突出优势，是我们在世界文化激荡中站稳脚跟的根基。实现中华民族伟大复兴，必须结合新的时代条件传承和弘扬中华优秀传统文化。他强调，大学教育要“坚持立德树人，遵循教育规律，弘扬优良传统，扎根中国大地办大学”。干什么学什么，缺什么补什么。鉴此，中国传媒大学决定先行先试，在全国启动艺术类招生考试改革。2019 年艺考初试（文化素养基础测试），我们一改以前只考语数英的情况，新增文史哲，让考生二选一。当年有约10万艺考生，竟然近一半选择了文史哲，出乎我们的预料，也在全国引起了积极的反响。

怎样才能更好地抓住文史哲艺考这个“牛鼻子”，切实提高广大艺术类考生的文化素养？我们决定实施通识教育发展三步走战略：一是五湖四海，聘请名师名家，打造一流的文史哲通识教材；二是组建通识教育中心，以阳明书院为依托，以融媒体为手段，用人文素养修身，引导学生从中华优秀传统文化中汲取养分；三是以落地、落实新文科建设为目标，逐步建立和完善大学本科教育的文史哲知识体系及教育体系模块。近期的任务，是对艺术类考试全面改革，从2020年起，艺术类考生必须通过文史哲的考试这一关。

二、问道

打造一流的文史哲通识教材谈何容易！为此，学校多次召开专题会议，确定了“双一流”目标：一流的作者、一流的质量。

作为一校之长，我深感责任重大。我把目光聚焦到了百年名校北京大学。2019年6月26日，我和出版社曾白凌、蔡开松等同志一起前往该校，专程拜访了文史哲方面的著名学者李中华先生、温儒敏先生、张帆先生，畅谈对新文科建设的设想，交流对文史哲通识教材的看法。

北京大学哲学系博士生导师、中国哲学暨文化研究所所长、中国文化书院副院长李中华先生强调，文史哲通识教育不仅是一种文化知识的学习，更是一种文化精神的熏陶和传承。在学习中国传统文化和历史中，重要的一点是要把自己放进去，思考自己该怎么做。正如《论语》中所说：“古之学者为己，今之学者为人。”通识教材的文史哲内容不能停留在泛泛而谈的概论上。现在讲国学，核心是要解决我们内在的思想、修为和精神，这是文史哲通识教育的立足点和出发点。

北京大学语文教育研究所荣誉所长、中小学语文统编教材总主编、国家级高校教学名师温儒敏教授表示，中国传媒大学能够直接抓文史哲教材，考虑具体的事情，很难，也很难得，他积极支持。他认为考试是个指挥棒，这么多艺考生，如果中国传媒大学能带个头，带好这个头，寻找一种可行的模式，把基础教育、文化考试和思想教育、文化素养结合起来，可以说是功德无量的事情。他认为一定要建设一支高素质的教师队伍，带领学生通读、精读传统文化和世界经典原著。要先开设课程，让学生在通识教育的基础上走向经典阅读的提高过程。通识教材要在“通”字上下功夫、做文章，要打破专业的局限和条条框框，使文史哲成为不同学科都能融会贯通的基础知识教育。优秀的文艺人才、优秀的文艺作品必然与世界接轨和同步，所以，文史哲不仅要有中国传统文化的内容，也要有世界文化的精华。

北京大学历史学系主任、教育部“九五”规划教材《中国古代简史》作者张帆教授认为，通识教材要有大历史观。要在结构和体例上有创新和突破，以时间和朝代为经线，通过概论、重大事件、重要人物等有机组成部分，使历史能够全景、重点、形象地展现出来。

教授们的讲话我非常认同，也深受感动。于是我趁热打铁，当场邀请在座的名师名家出山，为中国传媒大学通识教育中心站台助阵，为传媒人传道授业解惑。教授们欣然接受了邀请。

同年12月25日上午，中国传媒大学通识教育中心成立，教授们如约前来，令人感动。尤其是李中华教授，凌晨四点从外地赶回北京，九点准时莅会，殊出意料；发完言，身体实在难以支撑，不得不提前离会，让我深感内疚。这也说明老先生对通识教育是多么重视！

会上，教授们再次就通识教育发表真知灼见。

李中华教授指出，老子讲“不出户知天下”，当今社会，传媒进入到我们每一个人的生活里。传媒对人心的塑造是一种无形的力量、软性的力量、很难量化的力量。培养什么样的人来做传媒，关系到国家和民族的命运。通识教育可以借助现代传媒的力量,传媒人尤其要重视人文素养的养成与提升。我们愿意为学校的通识教育作出努力。

温儒敏教授指出,通识教育应该注重三点:一是注重全人教育,全人教育就是正常的人格教育;二是注重博雅教育,培养更高一点的优美情感、审美情趣;三是注重专业教育,但在专业教育的过程中不应该忘记通识教育,要让专业教育和通识教育水乳交融。最重要的还是要让学生读书,比如挑选20种中外的、古典的最精要的书,让大家从中再挑选5种读,效果比请人做讲座好得多。

葛晓音教授在上一次拜访时因身体不适而未晤面,这次拨冗出席,并结合自己多年的教学实践,提出古代文学教育的三个层次:一是把握古代文学的基本知识,提高阅读古代文学作品的能力和文字表达的能力;二是提高文学感悟的能力,培养健康纯正的审美趣味;三是以古代文学的精华滋养心灵,提升精神境界,培养高尚的情操和健全的人格。

张帆教授从当前历史学科教育出发,指出通识教育不仅可以让学生立体地而不是平面地、多线条地而不是单线条地看待历史,而且也可以培养学生养成读史的习惯,提高史学素养和历史意识。

会上,四位教授言我所未言,见我所未见,面聆謦欬,如沐春风,我感受到了真正的大家风范。如何搞好通识教育,尤其是如何搞好通识教育基础性工程的建设,打造能经得起各方检验的文史哲通识教材,我的脑海里慢慢有了清晰的思路。

三、布局

在多方征求意见后,我们确定了丛书名:"文史哲通识读本丛书",拟在2020年10月之前出齐《中国历史通识读本》《中国哲学史通识读本》《中国古代文学通识读本》《中国现代文学通识读本》这四本书。

接下来,我们进一步确定了如下撰稿原则:一是坚持立德树人的原则,以文化人,以文育人。二是书稿内容要求全面、系统、权威。“全面”是指知识构架不要有大的缺失,重要内容不要有大的遗漏。“系统”是指要注意知识的系统性、连贯性、一致性。“权威”是指材料的认可度高,所举案例,要么是经典性案例,要么是有典型意义的、有说服力的最新案例;并且,观点必须是权威的、为大家所公认的,不成熟的观点,或者不为大多数人所接受的观点,不宜收入。三是这套书不是研究性著作,而是通识读本,所以,行文要文笔流畅,通俗易懂;少用生僻的字词句,不用过于哲理化的弯弯绕的文字;要尽量使用陈述句,用字简省,表意准确,叙述概念、原理时尤应如此,以便学生爱读易记。四是应突出新文科的特点。“新文科”相对于传统文科而言,指进行学科重组、文理交叉,即把科学技术融入哲学、历史、文学等课程中,为学生提供综合性的跨学科学习。

四、希望

在2020年3月12日举行的全国高校艺术类专业考试招生工作视频会议上,我向全国高校介绍了我校艺术类招生考试改革举措及经验,得到教育部翁铁慧副部长的高度赞扬和充分肯定。这既是对我校大力推进艺考改革、取得成效的充分认可,也是对我校勇于担当、敢于实践探索的极大鼓励,令人振奋!

艺术生是文化建设的新生力量、战略储备,艺术生的文化素养决定了他们的创作水平,会影响一代甚至几代人,会影响我们的未来。艺考的导向有问题,教材、参考书不好,会误大事、出大问题。习近平总书记语重心长地说:“优秀传统文化是一个国家、一个民族传承和发展的根本,如果丢掉了,就割断了精神命脉。”文史哲是中国文化的精髓所在,根脉所系,灵魂所附,内容经过了时间的过滤、历史的淬炼,才得以一代一代传下来。作为教育部新文科建设工作组副组长,我要站在新文科建设的高度，为提升艺考生的文化素养而努力。我们甚至设想，艺考时要考文史哲，艺考生招进来后，一、二年级还要系统地学习文史哲的基础知识，并加大对原著的阅读量，回望所来的未知，汲取往圣的智慧，为同学们将来的发展培元固本，强基铸魂。为此，中国传媒大学成立了“通识教育中心”，为有力、有恒、有制地进行通识教育做了机构性设置。不仅如此，在我校涉及招生、培养、学位、质量监控、学科专业等各个方面的研究教育综合改革中，我们在不少专业的招生中也更注意对文史哲的知识理解，对通识的贯通性认识。而且，我们特别重视对写作能力的考察，在培养环节中增加了相应课程，供大家选择。总之，我希望同学们真正学好这些课程，切实提高道德修养和人文素养，出口成诵，下笔成章，真正做到习近平总书记所说：“学以益智，学以励志，学以立德，学以修身。”让包含“忠诚、自信、包容、竞先”文化基因的新中传精神广泛传播，嵌入中传人的精神家园。请同学们一定要记住：“每一个不曾阅读的日子，都是对大学的辜负。”

古人说，作始也简，将毕也钜。我们先推出四种，待取得经验后，再推出《世界历史通识读本》《西方哲学史通识读本》《西方文学通识读本》等通识教材，让学子们既守故垒，兼通中西。

想法虽好，然孜孜汲汲，如琢如磨，奉献在您面前的这套教材成色如何，能否契合初心，说实话，我们没有把握，可谓战战兢兢，如临深渊，如履薄冰。所以，书中如有不妥及错讹处，希望您不吝赐教，我们一定俯身倾听，及时修正，使这套通识教材日臻完善。

是为序。

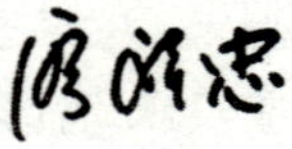

〔廖祥忠，中国传媒大学党委书记、校长，教育部新文科建设工作组副组长，
教育部高等学校动画、数字媒体专业教学指导委员会主任委员〕

前 言

中国现代文学，指的是在"五四"新文化运动前后兴起，至今仍在发展之中的文学。现代文学的"现代"，是时间概念，也是文学形式与内容的定位。现代文学，就是用现代的文学语言和形式表达现代人思想情感的文学。伴随100多年来中国社会巨大而激烈的变革，现代作家感时忧国，记录和表达了这一历史进程中人们的思想感情。100多年的历练，现代文学已经积淀了自己的传统，它的语言、形式，以及所表达的内容，明显区别于古代文学，更能适应现代社会生活，为人们所广泛享用。我们讲继承优秀的传统文化，主要是指古代文化，同时也应当包括现代文化、革命文化，包括现代文学。为青少年编一本《中国现代文学通识读本》，正是出于这一考虑，希望年轻的读者能在较短时间内，接触一些现代文学经典作品，多少了解现代文学的历史与传统。

坊间已经有各种各样的现代文学史，一般都注重文学发展历史过程的叙述，偏于对文学史现象和作家地位的论评。而本书的编法不同，它不是文学史的简缩本，不希望系统展现文学史的线索，也不打算全面评价作家作品，而是将重点放在作品的"导读"上。书中选收了十多部代表性作品，帮助读者去阅读和鉴赏，以点带面，获取“现代文学传统”的初步印象，提高文学阅读、欣赏和分析的水平，锻炼直觉思维、形象思维和逻辑思维的能力，助力于立德树人。

读本分两部分。第一部分是主要的，采用作品选文加“导读”的体例，选择18家现代作家的作品。选择标准是文学史上有定评的名家，而且大都是中学语文课上曾经收进过的作品，或者教学中曾经涉及的作家。18家是：鲁迅、郭沫若、茅盾、巴金、老舍、曹禺、沈从文、艾青、张爱玲、穆旦、赵树理、汪曾祺、王蒙、路遥、陈忠实、海子、贾平凹和莫言。

配合作品选文，有作家的简介，重点介绍其创作特色与文学史地位。而“导读”主要是提示性的，包括阅读的重点、难点、方法，以及阅读中可能碰到的问题等。另外，每一章设计两道思考题。这些题的功能主要是引导阅读思考，梳理阅读的印象与感受，探究文学性阅读应当掌握的某些方法等。学习这个读本，最重要的还是阅读作品，理解作品的内容，获取审美感受，探究阅读的方法。限于篇幅，读本所选作品很多都是节选。读者最好能把原作找来，整本书阅读，以便全面领悟经典的魅力。

读本的第二部分，是有关现代文学的基本知识介绍。采取类似条目的写法，言简意赅，侧重知识性了解，不求文学史的系统呈现。包括：1.“五四”新文化运动和文学革命；2.初期新文学社团和流派；3.初期的新文学创作；4.左翼文学；5.京派与海派；6.20世纪30年代的文学创作；7.抗战时期的文学创作；8.新感觉派；9.中国新诗派；10.解放区文学；11.共和国初期的文学；12.红色文学经典；13.新时期文学；14.朦胧诗；15.寻根文学；16.现代派文学；17.先锋小说；18.“女性文学”创作；19.市场背景下的文学生产；20.20世纪90年代以来的大众文学；21.网络文学；22.田汉的戏剧创作；23.欧阳予倩的戏剧、电影创作；24.夏衍的话剧、电影创作；25.影视文学。

这个读本的编写是中国传媒大学校长廖祥忠教授提议和促成的，北京大学和中国传媒大学的学者共同完成了编写工作。

分工是：

温儒敏（北京大学教授）拟定全书大纲、样章并统稿（修改或重写各章节），编写前言，鲁迅、陈忠实2章，以及“五四”新文化运动和文学革命，田汉的戏剧创作，欧阳予倩的戏剧、电影创作，夏衍的话剧、电影创作等4节。

邵燕君（北京大学教授）编写汪曾祺、王蒙、路遥、海子、贾平凹、莫言等6章，以及共和国初期的文学、红色文学经典、新时期文学、朦胧诗、寻根文学、现代派文学、先锋小说、“女性文学”创作、市场背景下的文学生产、20世纪90年代以来的大众文学、网络文学等11节。

逄增玉（中国传媒大学教授）编写茅盾、老舍2章，以及左翼文学、新感觉派等2节。

乐琦（中国传媒大学教授）编写张爱玲1章，以及抗战时期的文学创作、影视文学等2节，并负责全书选文版本的选荐、参考书目的编制等工作。

颜浩（中国传媒大学教授）编写郭沫若、巴金2章，以及初期新文学社团和流派、初期的新文学创作、20世纪30年代的文学创作等3节。

凌云岚（中国传媒大学副教授）编写曹禺、沈从文、赵树理3章，以及解放区文学1节。

陈爱中（哈尔滨师范大学教授）编写艾青、穆旦2章，以及京派与海派、中国新诗派2节。

彭明哲、江力负责本书编写、出版的组织统筹工作。

最后需要特别说明的是，选文基本遵循“文从主人”的原则，根据版本和发表年代不同，保留了当时的风貌，比如鲁迅的作品。但是鉴于语言文字规范的历时原因，比如个别异体字已经不用，或者个别以前的用法和现有的规范出入较大等，为了不给读者的阅读造成困惑，在编辑加工的过程中，我们进行了修正。

温儒敏

2020 年 2 月 21 日

目录

CONTENTS

上编

名家名作

第一章　鲁　迅

鲁迅(1881—1936),20世纪中国伟大的文学家与思想家。从小受传统文化与民间文化的熏陶,青年时期在南京求学,后到日本留学,广泛接触了西方文化,在经历了从19世纪末开始的中国社会、思想、文化的巨大变迁以后,逐渐形成了自己的独立思想。鲁迅笔耕一生,留下了大量著述,主要有短篇小说集《呐喊》《彷徨》《故事新编》,散文诗集《野草》,散文集《朝花夕拾》,杂文集《热风》《坟》《华盖集》《华盖集续编》《而已集》《南腔北调集》《三闲集》《二心集》《准风月谈》《伪自由书》《集外集》《花边文学》《且介亭杂文》《且介亭杂文二集》《且介亭杂文末编》《集外集拾遗》,以及书信集《两地书》。此外,还写有《中国小说史略》《汉文学史纲要》等学术著作。

鲁迅对中国文化有极深入的理解,他以现代的眼光去重新"发现"传统文化的得失,批判落后的"国民性"。鲁迅那种批判性的思考方式,对于我们思想力的培养有很大助益。而要学会写文章,特别是学习文字运用的灵活、深刻、幽默,鲁迅也提供了范本。

鲁迅堪称现代中国的民族魂,他的精神深刻地影响着他的读者,包括一代又一代的中国作家和知识分子。鲁迅极富创造力与想象力的文学创作,则为中国现代文学的发展奠定了深厚的基础。大多数中国现代作家都是在鲁迅开创的基础上,发展了不同的文学风格体式。鲁迅同时又是

20世纪世界文化巨人之一。他与20世纪所有的世界杰出的思想家与文学家一样，在关注本民族发展的同时，也在关注与思考人类共同面临的问题，并做出了自己的独特贡献。

《阿Q正传》共九章，这里选的是第二、三章。

阿Q正传（节选）[①]

第二章　优胜记略

阿Q不独是姓名籍贯有些渺茫，连他先前的“行状”也渺茫。因为未庄的人们之于阿Q，只要他帮忙，只拿他玩笑，从来没有留心他的“行状”的。而阿Q自己也不说，独有和别人口角的时候，间或瞪着眼睛道：

“我们先前——比你阔的多啦！你算是什么东西！”

阿Q没有家，住在未庄的土谷祠里；也没有固定的职业，只给人家做短工，割麦便割麦，舂米便舂米，撑船便撑船。工作略长久时，他也或住在临时主人的家里，但一完就走了。所以，人们忙碌的时候，也还记起阿Q来，然而记起的是做工，并不是“行状”；一闲空，连阿Q都早忘却，更不必说“行状”了。只是有一回，有一个老头子颂扬说：“阿Q真能做！”这时阿Q赤着膊，懒洋洋的瘦伶仃的正在他面前，别人也摸不着这话是真心还是讥笑，然而阿Q很喜欢。

阿Q又很自尊，所有未庄的居民，全不在他眼睛里，甚而至于对于两位“文童”也有以为不值一笑的神情。夫文童者，将来恐怕要变秀才者也；赵太爷钱太爷大受居民的尊敬，除有钱之外，就因为都是文童的爹爹，而阿Q在精神上独不表格外的崇奉，他想：我的儿子会阔得多啦！加以进了几回城，阿Q自然更自负，然而他又很鄙薄城里人，譬如用三尺长三寸

① 鲁迅. 鲁迅全集[M]. 北京：人民文学出版社，1981.

宽的木板做成的凳子，未庄人叫“长凳”，他也叫“长凳”，城里人却叫“条凳”，他想：这是错的，可笑！油煎大头鱼，未庄都加上半寸长的葱叶，城里却加上切细的葱丝，他想：这也是错的，可笑！然而未庄人真是不见世面的可笑的乡下人呵，他们没有见过城里的煎鱼！

阿Q“先前阔”，见识高，而且“真能做”，本来几乎是一个“完人”了，但可惜他体质上还有一些缺点。最恼人的是在他头皮上，颇有几处不知起于何时的癞疮疤。这虽然也在他身上，而看阿Q的意思，倒也似乎以为不足贵的，因为他讳说“癞”以及一切近于“赖”的音，后来推而广之，“光”也讳，“亮”也讳，再后来，连“灯”“烛”都讳了。一犯讳，不问有心与无心，阿Q便全疤通红的发起怒来，估量了对手，口讷的他便骂，气力小的他便打；然而不知怎么一回事，总还是阿Q吃亏的时候多。于是他渐渐的变换了方针，大抵改为怒目而视了。

谁知道阿Q采用怒目主义之后，未庄的闲人们便愈喜欢玩笑他。一见面，他们便假作吃惊的说：

“哙，亮起来了。”

阿Q照例的发了怒，他怒目而视了。

“原来有保险灯在这里！”他们并不怕。

阿Q没有法，只得另外想出报复的话来：

“你还不配……”这时候，又仿佛在他头上的是一种高尚的光荣的癞头疮，并非平常的癞头疮了；但上文说过，阿Q是有见识的，他立刻知道和“犯忌”有点抵触，便不再往底下说。

闲人还不完，只撩他，于是终而至于打。阿Q在形式上打败了，被人揪住黄辫子，在壁上碰了四五个响头，闲人这才心满意足的得胜的走了，阿Q站了一刻，心里想，“我总算被儿子打了，现在的世界真不像样……”于是也心满意足的得胜的走了。

阿Q想在心里的，后来每每说出口来，所以凡有和阿Q玩笑的人们，几乎全知道他有这一种精神上的胜利法，此后每逢揪住他黄辫子的时候，人就先一着对他说：

“阿Q，这不是儿子打老子，是人打畜生。自己说：人打畜生！”

阿Q两只手都捏住了自己的辫根，歪着头，说道：

“打虫豸，好不好？我是虫豸——还不放么？”

但虽然是虫豸，闲人也并不放，仍旧在就近什么地方给他碰了五六个响头，这才心满意足的得胜的走了，他以为阿Q这回可遭了瘟。然而不到十秒钟，阿Q也心满意足的得胜的走了，他觉得他是第一个能够自轻自贱的人，除了“自轻自贱”不算外，余下的就是“第一个”。状元不也是“第一个”么？“你算是什么东西”呢!?

阿Q以如是等等妙法克服怨敌之后，便愉快的跑到酒店里喝几碗酒，又和别人调笑一通，口角一通，又得了胜，愉快的回到土谷祠，放倒头睡着了。假使有钱，他便去押牌宝，一堆人蹲在地面上，阿Q即汗流满面的夹在这中间，声音他最响：

“青龙四百！”

“咳～～开～～啦！”桩家揭开盒子盖，也是汗流满面的唱。“天门啦～～角回啦～～！人和穿堂空在那里啦～～！阿Q的铜钱拿过来～～！”

“穿堂一百——一百五十！”

阿Q的钱便在这样的歌吟之下，渐渐的输入别个汗流满面的人物的腰间。他终于只好挤出堆外，站在后面看，替别人着急，一直到散场，然后恋恋的回到土谷祠，第二天，肿着眼睛去工作。

但真所谓“塞翁失马安知非福”罢，阿Q不幸而赢了一回，他倒几乎失败了。

这是未庄赛神的晚上。这晚上照例有一台戏，戏台左近，也照例有许多的赌摊。做戏的锣鼓，在阿Q耳朵里仿佛在十里之外；他只听得桩家的歌唱了。他赢而又赢，铜钱变成角洋，角洋变成大洋，大洋又成了叠。他兴高采烈得非常：

"天门两块!"

他不知道谁和谁为什么打起架来了。骂声打声脚步声,昏头昏脑的一大阵,他才爬起来,赌摊不见了,人们也不见了,身上有几处很似乎有些痛,似乎也挨了几拳几脚似的,几个人诧异的对他看。他如有所失的走进土谷祠,定一定神,知道他的一堆洋钱不见了。赶赛会的赌摊多不是本村人,还到那里去寻根柢呢?

很白很亮的一堆洋钱!而且是他的——现在不见了!说是算被儿子拿去了罢,总还是忽忽不乐;说自己是虫豸罢,也还是忽忽不乐:他这回才有些感到失败的苦痛了。

但他立刻转败为胜了。他擎起右手,用力的在自己脸上连打了两个嘴巴,热剌剌的有些痛;打完之后,便心平气和起来,似乎打的是自己,被打的是别一个自己,不久也就仿佛是自己打了别个一般,——虽然还有些热剌剌,——心满意足的得胜的躺下了。

他睡着了。

第三章　续优胜记略

然而阿Q虽然常优胜,却直待蒙赵太爷打他嘴巴之后,这才出了名。

他付过地保二百文酒钱,愤愤的躺下了,后来想:"现在的世界太不成话,儿子打老子……"于是忽而想到赵太爷的威风,而现在是他的儿子了,便自己也渐渐的得意起来,爬起身,唱着《小孤孀上坟》到酒店去。这时候,他又觉得赵太爷高人一等了。

说也奇怪,从此之后,果然大家也仿佛格外尊敬他。这在阿Q,或者以为因为他是赵太爷的父亲,而其实也不然。未庄通例,倘如阿七打阿八,或者李四打张三,向来本不算一件事,必须与一位名人如赵太爷者相关,这才载上他们的口碑。一上口碑,则打的既有名,被打的也就托庇有了名。至于错在阿Q,那自然是不必说。所以者何?就因为赵太爷是不会错的。但他既然错,为什么大家又仿佛格外尊敬他呢?这可难解,穿凿起来说，或者因为阿Q说是赵太爷的本家，虽然挨了打，大家也还怕有些真，总不如尊敬一些稳当。否则，也如孔庙里的太牢一般，虽然与猪羊一样，同是畜生，但既经圣人下箸，先儒们便不敢妄动了。

阿Q此后倒得意了许多年。

有一年的春天，他醉醺醺的在街上走，在墙根的日光下，看见王胡在那里赤着膊捉虱子，他忽然觉得身上也痒起来了。这王胡，又癞又胡，别人都叫他王癞胡，阿Q却删去了一个癞字，然而非常渺视他。阿Q的意思，以为癞是不足为奇的，只有这一部络腮胡子，实在太新奇，令人看不上眼。他于是并排坐下去了。倘是别的闲人们，阿Q本不敢大意坐下去。但这王胡旁边，他有什么怕呢？老实说：他肯坐下去，简直还是抬举他。

阿Q也脱下破夹袄来，翻检了一回，不知道因为新洗呢还是因为粗心，许多工夫，只捉到三四个。他看那王胡，却是一个又一个，两个又三个，只放在嘴里毕毕剥剥的响。

阿Q最初是失望，后来却不平了：看不上眼的王胡尚且那么多，自己倒反这样少，这是怎样的大失体统的事呵！他很想寻一两个大的，然而竟没有，好容易才捉到一个中的，恨恨的塞在厚嘴唇里，狠命一咬，劈的一声，又不及王胡响。

他癞疮疤块块通红了，将衣服摔在地上，吐一口唾沫，说：

"这毛虫！"

"癞皮狗，你骂谁？"王胡轻蔑的抬起眼来说。

阿Q近来虽然比较的受人尊敬，自己也更高傲些，但和那些打惯的闲人们见面还胆怯，独有这回却非常武勇了。这样满脸胡子的东西，也敢出言无状么？

"谁认便骂谁！"他站起来，两手叉在腰间说。

"你的骨头痒了么？"王胡也站起来，披上衣服说。

阿Q以为他要逃了，抢进去就是一拳。这拳头还未达到身上，已经被他抓住了，只一拉，阿Q跄跄踉踉的跌进去，立刻又被王胡扭住了辫子，要拉到墙上照例去碰头。

“君子动口不动手！”阿Q歪着头说。

王胡似乎不是君子，并不理会，一连给他碰了五下，又用力的一推，至于阿Q跌出六尺多远，这才满足的去了。

在阿Q的记忆上，这大约要算是生平第一件的屈辱，因为王胡以络腮胡子的缺点，向来只被他奚落，从没有奚落他，更不必说动手了。而他现在竟动手，很意外，难道真如市上所说，皇帝已经停了考，不要秀才和举人了，因此赵家减了威风，因此他们也便小觑了他么？

阿Q无可适从的站着。

远远的走来了一个人，他的对头又到了。这也是阿Q最厌恶的一个人，就是钱太爷的大儿子。他先前跑上城里去进洋学堂，不知怎么又跑到东洋去了，半年之后他回到家里来，腿也直了，辫子也不见了，他的母亲大哭了十几场，他的老婆跳了三回井。后来，他的母亲到处说，“这辫子是被坏人灌醉了酒剪去的。本来可以做大官，现在只好等留长再说了。”然而阿Q不肯信，偏称他“假洋鬼子”，也叫作“里通外国的人”，一见他，一定在肚子里暗暗的咒骂。

阿Q尤其“深恶而痛绝之”的，是他的一条假辫子。辫子而至于假，就是没了做人的资格；他的老婆不跳第四回井，也不是好女人。

这“假洋鬼子”近来了。

“秃儿。驴……”阿Q历来本只在肚子里骂，没有出过声，这回因为正气忿，因为要报仇，便不由的轻轻的说出来了。

不料这秃儿却拿着一支黄漆的棍子——就是阿Q所谓哭丧棒——大踏步走了过来。阿Q在这刹那，便知道大约要打了，赶紧抽紧筋骨，耸了肩膀等候着，果然，拍的一声，似乎确凿打在自己头上了。

“我说他！”阿Q指着近旁的一个孩子，分辩说。

拍！拍拍！

在阿Q的记忆上，这大约要算是生平第二件的屈辱。幸而拍拍的响了之后，于他倒似乎完结了一件事，反而觉得轻松些，而且“忘却”这一件祖传的宝贝也发生了效力，他慢慢的走，将到酒店门口，早已有些高兴了。

但对面走来了静修庵里的小尼姑。阿Q便在平时，看见伊也一定要唾骂，而况在屈辱之后呢？他于是发生了回忆，又发生了敌忾了。

“我不知道我今天为什么这样晦气，原来就因为见了你！”他想。

他迎上去，大声的吐一口唾沫：

“咳，呸！”

小尼姑全不睬，低了头只是走。阿Q走近伊身旁，突然伸出手去摩着伊新剃的头皮，呆笑着，说：

“秃儿！快回去，和尚等着你……”

“你怎么动手动脚……”尼姑满脸通红的说，一面赶快走。

酒店里的人大笑了。阿Q看见自己的勋业得了赏识，便愈加兴高采烈起来：

“和尚动得，我动不得？”他扭住伊的面颊。

酒店里的人大笑了。阿Q更得意，而且为了满足那些赏鉴家起见，再用力的一拧，才放手。

他这一战，早忘却了王胡，也忘却了假洋鬼子，似乎对于今天的一切“晦气”都报了仇；而且奇怪，又仿佛全身比拍拍的响了之后轻松，飘飘然的似乎要飞去了。

“这断子绝孙的阿Q！”远远地听得小尼姑的带哭的声音。

“哈哈哈！”阿Q十分得意的笑。

“哈哈哈！”酒店里的人也九分得意的笑。

导　读

《阿Q正传》1921年发表，近百年来影响巨大。一说“阿Q”或者“阿Q精神”，大家就知道指那种“自欺欺人”的心理。这已经成为带某种象征意味的“共名”，大家平时会很自然地拿这个形象来交流。一部作品刻画的形象能被人们广泛地接受，以至于变成了一个“共名”，这是这部作品非常成功的标志。

《阿Q正传》是中篇小说，情节与结构并不复杂，吸引人的主要是人物。鲁迅是用杂文的笔法来叙述一个小人物的故事，写得很俏皮，又常带点讽刺，人物的性格特征有一种“漫画式”的突出，让人过目不忘。阅读时注意这些特点，看作者如何叙说故事，又如何达到讽刺与幽默的效果。

注意感受和理解阿Q的“精神胜利法”，这是全篇集中要表达的一种精神状态。阿Q处于社会底层，他的人生很失败，没有家，没有职业，甚至没有自己的姓，但是，阿Q要生存，自有他心理上的“平衡”，要靠自我欺骗来粉饰自己，为自己的屈辱辩护。阿Q也有自尊，不过这往往是他的自我虚构和安慰。他的口头禅“我们先前——比你阔的多啦”，就是很可笑的“自慰”，一种自我保护的心理。阿Q的“精神胜利法”又表现为容易忘却和转移，他受到屈辱时便采取这种办法。有时阿Q还自轻自贱，把自己贬到绝路上去。比如他和别人吵架，打不过别人，就骂自己是“虫豸”，祈求饶恕，躲过一劫。这些表现全都是自我欺骗，以心理“造假”获得一种麻木和安慰。当然，这可以从心理学上得到解释，普通人多少都会有点“阿Q”，这是心理调节的本能。但鲁迅刻画“精神胜利法”的本意，是要揭示一种普遍的社会心理，是一种心理类型。阿Q的“精神胜利法”实际上是一种麻木自己、为自己的奴隶地位辩护的心理，鲁迅写阿Q是为了批判落后的“国民性”。

对此要结合《阿Q正传》的写作年代去理解。鲁迅的《阿Q正传》写于“五四”时代，要批判和突破传统的束缚，寻求民族的生路。鲁迅深感那种闭关锁国、夜郎自大的心态，以及愚昧、麻木的“国民性”，是难于应对严酷的国力之争的。因此，民族、国家要复兴，就要改造“国民性”，要“立人”，祛除“阿Q”心态。《阿Q正传》通过对“精神胜利法”的勾画，批判那种动辄以祖业骄人，隐瞒缺陷，制造“奇妙逃路”的社会病态心理，希望能摆脱“瞒和骗”的圈子，克服麻木和惰性，去争取民族复兴。阅读时我们会觉得阿Q可笑，同时又可悲。“阿Q”毕竟是一个底层的子民，鲁迅写他的弱点也是带有同情的，“哀其不幸，怒其不争”。如果我们能读出“可笑”中的“沉重”，那才是得其真味。

读《阿Q正传》，最好能同时想想以前在语文课中学过的鲁迅其他作品，看能否对鲁迅作品的批判力以及表现的深切有更多的体会，这样才能更加理解和接近这位伟大而独特的思想者。

思考题：

1. 通读《阿Q正传》全文，说说你所理解的“阿Q精神”。

2. 找一些相关的研究资料，看看对《阿Q正传》有哪些不同的解释。试举两三种说法，指出其解释的角度和根据，并略加评析。

第二章 郭沫若

郭沫若(1892—1978),著名的诗人、剧作家和历史学家。出生于四川乐山,自幼接受传统文学的熏陶,中学时代开始受到维新思想的影响。1914 年赴日本留学,广泛接触西方文学和文化。他发起成立创造社,是“五四”新文化运动的代表性人物之一。郭沫若于 1919 年开始写作新诗,并在 1921 年出版了诗集《女神》,奠定了其在中国新诗史上的地位。此后创作了大量的诗作,结集出版了《星空》《瓶》《恢复》《战声集》《蜩螗集》等诗集。此外还创作了《三个叛逆的女性》《屈原》《棠棣之花》《虎符》《高渐离》《孔雀胆》《南冠草》等历史剧,出版了小说集《地下的笑声》、文艺论集《天地玄黄》、回忆录《洪波曲》等。郭沫若在历史学、考古学、古文字学等方面也有很深的造诣,新中国成立以后,还担任了中国科学院院长、全国文联主席、全国人大常委会副委员长等重要职务。

郭沫若是具有代表性的现代诗人。在“五四”新文化运动期间,他以富于激情的诗歌创作和丰沛的想象力,开辟了现代自由体新诗的创作风尚,《女神》被赞誉为“暗夜里通红的火把,暮天中雄壮的号角”。与传统诗歌和以胡适为代表的早期白话诗相比,郭沫若的《女神》创造了体现“五四”时代精神的新人形象,在诗体上也实现了突破性的大解放。抗战时期,郭沫若写作的历史剧借古讽今,将批判现实的爱国情怀和浪漫主义风格相结合,开创了现代性与民族性并存的文学道路。

这里选的是郭沫若的《炉中煤》。

炉中煤[①]

——眷念祖国的情绪

啊，我年青的女郎！
我不辜负你的殷勤，
你也不要辜负了我的思量。
我为我心爱的人儿
燃到了这般模样！

啊，我年青的女郎！
你该知道了我的前身？
你该不嫌我黑奴卤莽？
要我这黑奴的胸中，
才有火一样的心肠。

啊，我年青的女郎！
我想我的前身
原本是有用的栋梁，
我活埋在地底多年，
到今朝总得重见天光。

啊，我年青的女郎！
我自从重见天光，
我常常思念我的故乡，
我为我心爱的人儿
燃到了这般模样！

---

① 郭沫若.郭沫若全集：文学编：第1卷[M].北京：人民文学出版社，1982.

导　读

《炉中煤》是郭沫若的《女神》中的一首代表性诗作，创作于1920年1、2月间。当时正在日本留学的郭沫若怀念故土，又因为国家积弱常常受到歧视，因此写作了这样一首充满了爱国主义情绪的诗歌。用他自己的话来说："'五四'以后的中国，在我的心目中就像一位很葱俊的有进取气象的姑娘，她简直就和我的爱人一样。……'眷恋祖国的情绪'的《炉中煤》便是我对于她的恋歌。"这种将祖国比拟成年轻姑娘的想象极具浪漫主义气质，是郭沫若诗作的典型风格，同时也体现出诗人对于"五四"之后中国的新生所寄予的厚望。

整篇诗作采用的也是拟人化的视角，用"我年青的女郎""我心爱的人儿"来象征祖国，而以"炉中煤"的意象来形容自己，用"火一样的心肠"来描述诗人炽热深切的爱国情怀，都是非常贴切而优美的比喻。"炉中煤"的另一层意象便是曾经深埋在地下，这是诗人对于无法自由表达自我的黑暗时代的想象，"我活埋在地底多年，到今朝总得重见天光"，则是"五四"个性解放、张扬个人意志的直接体现。而这个获得新生的个体，怀抱着对于祖国热烈的爱，"燃到了这般模样"。"燃到了这般模样"这个句子出现在诗作的开篇和结尾，以前后对照的方式形成一唱三叹、缠绵悱恻的效果，使得爱国激情在短诗中得到淋漓尽致的体现。

"燃烧"是整部《女神》诗集中较为常见的意象。除了《炉中煤》外，在《天狗》中，气吞宇宙的"天狗"呐喊"我如烈火一样地燃烧"；在《浴海》中，诗人呼吁"趁着我们的血浪还在潮/趁着我们的心火还在烧/快把那陈腐了的旧皮囊/全盘洗掉"。在《凤凰涅槃》中，诗人以凤凰集香木自焚来象征旧世界的毁灭，以"复从死灰中更生"来歌颂新时代的到来。显然，"燃烧"在《女神》中意味着彻底破坏一切陈腐落后的力量，也意味着大胆创造新世界的豪迈气概。类似的意象还有《梅花树下醉歌》中高呼"一切的偶像都在我面前毁破”，《我是个偶像崇拜者》中坦承“我崇拜炸弹，崇拜悲哀，崇拜破坏”，《立在地球边上放号》中对于“不断的毁坏，不断的创造”的自然伟力的赞美，以及《女神之再生》中“待我们新造的太阳出来，要照彻天内的世界，天外的世界”的强大自信。《女神》中这种雄强刚健的气势、张扬恣肆的想象和充满激情的笔调，都是以往的文学史中极为罕见的，彰显出郭沫若浪漫主义诗歌的精神内蕴与现代品格，也体现了富于创造性和战斗性的“五四”时代精神。

思考题：

1. 阅读《炉中煤》，你的第一印象是什么？你是怎样领悟到该诗的含义的？哪一点让你最感动？梳理自己的感受，再回顾一下以前在语文课中学过的郭沫若的作品，结合导读中的提示，说说对郭沫若《女神》浪漫主义诗风的印象。

2. 反复诵读《炉中煤》，体味其想象力和节奏感，想想新诗的语言形式和古典诗词有哪些明显的区别。最好还能设想一下，像《炉中煤》表达的内容和情感，如果改用旧体诗词来表达，会有什么不同的效果。

第三章　茅　盾

茅盾(1896—1981),中国新文学第二个十年出现的最重要的小说作家。原名沈德鸿,字雁冰,浙江省桐乡县乌镇人。第一次大革命失败后,他写成小说《幻灭》,投稿于《小说月报》,署名“矛盾”,被编辑叶圣陶改为“茅盾”。“茅盾”成为他此后最主要的笔名。

茅盾生长于江浙人文昌盛之地,七岁开始接受正规的学校教育,小学时期即善于作文。1916 年北京大学预科毕业后进入上海商务印书馆编译所工作。茅盾在从事文学活动的同时还积极参加社会革命活动。他在 20 世纪 20 年代的文学活动,主要是从事文艺批评和翻译介绍外国文学,发起组织文学研究会和参与《小说月报》的改刊与编辑。在 1927 年以后主要从事文学创作,同时参与 30 年代左翼文学活动和抗战时期的文学活动。其作品主要有中篇小说《幻灭》《动摇》《追求》(《蚀》三部曲),长篇小说《虹》《子夜》《第一阶段的故事》《霜叶红似二月花》《锻炼》《腐蚀》等,短篇小说《林家铺子》《春蚕》《水藻行》等。此外还有散文《白杨礼赞》《风景谈》等,以及大量的文艺理论与批评文章。

茅盾的小说写作形成了带有鲜明个人风格的范式:一是重视题材的社会性、主题的重大性,反映时代全貌及其发展的史诗性,追求巨大的思想深度和广阔的历史内容;二是着重从经济的变动反映都市与乡村的变化,用阶级和阶级斗争理念来观察、分析和表现复杂社会关系中的人物典型，具有鲜明的政治倾向。他的作品通过小说艺术和社会科学的结合，开创了“社会剖析”小说的叙事模式。在人物形象塑造上，茅盾善于描写民族资本家和时代新女性两个系列，在中国现代文学史上独树一帜。在对中国现代小说艺术的发展和创造方面，茅盾做出了多方面的贡献。

以下选收的是茅盾的短篇小说《春蚕》。

春　蚕①

一

老通宝坐在“塘路”边的一块石头上，长旱烟管斜摆在他身边。“清明”节后的太阳已经很有力量，老通宝背脊上热烘烘地，像背着一盆火。“塘路”上拉纤的快班船上的绍兴人只穿了一件蓝布单衫，敞开了大襟，弯着身子拉，额角上黄豆大的汗粒落到地下。

看着人家那样辛苦的劳动，老通宝觉得身上更加热了；热的有点儿发痒。他还穿着那件过冬的破棉袄，他的夹袄还在当铺里，却不防才得“清明”边，天就那么热。

“真是天也变了！”

老通宝心里说，就吐一口浓厚的唾沫。在他面前那条“官河”内，水是绿油油的，来往的船也不多，镜子一样的水面这里那里起了几道皱纹或是小小的涡旋，那时候，倒影在水里的泥岸和岸边成排的桑树，都晃乱成灰暗的一片。可是不会很长久的。渐渐儿那些树影又在水面上显现，一弯一曲地蠕动，像是醉汉，再过一会儿，终于站定了，依然是很清晰的倒影。那拳头模样的桠枝顶都已经簇生着小手指儿那么大的嫩绿叶。这密密层层的桑树，沿着那“官河”一直望去，好像没有尽头。田里现在还只有干裂的泥块，这一带，现在是桑树的势力！在老通宝背后，也是大片的桑林，矮

① 茅盾.茅盾短篇小说集：上[M].北京：人民文学出版社，1980.

矮的，静穆的，在热烘烘的太阳光下，似乎那“桑拳”上的嫩绿叶过一秒钟就会大一些。

离老通宝坐处不远，一所灰白色的楼房蹲在“塘路”边，那是茧厂。十多天前驻扎过军队，现在那边田里留着几条短短的战壕。那时都说东洋兵要打进来，镇上有钱人都逃光了；现在兵队又开走了，那座茧厂依旧空关在那里，等候春茧上市的时候再热闹一番。老通宝也听得镇上小陈老爷的儿子——陈大少爷说过，今年上海不太平，丝厂都关门，恐怕这里的茧厂也不能开；但老通宝是不肯相信的。他活了六十岁，反乱年头也经过好几个，从没见过绿油油的桑叶白养在树上等到成了“枯叶”去喂羊吃；除非是“蚕花”不熟，但那是老天爷的“权柄”，谁又能够未卜先知？

“才得清明边，天就那么热！”

老通宝看着那些桑拳上怒茁的小绿叶儿，心里又这么想，同时有几分惊异，有几分快活。他记得自己还是二十多岁少壮的时候，有一年也是“清明”边就得穿夹，后来就是“蚕花二十四分”，自己也就在这一年成了家。那时，他家正在“发”；他的父亲像一头老牛似的，什么都懂得，什么都做得；便是他那创家立业的祖父，虽说在长毛窝里吃过苦头，却也愈老愈硬朗。那时候，老陈老爷去世不久，小陈老爷还没抽上鸦片烟，“陈老爷家”也不是现在那么不像样的。老通宝相信自己一家和“陈老爷家”虽则一边是高门大户，而一边不过是种田人，然而两家的运命好像是一条线儿牵着。不但“长毛造反”那时候，老通宝的祖父和陈老爷同被长毛掳去，同在长毛窝里混上了六七年，不但他们俩同时从长毛营盘里逃了出来，而且偷得了长毛的许多金元宝——人家到现在还是这么说；并且老陈老爷做丝生意“发”起来的时候，老通宝家养蚕也是年年都好，十年中间挣得了二十亩的稻田和十多亩的桑地，还有三开间两进的一座平屋。这时候，老通宝家在东村庄上被人人所妒羡，也正像“陈老爷家”在镇上是数一数二的大户人家。可是以后，两家都不行了；老通宝现在已经没有自己的田地，反欠出三百多块钱的债，“陈老爷家”也早已完结。人家都说“长毛鬼”在阴间告了一状，阎罗王追还“陈老爷家”的金元宝横财，所以败的这么快。这个，老通宝也有几分相信：不是鬼使神差，好端端的小陈老爷怎么会抽上了鸦片烟？

可是老通宝死也想不明白为什么“陈老爷家”的“败”会牵动到他家。他确实知道自己家并没得过长毛的横财。虽则听死了的老头子说，好像那老祖父逃出长毛营盘的时候，不巧撞着了一个巡路的小长毛，当时没法，只好杀了他，——这是一个“结”！然而从老通宝懂事以来，他们家替这小长毛鬼拜忏念佛烧纸锭，记不清有多少次了。这个小冤魂，理应早投凡胎。老通宝虽然不很记得祖父是怎样“做人”，但父亲的勤俭忠厚，他是亲眼看见的；他自己也是规矩人，他的儿子阿四，儿媳四大娘，都是勤俭的。就是小儿子阿多年纪青，有几分“不知苦辣”，可是毛头小伙子，大都这么着，算不得“败家相”！

老通宝抬起他那焦黄的皱脸，苦恼地望着他面前的那条河，河里的船，以及两岸的桑地。一切都和他二十多岁时差不了多少，然而“世界”到底变了。他自己家也要常常把杂粮当饭吃一天，而且又欠出了三百多块钱的债。

呜！呜，呜，呜——

汽笛叫声突然从那边远远的河身的弯曲地方传了来。就在那边，蹲着又一个茧厂，远望去隐约可见那整齐的石“帮岸”。一条柴油引擎的小轮船很威严地从那茧厂后驶出来，拖着三条大船，迎面向老通宝来了。满河平静的水立刻激起泼剌剌的波浪，一齐向两旁的泥岸卷过来。一条乡下“赤膊船”赶快拢岸，船上人揪住了泥岸上的树根，船和人都好像在那里打秋千。轧轧轧的轮机声和洋油臭，飞散在这和平的绿的田野。老通宝满脸恨意，看着这小轮船来，看着它过去，直到又转一个弯，呜呜呜地又叫了几声，就看不见。老通宝向来仇恨小轮船这一类洋鬼子的东西！他从没见过洋鬼子，可是他从他的父亲嘴里知道老陈老爷见过洋鬼子：红眉毛，绿眼睛，走路时两条腿是直的。并且老陈老爷也是很恨洋鬼子，常常说“铜钿都被洋鬼子骗去了”。老通宝看见老陈老爷的时候，不过八九岁，——现在他所记得的关于老陈老爷的一切都是听来的，可是他想起了“铜钿都被洋鬼子骗去了”这句话，就仿佛看见了老陈老爷捋着胡子摇头的神气。

洋鬼子怎样就骗了钱去，老通宝不很明白。但他很相信老陈老爷的话一定不错。并且他自己也明明看到自从镇上有了洋纱，洋布，洋油，——这一类洋货，而且河里更有了小火轮船以后，他自己田里生出来的东西就一天一天不值钱，而镇上的东西却一天一天贵起来。他父亲留下来的一分家产就这么变小，变做没有，而且现在负了债。老通宝恨洋鬼子不是没有理由的！他这坚定的主张，在村坊上很有名。五年前，有人告诉他：朝代又改了，新朝代是要“打倒”洋鬼子的。老通宝不相信。为的他上镇去看见那新到的喊着“打倒洋鬼子”的年青人们都穿了洋鬼子衣服。他想来这伙年青人一定私通洋鬼子，却故意来骗乡下人。后来果然就不喊“打倒洋鬼子”了，而且镇上的东西更加一天一天贵起来，派到乡下人身上的捐税也更加多起来。老通宝深信这都是串通了洋鬼子干的。

然而更使老通宝去年几乎气成病的，是茧子也是洋种的卖得好价钱；洋种的茧子，一担要贵上十多块钱。素来和儿媳总还和睦的老通宝，在这件事上可就吵了架。儿媳四大娘去年就要养洋种的蚕。小儿子跟他嫂嫂是一路，那阿四虽然嘴里不多说，心里也是要洋种的。老通宝拗不过他们，末了只好让步。现在他家里有的五张蚕种，就是土种四张，洋种一张。

“世界真是越变越坏！过几年他们连桑叶都要洋种了！我活得厌了！”

老通宝看着那些桑树，心里说，拿起身边的长旱烟管恨恨地敲着脚边的泥块。太阳现在正当他头顶，他的影子落在泥地上，短短地像一段乌焦木头，还穿着破棉袄的他，觉得浑身燥热起来了。他解开了大襟上的纽扣，又抓着衣角扇了几下，站起来回家去。

那一片桑树背后就是稻田。现在大部分是匀整的半翻着的燥裂的泥块。偶尔也有种了杂粮的，那黄金一般的菜花散出强烈的香味。那边远远地一簇房屋，就是老通宝他们住了三代的村坊，现在那些屋上都袅起了白的炊烟。

老通宝从桑林里走出来，到田塍上，转身又望那一片爆着嫩绿的桑树。忽然那边田野跳跃着来了一个十来岁的男孩子，远远地就喊道：

“阿爹！妈等你吃中饭呢！”

“哦——”

老通宝知道是孙子小宝，随口应着，还是望着那一片桑林。才只得“清明”边，桑叶尖儿就抽得那么小指头儿似的，他一生就只见过两次。今年的蚕花，光景是好年成。三张蚕种，该可以采多少茧子呢？只要不像去年，他家的债也许可以拔还一些罢。

小宝已经跑到他阿爹的身边了，也仰着脸看那绿绒似的桑拳头；忽然他跳起来拍着手唱道：

“清明削口，看蚕娘娘拍手！”①

老通宝的皱脸上露出笑容来了。他觉得这是一个好兆头。他把手放在小宝的“和尚头”上摩着，他的被穷苦弄麻木了的老心里勃然又生出新的希望来了。

二

天气继续暖和，太阳光催开了那些桑拳头上的小手指儿模样的嫩叶，现在都有小小的手掌那么大了。老通宝他们那村庄四周围的桑林似乎发长得更好，远望去像一片绿锦平铺在密密层层灰白色矮矮的篱笆上。“希望”在老通宝和一般农民们的心里一点一点一天一天强大。蚕事的动员令也在各方面发动了。藏在柴房里一年之久的养蚕用具都拿出来洗刷修

---

① 这是老通宝所在那一带乡村里关于“蚕事”的一种歌谣式的成语。所谓“削口”是方言，指桑叶抽发如指；“清明削口”谓清明边桑叶已抽放如许大也。“看”亦是方言，意同“饲”或“育”。全句谓清明边桑叶开绽则熟年可卜，故蚕妇拍手而喜。——作者原注。

补。那条穿村而过的小溪旁边，蠕动着村里的女人和孩子，工作着，嚷着，笑着。

这些女人和孩子都不是十分健康的脸色，——从今年开春起，他们都只吃个半饱；他们身上穿的，也只是些破旧的衣服。实在他们的情形比叫花子好不了多少。然而他们的精神都很不差。他们有很大的忍耐力，又有很大的幻想。虽然他们都负了天天在增大的债，可是他们那简单的头脑老是这么想：只要蚕花熟，就好了！他们想象到一个月以后那些绿油油的桑叶就会变成雪白的茧子，于是又变成丁丁当当响的洋钱，他们虽然肚子里饿得咕咕地叫，却也忍不住要笑。

这些女人中间也就有老通宝的媳妇四大娘和那个十二岁的小宝。这娘儿两个已经洗好了那些"团扁"和"蚕箪"，[①]坐在小溪边的石头上撩起布衫角揩脸上的汗水。

"四阿嫂！你们今年也看（养）洋种么？"

小溪对岸的一群女人中间有一个二十岁左右的姑娘隔溪喊过来了。四大娘认得是隔溪的对门邻舍陆福庆的妹子六宝。四大娘立刻把她的浓眉毛一挺，好像正想找人吵架似的嚷了起来：

"不要来问我！阿爹做主呢！——小宝的阿爹死不肯，只看了一张洋种！老糊涂的听得带一个洋字就好像见了七世冤家！洋钱，也是洋，他倒又要了！"

小溪旁那些女人听得笑起来了。这时候有一个壮健的小伙子正从对岸的陆家稻场上走过，跑到溪边，跨上了那横在溪面用四根木头并排做成的雏形的"桥"。四大娘一眼看见，就丢开了"洋种"问题，高声喊道：

"多多弟！来帮我搬东西罢！这些扁，浸湿了，就像死狗一样重！"

小伙子阿多也不开口，走过来拿起五六只"团扁"，湿漉漉地顶在头

---

① 老通宝乡里称那圆桌面那样大、极像一个盘的竹器为"团扁"；又一种略小而底部编成六角形网状的，称为"箪"，方言读如"踏"；蚕初收蚁时，在"箪"中养育，呼为"蚕箪"，那是糊了纸的；这种纸通称"糊箪纸"。——作者原注。

上，却空着一双手，划桨似的荡着，就走了。这个阿多高兴起来时，什么事都肯做，碰到同村的女人们叫他帮忙拿什么重家伙，或是下溪去捞什么，他都肯；可是今天他大概有点不高兴，所以只顶了五六只“团扁”去，却空着一双手。那些女人看着他戴了那特别大箬帽似的一叠“扁”，袅着腰，学镇上女人的样子走着，又都笑起来了。老通宝家紧邻的李根生的老婆荷花一边笑，一边叫道：

“喂，多多头！回来！也替我带一点儿去！”

“叫我一声好听的，我就给你拿。”

阿多也笑着回答，仍然走。转眼间就到了他家的廊下，就把头上的“团扁”放在廊檐口。

“那么，叫你一声干儿子！”

荷花说着就大声的笑起来，她那出众地白净然而扁得作怪的脸上看去就好像只有一张大嘴和眯紧了好像两条线一般的细眼睛。她原是镇上人家的婢女，嫁给那不声不响整天苦着脸的半老头子李根生还不满半年，可是她的爱和男子们胡调已经在村中很有名。

“不要脸的！”

忽然对岸那群女人中间有人轻声骂了一句。荷花的那对细眼睛立刻睁大了，怒声嚷道：

“骂哪一个？有本事，当面骂，不要躲！”

“你管得我？棺材横头踢一脚，死人肚里自得知：我就骂那不要脸的骚货！”

隔溪立刻回骂过来了，这就是那六宝，又一位村里有名淘气的大姑娘。

于是对骂之下，两边又泼水。爱闹的女人也夹在中间帮这边帮那边。小孩子们笑着狂呼。四大娘是老成的，提起她的“蚕箪”，喊着小宝，自回家去。阿多站在廊下看着笑。他知道为什么六宝要跟荷花吵架；他看着那“辣货”六宝挨骂，倒觉得很高兴。

老通宝捎着一架“蚕台”[1]从屋子里出来。这三棱形家伙的木梗子有几条给白蚂蚁蛀过了，怕的不牢，须得修补一下。看见阿多站在那里笑嘻嘻地望着外边的女人们吵架，老通宝的脸色就板起来了。他这“多多头”的小儿子不老成，他知道。尤其使他不高兴的，是多多也和紧邻的荷花说说笑笑。“那母狗是白虎星，惹上了她就得败家”，——老通宝时常这样警戒他的小儿子。

“阿多！空手看野景么？阿四在后边扎‘缀头’[2]，你去帮他！”

老通宝像一匹疯狗似的咆哮着，火红的眼睛一直盯住了阿多的身体，直到阿多走进屋里去，看不见了，老通宝方才提过那“蚕台”来反复审察，慢慢地动手修补。木匠生活，老通宝早年是会的；但近来他老了，手指头没有劲，他修了一会儿，抬起头来喘气，又望望屋里挂在竹竿上的三张蚕种。

四大娘就在廊檐口糊“蚕箪”。去年他们为的想省几百文钱，是买了旧报纸来糊的。老通宝直到现在还说是因为用了报纸——不惜字纸，所以去年他们的蚕花不好。今年是特地全家少吃一餐饭，省下钱来买了“糊箪纸”来了。四大娘把那鹅黄色坚韧的纸儿糊得很平贴，然后又照品字式糊上三张小小的花纸——那是跟“糊箪纸”一块儿买来的，一张印的花色是“聚宝盆”，另两张都是手执尖角旗的人儿骑在马上，据说是“蚕花太子”。

“四大娘！你爸爸做中人借来三十块钱，就只买了二十担叶。后天米又吃完了，怎么办？”

老通宝气喘喘地从他的工作里抬起头来，望着四大娘。那三十块钱是二分半的月息。总算有四大娘的父亲张财发做中人，那债主也就是张财发的东家“做好事”，这才只要了二分半的月息。条件是蚕事完后本利归清。

---

① “蚕台”是三棱式可以折起来的木架子，像三张梯连在一处的家伙；中分七八格，每格可放一团扁。——作者原注。

② “缀头”也是方言，是稻草扎的，蚕在上面做茧子。——作者原注。

四大娘把糊好了的“蚕箪”放在太阳底下晒，好像生气似的说：

“都买了叶！又像去年那样多下来——”

“什么话！你倒先来发利市了！年年像去年么？自家只有十来担叶；五张布子(蚕种)，十来担叶够么?”

“噢，噢；你总是不错的！我只晓得有米烧饭，没米饿肚子!”

四大娘气哄哄地回答；为了那“洋种”问题，她到现在常要和老通宝抬杠。

老通宝气得脸都紫了。两个人就此再没有一句话。

但是“收蚕”的时期一天一天逼进了。这二三十人家的小村落突然呈现了一种大紧张，大决心，大奋斗，同时又是大希望。人们似乎连肚子饿都忘记了。老通宝他们家东借一点，西赊一点，居然也一天一天过着来。也不仅老通宝他们，村里哪一家有两三斗米放在家里呀！去年秋收固然还好，可是地主、债主、正税、杂捐，一层一层地剥削来，早就完了。现在他们唯一的指望就是春蚕，一切临时借贷都是指明在这“春蚕收成”中偿还。

他们都怀着十分希望又十分恐惧的心情来准备这春蚕的大搏战!

“谷雨”节一天近一天了。村里二三十人家的“布子”都隐隐现出绿色来。女人们在稻场上碰见时，都匆忙地带着焦灼而快乐的口气互相告诉道：

“六宝家快要‘窝种’[①]了呀!”——

“荷花说她家明天就要‘窝’了。有这么快!”

“黄道士去测一字，今年的青叶要贵到四洋!”

四大娘看自家的五张“布子”。不对！那黑芝麻似的一片细点子还是黑沉沉，不见绿影。她的丈夫阿四拿到亮处去细看，也找不出几点“绿”来。四大娘很着急。

“你就先‘窝’起来罢！这余杭种，作兴是慢一点的。”

---

① “窝种”也是老通宝乡里的习惯；蚕种转成绿色后就得把来贴肉揾着，约三四天后，蚕蚁孵出，就可以“收蚕”。这工作是女人做的。“窝”是方言，意即“揾”也。——作者原注。

阿四看着他老婆，勉强自家宽慰。四大娘堵起了嘴巴不回答。

老通宝哭丧着干皱的老脸，没说什么，心里却觉得不妙。

幸而再过了一天，四大娘再细心看那“布子”时，哈，有几处转成绿色了！而且绿的很有光彩。四大娘立刻告诉了丈夫，告诉了老通宝，多多头，也告诉了她的儿子小宝。她就把那些布子贴肉揾在胸前，抱着吃奶的婴孩似的静静儿坐着，动也不敢多动了。夜间，她抱着那五张“布子”到被窝里，把阿四赶去和多多头做一床。那“布子”上密密麻麻的蚕子儿贴着肉，怪痒痒的；四大娘很快活，又有点儿害怕，她第一次怀孕时胎儿在肚子里动，她也是那样半惊半喜的！

全家都是惴惴不安地又很兴奋地等候“收蚕”。只有多多头例外。他说：今年蚕花一定好，可是想发财却是命里不曾来。老通宝骂他多嘴，他还是要说。

蚕房早已收拾好了。“窝种”的第二天，老通宝拿一个大蒜头涂上一些泥，放在蚕房的墙脚边；也是年年的惯例，但今番老通宝更加虔诚，手也抖了。去年他们“卜”①的非常灵验。可是去年那“灵验”，现在老通宝想也不敢想。

现在这村里家家都在“窝种”了。稻场上和小溪边顿时少了那些女人的踪迹。一个“戒严令”也在无形中颁布了；乡农们即使平日是最好的，也不往来；人客来冲了蚕神不是玩的！他们至多在稻场上低声交谈一二句就走开。这是个“神圣”的季节。

老通宝家的五张布子上也有些“乌娘”②蠕蠕地动了。于是全家的空气，突然紧张。那正是“谷雨”前一日。四大娘料来可以挨过了“谷雨”节那一天。③ 布子不须再“窝”了，很小心地放在“蚕房”里。老通宝偷眼看

---

① 用大蒜头来“卜”蚕花好否，是老通宝乡里的迷信。收蚕前两三天，以大蒜涂泥置蚕房中，至收蚕那天拿来看，蒜叶多主蚕熟，少则不熟。——作者原注。

② 老通宝乡间称初生的蚕蚁为“乌娘”；这也是方言。——作者原注。

③ 老通宝乡里的习惯，“收蚕”即收蚁，须得避过“谷雨”那一天，或上或下都可以，但不能正在“谷雨”那一天。什么理由，可不知道。——作者原注。

一下那个躺在墙脚边的大蒜头，他心里就一跳。那大蒜头上还只有一两茎绿芽！老通宝不敢再看，心里祷祝后天正午会有更多更多的绿芽。

终于“收蚕”的日子到了。四大娘心神不定地淘米烧饭，时时看饭锅上的热气有没有直冲上来。老通宝拿出预先买了来的香烛点起来，恭恭敬敬放在灶君神位前。阿四和阿多去到田里采野花。小小宝帮着把灯芯草剪成细末子，又把采来的野花揉碎。一切都准备齐全了时，太阳也近午刻了，饭锅上水蒸气嘟嘟地直冲，四大娘立刻跳了起来，把“蚕花”[①]和一对鹅毛插在发髻上，就到“蚕房”里。老通宝拿着秤杆，阿四拿了那揉碎的野花片儿和灯芯草碎末。四大娘揭开“布子”，就从阿四手里拿过那野花碎片和灯芯草末子撒在“布子”上，又接过老通宝手里的秤杆来，将“布子”挽在秤杆上，于是拔下发髻上的鹅毛在“布子”上轻轻儿拂；野花片，灯芯草末子，连同“乌娘”，都拂在那“蚕箪”里了。一张，两张，……都拂过了；最后一张是洋种，那就收在另一个“蚕箪”里。末了，四大娘又拔下发髻上那朵“蚕花”，跟鹅毛一块插在“蚕箪”的边儿上。

这是一个隆重的仪式！千百年相传的仪式！那好比是誓师典礼，以后就要开始了一个月光景的和恶劣的天气和恶运以及和不知什么的连日连夜无休息的大决战！

“乌娘”在“蚕箪”里蠕动，样子非常强健；那黑色也是很正路的。四大娘和老通宝他们都放心地松一口气了。但当老通宝悄悄地把那个“命运”的大蒜头拿起来看时，他的脸色立刻变了！大蒜头上还只得三四茎嫩芽！天哪！难道又同去年一样？

三

然而那“命运”的大蒜头这次竟不灵验。老通宝家的蚕非常好！虽然头眠二眠的时候连天阴雨，气候是比“清明”边似乎还要冷一点，可是那些

---

① “蚕花”是一种纸花，预先买下来的。这些迷信的仪式，各处小有不同。——作者原注。

"宝宝"都很强健。

村里别人家的"宝宝"也都不差。紧张的快乐弥漫了全村庄,似那小溪里琮琮的流水也像是朗朗的笑声了。只有荷花家是例外。他们家看了一张"布子",可是"出火"①只称得二十斤;"大眠"快边人们还看见那不声不响晦气色的丈夫根生倾弃了三"蚕箪"在那小溪里。

这一件事,使得全村的妇人对于荷花家特别"戒严"。她们特地避路,不从荷花的门前走,远远地看见了荷花或是她那不声不响丈夫的影儿就赶快躲开;这些幸运的人儿惟恐看了荷花他们一眼或是交谈半句话就传染了晦气来!

老通宝严禁他的小儿子多多头跟荷花说话。——"你再跟那东西多嘴,我就告你迕逆!"老通宝站在廊檐外高声大气喊,故意要叫荷花他们听得。

小小宝也受到严厉的嘱咐,不许跑到荷花家的门前,不许和他们说话。

阿多像一个聋子似的不理睬老头子那早早夜夜的唠叨,他心里却在暗笑。全家就只有他不大相信那些鬼禁忌。可是他也没有跟荷花说话,他忙都忙不过来。

"大眠"捉了毛三百斤,老通宝全家连十二岁的小宝也在内,都是两日两夜没有合眼。蚕是少见的好,活了六十岁的老通宝记得只有两次是同样的,一次就是他成家的那年,又一次是阿四出世那一年。"大眠"以后的"宝宝"第一天就吃了七担叶,个个是生青滚壮,然而老通宝全家都瘦了一圈,失眠的眼睛上充满了红丝。

谁也料得到这些"宝宝"上山前还得吃多少叶。老通宝和儿子阿四商量了:

"陈大少爷借不出,还是再求财发的东家罢?"

---

① "出火"也是方言,是指"二眠"以后的"三眠";因为"眠"时特别短,所以叫"出火"。——作者原注。

“地头上还有十担叶，够一天。”

阿四回答，他委实是支撑不住了，他的一双眼皮像有几百斤重，只想合下来。老通宝却不耐烦了，怒声喝道：

“说什么梦话！刚吃了两天老蚕呢。明天不算，还得吃三天，还要三十担叶，三十担！”

这时外边稻场上忽然人声喧闹，阿多押了新发来的五担叶来了。于是老通宝和阿四的谈话打断，都出去“捋叶”。四大娘也慌忙从蚕房里钻出来。隔溪陆家养的蚕不多，那大姑娘六宝抽得出工夫，也来帮忙了。那时星光满天，微微有点风，村前村后都断断续续传来了吆喝和欢笑，中间有一个粗暴的声音嚷道：

“叶行情飞涨了！今天下午镇上开到四洋一担！”

老通宝偏偏听得了，心里急得什么似的。四块钱一担，三十担可要一百二十块呢，他哪来这许多钱！但是想到茧子总可以采五百多斤，就算五十块钱一百斤，也有这么二百五，他又心里一宽。那边“捋叶”的人堆里忽然又有一个小小的声音说：

“听说东路不大好，看来叶价钱涨不到多少的！”

老通宝认得这声音是陆家的六宝。这使他心里又一宽。

那六宝是和阿多同站在一个筐子边“捋叶”。在半明半暗的星光下，她和阿多靠得很近。忽然她觉得在那“杠条”[①]的隐蔽下，有一只手在她大腿上拧了一把。好像知道是谁拧的，她忍住了不笑，也不声张。蓦地那手又在她胸前摸了一把，六宝直跳起来，出惊地喊了一声：

“嗳哟！”

“什么事？”

同在那筐子边捋叶的四大娘问了，抬起头来。六宝觉得自己脸上热烘烘了，她偷偷地瞪了阿多一眼，就赶快低下头，很快地捋叶，一面回答：

---

① “杠条”也是方言，指那些带叶的桑树枝条。通常采叶是连枝条剪下来的。——作者原注。

“没有什么。想来是毛毛虫刺了我一下。”

阿多咬住了嘴唇暗笑。虽然在这半个月来也是半饱而且少睡，也瘦了许多了，他的精神可还是很饱满。老通宝那种忧愁，他是永远没有的。他永不相信靠一次蚕花好或是田里熟，他们就可以还清了债再有自己的田；他知道单靠勤俭工作，即使做到背脊骨折断也是不能翻身的。但是他仍旧很高兴地工作着，他觉得这也是一种快活，正像和六宝调情一样。

第二天早上，老通宝就到镇里去想法借钱来买叶。临走前，他和四大娘商量好，决定把他家那块出产十五担叶的桑地去抵押。这是他家最后的产业。

叶又买来了三十担。第一批的十担发来时，那些壮健的“宝宝”已经饿了半点钟了。“宝宝”们尖出了小嘴巴，向左向右乱晃，四大娘看得心酸。叶铺了上去，立刻蚕房里充满着萨萨萨的响声，人们说话也不大听得清。不多一会儿，那些“团扁”里立刻又全见白了，于是又铺上厚厚的一层叶。人们单是“上叶”也就忙得透不过气来。但这是最后五分钟了。再得两天，“宝宝”可以上山。人们把剩余的精力榨出来拼死命干。

阿多虽然接连三日三夜没有睡，却还不见怎么倦。那一夜，就由他一个人在“蚕房”里守那上半夜，好让老通宝以及阿四夫妇都去歇一歇。那是个好月夜，稍稍有点冷。蚕房里爇了一个小小的火。阿多守到二更过，上了第二次的叶，就蹲在那个“火”旁边听那些“宝宝”萨萨萨地吃叶。渐渐儿他的眼皮合上了。恍惚听得有门响，阿多的眼皮一跳，睁开眼来看了看，就又合上了。他耳朵里还听得萨萨萨的声音和屑索屑索的怪声。猛然一个踉跄，他的头在自己膝头上磕了一下，他惊醒过来，恰就听得蚕房的芦帘拍叉一声响，似乎还看见有人影一闪。阿多立刻跳起来，到外面一看，门是开着，月光下稻场上有一个人正走向溪边去。阿多飞也似跳出去，还没看清那人是谁，已经把那人抓过来摔在地下。他断定了这是一个贼。

“多多头！打死我也不怨你，只求你不要说出来！”

是荷花的声音,阿多听真了时不禁浑身的汗毛都竖了起来。月光下他又看见那扁得作怪的白脸儿上一对细圆的眼睛定定地看住了他。可是恐怖的意思那眼睛里也没有。阿多哼了一声,就问道:

"你偷什么?"

"我偷你们的宝宝!"

"放到哪里去了?"

"我扔到溪里去了!"

阿多现在也变了脸色。他这才知道这女人的恶意是要冲克他家的"宝宝"。

"你真心毒呀!我们家和你们可没有冤仇!"

"没有么?有的,有的!我家自管蚕花不好,可并没害了谁,你们都是好的!你们怎么把我当作白老虎,远远地望见我就别转了脸?你们不把我当人看待!"

那妇人说着就爬了起来,脸上的神气比什么都可怕。阿多瞅着那妇人好半晌,这才说道:

"我不打你,走你的罢!"

阿多头也不回地跑回家去,仍在"蚕房"里守着。他完全没有睡意了。他看那些"宝宝",都是好好的。他并没想到荷花可恨或可怜,然而他不能忘记荷花那一番话;他觉到人和人中间有什么地方是永远弄不对的,可是他不能够明白想出来是什么地方,或是为什么。再过一会儿,他就什么都忘记了。"宝宝"是强健的,像有魔法似的吃了又吃,永远不会饱!

以后直到东方快打白了时,没有发生事故。老通宝和四大娘来替换阿多了,他们拿那些渐渐身体发白而变短了的"宝宝"在亮处照着,看是"有没有通"。他们的心被快活胀大了。但是太阳出山时四大娘到溪边汲水,却看见六宝满脸严重地跑过来悄悄地问道:

"昨夜二更过,三更不到,我远远地看见那骚货从你们家跑出来,阿多跟在后面,他们站在这里说了半天话呢!四阿嫂!你们怎么不管事呀?"

四大娘的脸色立刻变了，一句话也没说，提了水桶就回家去，先对丈夫说了，再对老通宝说。这东西竟偷进人家“蚕房”来了，那还了得！老通宝气得直跺脚，马上叫了阿多来查问。但是阿多不承认，说六宝是做梦见鬼。老通宝又去找六宝询问。六宝是一口咬定了看见的。老通宝没有主意，回家去看那“宝宝”，仍然是很健康，瞧不出一些败相来。

但是老通宝他们满心的欢喜却被这件事打消了。他们相信六宝的话不会毫无根据。他们唯一的希望是那骚货或者只在廊檐口和阿多鬼混了一阵。

“可是那大蒜头上的苗却当真只有三四茎呀！”

老通宝自心里这么想，觉得前途只是阴暗。可不是，吃了许多叶去，一直落来都很好，然而上了山却干僵了的事，也是常有的。不过老通宝无论如何不敢想到这上头去；他以为即使是肚子里想，也是不吉利。

四

“宝宝”都上山了，老通宝他们还是捏着一把汗。他们钱都花光了，精力也绞尽了，可是有没有报酬呢，到此时还没有把握。虽则如此，他们还是硬着头皮去干。“山棚”下爇了火，老通宝和阿四他们伛着腰慢慢地从这边蹲到那边，又从那边蹲到这边。他们听得山棚上有些屑屑索索的细声音[①]，他们就忍不住想笑，过一会儿又不听得了，他们的心就重甸甸地往下沉了。这样地，心是焦灼着，却不敢向山棚上望。偶或他们仰着的脸上淋到了一滴蚕尿了[②]，虽然觉得有点难过，他们心里却快活；他们巴不得多淋一些。

阿多早已偷偷地挑开“山棚”外围着的芦帘望过几次了。小小宝看见，就扭住了阿多，问“宝宝”有没有做茧子。阿多伸出舌头做一个鬼脸，

---

① 蚕在山棚上受到热，就往“缀头”柴上爬，所以有屑索屑索的声音。这是蚕要做茧子时的第一步手续。爬不上去的，不是健康的蚕，多半不能作茧。——作者原注。

② 据说蚕在作茧以前必撒一泡尿，而这尿是黄色的。——作者原注。

不回答。

“上山”后三天，熄火了。四大娘再也忍不住，也偷偷地挑开芦帘角看了一眼，她的心立刻卜卜地跳了。那是一片雪白，几乎连“缀头”都瞧不见；那是四大娘有生以来从没有见过的“好蚕花”呀！老通宝全家立刻充满了欢笑。现在他们一颗心定下来了！“宝宝”们有良心，四洋一担的叶不是白吃的；他们全家一个月的忍饿失眠总算不冤枉，天老爷有眼睛！

同样的欢笑声在村里到处都起来了。今年蚕花娘娘保佑这小小的村子。二三十人家都可以采到七八分，老通宝家更是比众不同，估量来总可以采一个十二三分。

小溪边和稻场上现在又充满了女人和孩子们。这些人都比一个月前瘦了许多，眼眶陷进了，嗓子也发沙，然而都很快活兴奋。她们嘈嘈地谈论那一个月内的“奋斗”时，她们的眼前便时时现出一堆堆雪白的洋钱，她们那快乐的心里便时时闪过了这样的盘算：夹衣和夏衣都在当铺里，这可先得赎出来；过端阳节也许可以吃一条黄鱼。

那晚上荷花和阿多的把戏也是她们谈话的资料。六宝见了人就宣传荷花的“不要脸，送上门去！”男人们听了就粗暴地笑着，女人们念一声佛，骂一句，又说老通宝家总算幸气，没有犯克，那是菩萨保佑，祖宗有灵！

接着是家家都“浪山头”了，各家的至亲好友都来“望山头”①。老通宝的亲家张财发带了小儿子阿九特地从镇上来到村里。他们带来的礼物，是软糕、线粉、梅子、枇杷，也有咸鱼。小小宝快活得好像雪天的小狗。

“通宝，你是卖茧子呢，还是自家做丝？”

张老头子拉老通宝到小溪边一棵杨柳树下坐了，这么悄悄地问。这张老头子张财发是出名“会寻快活”的人，他从镇上城隍庙前露天的“说书场”听来了一肚子的疙瘩东西；尤其烂熟的，是“十八路反王，七十二处烟

---

① “浪山头”在熄火后一日举行，那时蚕已成茧，山棚四周的芦帘撤去。“浪”是“亮出来”的意思。“望山头”是来探望“山头”，有慰问祝颂的意思。“望山头”的礼物也有定规。——作者原注。

尘”，程咬金卖柴扒，贩私盐出身，瓦岗寨做反王的《隋唐演义》。他向来说话“没正经”，老通宝是知道的；所以现在听得问是卖茧子或者自家做丝，老通宝并没把这话看重，只随口回答道：

“自然卖茧子。”

张老头子却拍着大腿叹一口气。忽然他站了起来，用手指着村外那一片秃头桑林后面耸露出来的茧厂的风火墙说道：

“通宝！茧子是采了，那些茧厂的大门还关得紧洞洞呢！今年茧厂不开秤！——十八路反王早已下凡，李世民还没出世；世界不太平！今年茧厂关门，不做生意！”

老通宝忍不住笑了，他不肯相信。他怎么能够相信呢？难道那“五步一岗”似的比露天毛坑还要多的茧厂会一齐都关了门不做生意？况且听说和东洋人也已“讲拢”，不打仗了，茧厂里驻的兵早已开走。

张老头子也换了话，东拉西扯讲镇里的“新闻”，夹着许多“说书场”上听来的什么秦叔宝、程咬金。最后，他代他的东家催那三十块钱的债，为的他是“中人”。

然而老通宝到底有点不放心。他赶快跑出村去，看看“塘路”上最近的两个茧厂，果然大门紧闭，不见半个人；照往年说，此时应该早已摆开了柜台，挂起了一排乌亮亮的大秤。

老通宝心里也着慌了，但是回家去看见了那些雪白发光很厚实硬古古的茧子，他又忍不住嘻开了嘴。上好的茧子！会没有人要，他不相信。并且他还要忙着采茧，还要谢“蚕花利市”①，他渐渐不把茧厂的事放在心上了。

可是村里的空气一天一天不同了。才得笑了几声的人们现在又都是满脸的愁云。各处茧厂都没开门的消息陆续从镇上传来，从“塘路”上传来。往年这时候，“收茧人”像走马灯似的在村里巡回，今年没见半个“收

① 老通宝乡里的风俗，“大眠”以后得拜一次“利市”，采茧以后，又是一次。经济窘的人家只举行“谢蚕花利市”，“拜利市”也是方言，意即“谢神”。——作者原注。

茧人”，却换替着来了债主和催粮的差役。请债主们就收了茧子罢，债主们板起面孔不理。

全村子都是嚷骂，诅咒，和失望的叹息！人们做梦也不会想到今年“蚕花”好了，他们的日子却比往年更加困难。这在他们是一个青天的霹雳！并且愈是像老通宝他们家似的，蚕愈养得多，愈好，就愈加困难，——“真正世界变了！”老通宝捶胸跺脚地没有办法。然而茧子是不能搁久了的，总得赶快想法：不是卖出去，就是自家做丝。村里有几家已经把多年不用的丝车拿出来修理，打算自家把茧做成了丝再说。六宝家也打算这么办。老通宝便也和儿子媳妇商量道：

“不卖茧子了，自家做丝！什么卖茧子，本来是洋鬼子行出来的！”

“我们有四百多斤茧子呢，你打算摆几部丝车呀！”

四大娘首先反对了。她这话是不错的。五百斤的茧子可不算少，自家做丝万万干不了。请帮手么？那又得花钱。阿四是和他老婆一条心。阿多抱怨老头子打错了主意，他说：

“早依了我的话，扣住自己的十五担叶，只看一张洋种，多么好！”

老通宝气得说不出话来。

终于一线希望忽又来了。同村的黄道士不知从哪里得的消息，说是无锡脚下的茧厂还是照常收茧。黄道士也是一样的种田人，并非吃十方的“道士”，向来和老通宝最说得来。于是老通宝去找那黄道士详细问过了以后，便又和儿子阿四商量把茧子弄到无锡脚下去卖。老通宝虎起了脸，像吵架似的嚷道：

“水路去有三十多九[①]呢！来回得六天！他妈的！简直是充军！可是你有别的办法么？茧子当不得饭吃，蚕前的债又逼紧来！”

阿四也同意了。他们去借了一条赤膊船，买了几张芦席，赶那几天正是好晴，又带了阿多。他们这卖茧子的“远征军”就此出发。

---

① 老通宝乡间计算路程都以“九”计；“一九”就是九里。“十九”是九十里，“三十多九”就是三十多个“九里”。——作者原注。

五天以后，他们果然回来了；但不是空船，船里还有一筐茧子没有卖出。原来那三十多九水路远的茧厂挑剔得非常苛刻：洋种茧一担只值三十五元，土种茧一担二十元，薄茧不要。老通宝他们的茧子虽然是上好的货色，却也被茧厂里挑剩了那么一筐，不肯收买。老通宝他们实卖得一百十一块钱，除去路上盘川，就剩了整整的一百元，不够偿还买青叶所借的债！老通宝路上气得生病了，两个儿子扶他到家。

打回来的八九十斤茧子，四大娘只好自家做丝了。她到六宝家借了丝车，又忙了五六天。家里米又吃完了。叫阿四拿那丝上镇里去卖，没有人要；上当铺当铺也不收。说了多少好话，总算把清明前当在那里的一石米换了出来。

就是这么着，因为春蚕熟，老通宝一村的人都增加了债！老通宝家为的养了五张布子的蚕，又采了十多分的好茧子，就此白赔上十五担叶的桑地和三十块钱的债！一个月光景的忍饥熬夜还不算！

1932 年 11 月 1 日

导　读

《春蚕》写于 1932 年 11 月，发表于 1932 年 11 月《现代》杂志的第二卷第一期。1933 年 5 月与后发表的《秋收》《残冬》，合为“农村三部曲”，由上海开明书店出版。

小说描写浙东农村的普通农户老通宝一家，在春蚕收获前后紧张、忙碌并且带着希望与焦虑的艰辛劳作，获得了春蚕的丰收，但是由于上海 1932 年“一·二八”事变带来的帝国主义侵略和时局的动荡，以及民族危机大背景下城乡经济的凋敝，很多收购蚕丝的工厂停产或关闭，致使老通宝一家辛苦收获的蚕茧卖不出价钱，近处卖不掉又划船运到远处，结果到处都一样，只能以低价卖掉。不算老通宝一家的辛苦劳作，卖蚕所得还不抵成本，丰收反而“成灾”。

茅盾写作《春蚕》的动因，是被当时报纸上的一则消息引发的："浙东今年春蚕丰收，蚕农相继破产。"作者在《我怎样写〈春蚕〉》中就此阐述说："先是看到了帝国主义经济侵略以及国内政治的混乱造成了那时的农村破产，而在这中间的浙江蚕丝业的破产和以育蚕为主要生产的农民的贫困，则又有其特殊原因。"这原因就是中国的丝厂在国内外市场受到日本丝的压迫性竞争而陷于困境，为了避免破产，转嫁危机，降低成本，丝厂和蚕茧商人以及贩卖桑叶的"叶行"便联合起来形成垄断，定下蚕茧价格，结果迫使蚕农们千辛万苦收获的蚕茧不得不低价卖掉。蚕茧越丰收，蚕农越困顿。从这一事实和认识出发，具有党派和政治意识的左翼作家茅盾，按照他一贯的"社会剖析"小说的构思和叙事模式，不仅详细描写了以老通宝一家为代表的浙东蚕农们的日夜操劳和丰收后的喜悦，以场面和细节展现了蚕农们的劳动与生活场景，他们的希望、紧张和焦虑以及年青一代农民苦中作乐的景象，而且更在具象的"丰收成灾"现象描写的背后，揭示了造成这种现象的深刻复杂的社会原因。

20 世纪 30 年代的中国社会内忧外患，谷贱伤农、丰收成灾成为当时一种较为特殊的社会现象，经由作家的观察思考而转化为文学作品，叶圣陶的《多收了三五斗》、叶紫的《丰收》、吴组缃的《一千八百担》等，都一定程度地涉及和描写了"丰灾"题材，而茅盾的《春蚕》是其中出现较早、发表后引起普遍关注和兴趣的作品。

《春蚕》题材和主题具有时代性和政治倾向性——属于批判现实主义的作品，同时小说还表现了老一代农民老通宝和以他儿子多多头为代表的新一代农民的形象，新老两代农民对现实和劳作、命运和前途的认识以及生活态度是潜在对立的，暗含了来自俄罗斯文学和"五四"新文学的"父与子"的矛盾。不过茅盾是通过 20 世纪 30 年代中国浙东农村蚕茧丰收成灾事件的现实批判性描写，潜在地表达出这一母题的。

小说对新老两代农民形象的刻画是出色的，对过去时代浙东乡村围绕"蚕事"而铺排的风俗民情、劳作场面的描写和对老一代农民的心理描写也很有特点。小说叙述的节奏感松弛有度，如在紧张的蚕事劳作中穿插青年农民多多头的顽皮，及其与另一位“淘气”活泼的乡村姑娘六宝的“乡村爱情”。此外，作为语言艺术大师的茅盾，能够自如地把书面叙述语言与人物的乡村方言结合起来，这些都是阅读和分析这篇小说需要注意和学习的地方。

思考题：

1.通读《春蚕》全文，说说你对老通宝形象的认识。

2.阅读茅盾的其他小说（最好是阅读《子夜》），理解和认识社会剖析小说的叙事形态与模式。

第四章　巴　金

巴金(1904—2005),原名李尧棠,出生于四川成都一个封建官僚家庭。“五四”运动之后开始接触新思潮,无政府主义思想对其影响较大。1923 年离开四川到上海、南京等地求学,1927 年赴法国留学。1929 年发表处女作《灭亡》,开始使用“巴金”这个笔名。从 1929 年至 1949 年,巴金共创作了 18 部中长篇小说、12 部短篇小说集、16 部散文随笔,和大量译作。其中,《灭亡》和“爱情三部曲”(《雾》《雨》《电》)书写青年革命者的形象,探索革命道路,涉及了广泛的社会问题。“激流三部曲”(《家》《春》《秋》)和《憩园》以批判旧式家庭为题材,抨击专制制度对人性的伤害,表现青年一代的叛逆和反抗。抗战时期完成的《第四病室》和《寒夜》等作品,关注战时的社会现实,探索知识分子的精神世界,显示出强烈的忧患意识和深刻细腻的写实风格。

巴金文学思想的核心是“真实”,他强调作家应该忠实于生活。他的文学创作也大多从自身经验中取材,如他所自白,“我在写作中所走的道路和我在生活中所走的道路是相同的”。巴金又是一个热情真诚、富于诗人气质的小说家,他的小说充溢着真挚而激越的情感。他始终关注青年人的生活与命运,讴歌和赞美青春,这使得他笔下的“青年世界”成为 20 世纪 30 年代文学中最具有影响力的一部分。

这里选的是巴金长篇小说《家》中的一节,主要写觉新的命运。

家(节选)[①]

高觉新是觉民弟兄所称为“大哥”的人。他和觉民、觉慧虽然是同一个母亲所生，而且生活在同一个家庭里，可是他们的处境并不相同。觉新在这一房里是长子，在这个大家庭里又是长房的长孙。就因为这个缘故，在他出世的时候，他的命运便决定了。

他生来相貌清秀，自小就很聪慧，在家里得着双亲的钟爱，在私塾得到先生的赞美。看见他的人都说他日后会有很大的成就，便是他的父母也在暗中庆幸有了这样的一个“宁馨儿”。

他在爱的环境中渐渐地长成，到了进中学的年纪。在中学里他是一个成绩优良的学生，四年课程修满毕业的时候又名列第一。他对于化学很感兴趣，打算毕业以后再到上海或北京的有名的大学里去继续研究，他还想到德国去留学。他的脑子里充满了许多美丽的幻想。在那个时期中他是为一般同学所最羡慕的人。

然而恶运来了。在中学肄业的四年中间他失掉了母亲，后来父亲又娶了一个年轻的继母。这个继母还是他的死去的母亲的堂妹。环境似乎改变了一点，至少他失去了一样东西。固然他知道，而且深切地感到母爱是没有什么东西能代替的，不过这还不曾在他的心上留下十分显著的伤痕。因为他还有更重要的东西，这就是他的前程和他的美妙的幻梦。同时他还有一个能够了解他、安慰他的人，那是他的一个表妹。

但是有一天他的幻梦终于被打破了，很残酷地打破了。事实是这样：他在师友的赞誉中得到毕业文凭归来后的那天晚上，父亲把他叫到房里去对他说：

“你现在中学毕业了。我已经给你看定了一门亲事。你爷爷希望有

---

① 巴金.家[M].北京:人民文学出版社,1978.

一个重孙,我也希望早日抱孙。你现在已经到了成家的年纪,我想早日给你接亲,也算了结我一桩心事。……我在外面做官好几年,积蓄虽不多,可是个人衣食是不用愁的。我现在身体不大好,想在家休养,要你来帮我料理家事,所以你更少不掉一个内助。李家的亲事我已经准备好了。下个月十三是个好日子,就在那一天下定。……今年年内就结婚。"

这些话来得太突然了。他把它们都听懂了,却又好像不懂似的。他不作声,只是点着头。他不敢看父亲的眼睛,虽然父亲的眼光依旧是很温和的。

他不说一句反抗的话,而且也没有反抗的思想。他只是点头,表示愿意顺从父亲的话。可是后来他回到自己的房里,关上门倒在床上用铺盖蒙着头哭,为了他的破灭了的幻梦而哭。

关于李家的亲事,他事前也曾隐约地听见人说过,但是人家不让他知道,他也不好意思打听。而且他不相信这种传言会成为事实。原来他的相貌清秀和聪慧好学曾经使某几个有女儿待嫁的绅士动了心。给他做媒的人常常往来高公馆。后来经他的父亲同继母商量、选择的结果,只有两家姑娘的芳名不曾被淘汰,因为在这两个姑娘之间,父亲不能决定究竟哪一个更适宜做他儿子的配偶,而且两家请来做媒的人的情面又是同样地大。于是父亲只得求助于拈阄的办法,把两个姑娘的姓氏写在两方小红纸片上,把它们揉成两团,拿在手里,走到祖宗的神主面前诚心祷告了一番,然后随意拈起一个来。李家的亲事就这样地决定了。拈阄的结果他一直到这天晚上才知道。

是的,他也曾做过才子佳人的好梦,他心目中也曾有过一个中意的姑娘,就是那个能够了解他、安慰他的钱家表妹。有一个时期他甚至梦想他将来的配偶就是她,而且祈祷着一定是她,因为姨表兄妹结婚,在这种绅士家庭中是很寻常的事。他和她的感情又是那么好。然而现在父亲却给他挑选了另一个他不认识的姑娘,并且还决定就在年内结婚,他的升学的希望成了泡影,而他所要娶的又不是他所中意的那个"她"。对于他,这实在是一个大的打击。他的前程断送了。他的美妙的幻梦破灭了。

他绝望地痛哭,他关上门,他用铺盖蒙住头痛哭。他不反抗,也想不到反抗。他忍受了。他顺从了父亲的意志,没有怨言。可是在心里他却为着自己痛哭,为着他所爱的少女痛哭。

到了订婚的日子他被人玩弄着,像一个傀儡;又被人珍爱着,像一个宝贝。他做人家要他做的事,他没有快乐,也没有悲哀。他做这些事,好像这是他应尽的义务。到了晚上这个把戏做完贺客散去以后,他疲倦地、忘掉一切地熟睡了。

从此他丢开了化学,丢开了在学校里所学的一切。他把平日翻看的书籍整齐地放在书橱里,不再去动它们。他整天没有目的地游玩。他打牌,看戏,喝酒,或者听父亲的吩咐去作结婚时候的种种准备。他不大用思想,也不敢多用思想。

不到半年,新的配偶果然来了。祖父和父亲为了他的婚礼特别在家里搭了戏台演戏庆祝。结婚仪式并不如他所想象的那样简单。他自己也在演戏,他一连演了三天的戏,才得到了他的配偶。这几天他又被人玩弄着像一个傀儡;被人珍爱着像一个宝贝。他没有快乐,也没有悲哀。他只有疲倦,但是多少还有点兴奋。可是这一次把戏做完贺客散去以后,他却不能够忘掉一切地熟睡了,因为在他的旁边还睡着一个不相识的姑娘。在这个时候他还要做戏。

他结婚,祖父有了孙媳,父亲有了媳妇,别的许多人也有了短时间的笑乐,但他自己也并不是一无所得。他得到一个能够体贴他的温柔的姑娘,她的相貌也并不比他那个表妹的差。他满意了,在短时期内他享受了他以前不曾料想到的种种乐趣,在短时期内他忘记了过去的美妙的幻梦,忘记了另一个女郎,忘记了他的前程。他满足了。他陶醉了,陶醉在一个少女的爱情里。他的脸上常常带着笑容,而且整天躲在房里陪伴他的新婚的妻子。周围的人都羡慕他的幸福,他也以为自己是幸福的了。

这样地过了一个月,有一天也是在晚上,父亲又把他叫到房里去对他说:

"你现在成了家,应该靠自己挣钱过活了,也免得别人说闲话。我把你养到这样大,又给你娶了媳妇,总算尽了我做父亲的责任。以后的事就要完全靠你自己。……家里虽然有钱可以送你到下面去继续求学,但是一则你已经有了妻子,二则,现在没有分家,我自己又在管账,不好把你送到下面去。……而且你到下面去读书,爷爷也一定不赞成。闲在家里,于你也不好。……我已经给你找好了一个位置,就在西蜀实业公司,薪水虽然不多,总够你们两个人零用。你只要好好做事,将来一定有出头的日子。明天你就到公司事务所去办事,我领你去。这个公司的股子我们家里也有好些,我还是一个董事。事务所里面几个同事都是我的朋友,他们会照料你。……"

父亲一句一句平板地说下去,好像这些话都是极其平常的。他听着,他应着。他并不说他愿意或是不愿意。一个念头在他的脑子里打转:"一切都完了。"他的心里藏着不少的话,可是他一句话也不说。

第二天下午,父亲对他谈了一些关于在社会上做事待人应取的态度的话,他一一地记住了。两乘轿子把他们父子送到西蜀实业公司经营的商业场的后门。他跟着父亲走到事务所去,见了那个四十多岁有八字须的驼背的黄经理,那个面貌跟老太婆相似的陈会计,那个瘦长的王收账员,以及其他两三个相貌平常的职员。经理问了他几句话,他都简单地像背书似的回答了。这些人虽然对他很客气,但是他总觉得在谈话上,在举动上,他们跟他不是一类的人;而且他也奇怪为什么以前就很少看见这种人。

父亲先走了,留下他在那里,惶恐而孤独,好像被抛弃在荒岛上面。他并没有办事,一个人痴呆地坐在经理室里,看经理跟别人谈话。他这样地坐了整整两个多钟头。经理忽然发现了他,对他客气地说:"今天没有事,世兄请回去罢。"他像囚犯遇赦似的,高兴地雇了轿子回家,一路上催着轿夫快走,他觉得世界上再没有什么比家更可爱的了。

他回到家里,先去见祖父,听了一番训话;然后去见父亲,又是一番训话。最后他回到自己的房里，妻又向他问长问短，到底是从妻那里得到一些安慰。第二天上午十点在家吃过早饭后，他便到公司去，一直到下午四点钟才回家。这一天他有了自己的办公室，而且在经理和同事们的指导下开始做了工作。

这样在十九岁的年纪他便大步走进社会了。他逐渐地熟悉了这个环境，学到了新的生活方法，而且逐渐地把他在中学四年中所得到的学识忘掉。这种生活于他不再是陌生的了。他第一次领到三十元现金的薪水的时候，他心里充满着欢喜和悲哀，一方面因为这是自己第一次挣来的钱，另一方面却因为这是卖掉自己前程所得的代价。可是以后一月一月平淡地生活下去，他按月领到那三十元的薪水，便再没有什么特殊的感觉了，没有欢喜，也没有悲哀。

这种生活也还是可以过下去的，没有欢喜，也没有悲哀。虽然每天照例要看见那几张脸，听那些无味的谈话，做那些呆板的事，可是他周围的一切还是平静而安稳。家里的人也不来打扰他，让他和妻安静地过他们的家庭生活。

然而不过半年他一生中的另一个大变故又发生了：时疫夺去了父亲，他和弟妹们的哭声并不能够把父亲留住。父亲去了，把这一房的责任放在他的肩上。上面有一个继母，下面有两个在家的妹妹和两个在学校里读书的弟弟。这时候他还只有二十岁。

他的心里充满了悲哀，他为死去的父亲而哭，他却不曾想到他自己的处境变得更可悲了。他的悲哀不久便逐渐消去。在父亲的棺木入土以后，他似乎把父亲完全忘记了。他不仅忘记了父亲，同时他还忘记了过去的一切，他甚至忘记了自己的青春。他平静地把这个大家庭的担子放在他的年轻的肩上。在最初的几个月，这个担子还不算沉重，他挑着它并不觉得吃力。可是短短的时期一过，许多有形和无形的箭便开始向他射来，他躲开了一些，但也有一些射到了他的身上。他有了一个新的发现，他看见了这个绅士家庭的另一个面目。在和平的、爱的表面下，他看见了仇恨和斗争，而且他自己也就成了人们攻击的目标。虽然他的环境使他忘记了自己的青春，但是他的心里究竟还燃烧着青春的火。他愤怒，他奋斗，他以为他的行为是正当的。然而奋斗的结果只给他招来了更多的烦恼和更多的敌人。这个大家庭是由四房组织成的。他的祖父本来有五个儿子，但是他的二叔很早就死了。在现有的四房中，除了他自己这一房外，三叔比较跟他接近，四叔和五叔对他不大好，尤其是四婶因为他的继母无意中得罪了她，在暗中跟他这一房闹得厉害，五婶受到四婶的挑拨，也常常跟他的继母作对。由于她们的努力，许多关于他或者他这一房的闲话就流传出去了。

他的奋斗毫无结果。而且他也疲倦了。他想，这样不断地跟长辈冲突有什么好处呢？四婶和五婶，再加上一个陈姨太，她们永远是那样的女人。他不能够说服她们，他又何必自寻烦恼，浪费精力呢？于是他又发明了新的处世方法，或者更可以说是处家的方法。他极力避免跟她们冲突，他在可能的范围内极力敷衍她们，他对她们非常恭敬，他陪她们打牌，他替她们买东西。……总之，他牺牲了一部分的时间去讨她们的欢心，只是为了想过几天安静的生活。

不久他的大妹淑蓉因肺病死了。这虽然给他带来悲哀，但是他也觉得心里轻松一点，似乎肩上的担子减轻了一些。

又过了一些时候，他的第一个婴儿出世了，这是一个男孩。他为了这件事情很感激他的妻，因为儿子的出世给他带来了莫大的欢喜。他觉得自己已经是没有希望的人了，以前的美妙的幻梦永远没有实现的机会了。他活着只是为了挑起肩上的担子；他活着只是为了维持父亲遗留下的这个家庭。然而现在他有了一个儿子。这是他的亲骨血，他所最亲爱的人，他可以好好地教养他，把他的抱负拿来在儿子的身上实现。儿子原是从他来的，儿子的幸福就是他自己的幸福。这样想着他倒得到了一点安慰。他觉得他的牺牲并不是完全白费的。

过了两年“五四运动”发生了。报纸上的如火如荼的记载唤醒了他的被忘却了的青春。他和他的两个兄弟一样贪婪地读着本地报纸上转载的北京消息，以及后来上海、南京两地六月初大罢市的新闻。本地报纸上又转载了《新青年》和《每周评论》里的文章。于是他在本城唯一出售新书报的“华洋书报流通处”里买了一本最近出版的《新青年》，又买了两三份《每周评论》。这些刊物里面一个一个的字像火星一样地点燃了他们弟兄的热情。那些新奇的议论和热烈的文句带着一种不可抗拒的力量压倒了他们三个人，使他们并不经过长期的思索就信服了。于是《新青年》、《新潮》、《每周评论》、《星期评论》、《少年中国》等等都接连地到了他们的手里。以前出版的和新出版的《新青年》、《新潮》两种杂志，只要能够买到的，他们都买了，甚至《新青年》的前身《青年杂志》也被那个老店员从旧书堆里捡了出来送到他们的手里。

每天晚上，他和两个兄弟轮流地读这些书报，连通讯栏也不肯轻易放过。他们有时候还讨论这些书报中所论到的各种问题。他两个兄弟的思想比他的思想进步些。他们常常称他做刘半农的“作揖主义”的拥护者。他自己也常说他喜欢托尔斯泰的“无抵抗主义”。其实他并没有读过托尔斯泰自己关于这方面的文章，只是后来看到一篇《呆子伊凡的故事》。

“作揖主义”和“无抵抗主义”对他的确有很大的用处，就是这样的“主义”把《新青年》的理论和他们这个大家庭的现实毫不冲突地结合起来。它给了他以安慰，使他一方面信服新的理论，一方面又顺应着旧的环境生活下去，自己并不觉得矛盾。于是他变成了一个有两重人格的人：在旧社会里，在旧家庭里他是一个暮气十足的少爷；他跟他的两个兄弟在一起的时候他又是一个新青年。这种生活方式当然是他的两个兄弟所不能了解的，因此常常引起他们的责难。但是他也坦然忍受了。他依旧继续阅读新思想的书报，继续过旧式的生活。

他看见儿子慢慢地长大起来，从学爬到走路，说简短的话。这个孩子很可爱，很聪明，他差不多把全量的爱都注在这个孩子的身上，他想：“我所想做而不能做到的，应当由他来替我完成。”他因为爱孩子，不愿意雇奶妈来喂奶，要他的妻自己抚养孩子，好在妻的奶汁也很够。这样的事在这个绅士家庭里似乎也是一个创举，因此又引起外人的种种闲话。但是他都忍受了，他相信自己是为了孩子的幸福才这样做的，而且妻也体会到他这种心思，也满意他这个办法。

每天晚上，总是妻带着孩子先睡，他睡得较迟。他临睡时总要去望那个躺在妻的身边，或者睡在妻的手腕里的孩子的天真的睡脸。这个面容使他忘记了自己的一切，他只感到无限的爱，他忍不住俯下头去吻那张美丽的小脸，口里喃喃地说了几句含糊的话。这些话并没有什么意义，它们是自然地从他的口中吐出来的，那么自然，就像喷泉从水管里喷出来一样。它们只是感激、希望与爱的表示。

他并不知道从前他还是一个孩子的时候，他也曾经从父母那里受到这样的爱，他也曾经从父母那里听到这样的充满了感激、希望与爱的语言。

导　读

在中学语文课上我们已经学过巴金的《家》。这里希望能再细读一节，有更深入的理解。

长篇小说《家》写作于1931年，最初在上海《时报》上连载时题为《激流》，1933年出版单行本时更名为《家》。1936—1938年，巴金沿着《家》的情节结构续写了《春》，1940年完成了《秋》，并将这三部有内在关联性的小说合称为“激流三部曲”。通过揭露家庭问题来批判社会的家族小说在现当代文学中并不少见，但“激流三部曲”独特的文学史价值在于，以长达百万字的规模，表现了1919－1924年这个重要历史转折期的风云激荡，反映了一代青年人的精神和情感世界。其中，《家》的思想价值和艺术成就最高，最为有力地实现了作家的创作初衷：“我要向一个垂死的制度叫出我的J’accuse(我控诉)!”

《家》在结构上借鉴了《红楼梦》的写法，以觉新与钱梅芬、李瑞珏，觉民与琴，觉慧与鸣凤等几对年轻人的爱情和人生道路为主线，集中展现了旧式大家庭内部的虚伪和罪恶，猛烈抨击了封建专制对人性的压迫与摧残。《家》的关注点不只是传统伦理道德，更是指向了封建统治核心的专制主义。它为青年人所提供的反抗之路也不是“五四”时期的走出家庭或争取婚姻自由，而是号召青年勇敢地反抗封建专制，投身社会革命的洪流。《家》强烈的批判性和激进的风格对读者产生了强大的情感冲击力，使其成为 20 世纪 30 年代文学中影响力深远的代表性作品。

《家》中人物众多，其中最具典型性的是高老太爷、觉慧和觉新。高老太爷是封建大家长的经典形象，他虽然直接出场不多，但小说中描写的悲剧事件大多与他有关，他使得整个高公馆笼罩在阴森恐怖的氛围之中。觉慧则是青年叛逆者的典型，他的身上既有“五四”新青年热情、勇敢的特质，又有幼稚、鲁莽的弱点，以及受视野和世界观影响的历史局限性。巴金以细致的文笔写出了觉慧的复杂性及成长过程，并在他身上寄托了对于青春的赞美和战胜旧世界的信念。

小说中最为复杂，也最能显示作者功力的人物形象是觉新。在《家》的写作过程中，巴金挚爱的大哥自杀离世，这使得他深受刺激。巴金将大哥的自杀归结为“被旧制度杀死的”，而觉新的身上便有着大哥的影子。觉新挣扎在封建专制主义的沉重压力之下，虽然清醒地意识到自己的悲剧，但懦弱顺从的性格让他无力反抗。他在一定程度上接受和信服新思想，但缺乏打破旧营垒的勇气和能力。梅芬和瑞珏这两个他爱恋的女性的死，让他陷入了深重的痛苦和自责之中，并最终有所觉悟，放弃了他原本坚持的“作揖主义”，支持觉慧离家出走。巴金通过对觉新这个人物的塑造，写出了处在新旧转型时代的个人所具有的复杂性，体现了深刻的思想内涵和艺术价值。

思考题：

1. 巴金《家》的主角是觉慧，写他的篇幅最多，但有一种看法认为《家》中写得最成功的人物是觉新。你是否赞同这种观点？觉新给你最深的印象是什么？分析一下这个人物的性格和心理矛盾，理解其所表达的时代文化内涵。

2. 文学史称巴金的《家》是“青春型”创作。结合自己的阅读体会，从作品的题材、语言和抒情风格等方面说说，这种似乎“不成熟”的小说，为何能赢得同时代读者普遍的欢迎？

第五章　老　舍

老舍(1899—1966),原名舒庆春,字舍予,笔名老舍,满族,生于北京的城市贫民家庭,在大杂院里度过贫寒的幼年和少年时代,喜爱市井胡同里的戏曲和民间说唱艺术,熟悉从语言到习俗的京味文化。经历了"五四"新文化的洗礼,做过小学教师和校长,后去英国教书。如他所言,是"五四"运动和旅居英国的五年生活使他"开了眼",遂在1926年至1929年写作了长篇小说《老张的哲学》《赵子曰》《二马》。1930年回国至30年代中后期,他先后创作了长篇小说《猫城记》《离婚》《牛天赐传》《骆驼祥子》等,中篇小说《我这一辈子》,短篇小说《断魂枪》《月牙儿》《柳家大院》《微神》等,这段时期是他创作的鼎盛时期。抗战爆发后他投身抗战文艺工作,创作了以沦陷的北平为表现对象的长篇小说《四世同堂》。20世纪50至60年代他继续写作,写出了话剧《龙须沟》《茶馆》等多部戏剧作品,以及长篇小说《正红旗下》(未完),被评为文艺界的劳动模范。其中,话剧《茶馆》是这一时期老舍戏剧创作的巅峰之作,被认为是中国话剧民族化的出色典范,与《雷雨》《日出》等作品一样,是中国话剧史上的优秀代表作和中国话剧舞台演出中的"常青树"。

老舍在中国现代文学史上的独特地位与价值在于:对北京(1928—1949年,名为"北平")的城与人持久的关注与书写。老舍对北京市民日常生活与习俗民风进行了全景式描写,他通过对老派北京市民形象的塑造和对其城市市民形态的“国民性”揭示，描写和探究北京各类市民在和平与战争时代的或平庸、或堕落、或觉醒抗争的不同表现。老舍深入探讨了他们的思想性格、行为与北京文化、中国文化、社会环境的内在关系，成为北京市民形象与城市文化性格的发现者、批判者。他在具象的人物塑造和行为描写中，凝聚和表现出比较鲜明强烈的文化批判意识与对民族问题的认识、思考。同时，借由对北京都市文化和各系列市民形象的观察与描写，老舍的都市题材小说还表现出对现代与传统、城市文明病与人性关系等诸多问题的反思与探讨。老舍小说从叙事内容、叙述语言到人物语言，都表现出浓郁的京味和京韵，他寄沉痛和批判于讽刺幽默的特色，均体现出其独特鲜明的艺术个性和风格。

这里选的是老舍《骆驼祥子》第一、二章。

骆驼祥子（节选）[①]

一

我们所要介绍的是祥子，不是骆驼，因为“骆驼”只是个外号；那么，我们就先说祥子，随手儿把骆驼与祥子那点关系说过去，也就算了。

北平的洋车夫有许多派：年轻力壮，腿脚灵利的，讲究赁漂亮的车，拉“整天儿”，爱什么时候出车与收车都有自由；拉出车来，在固定的“车口”或宅门一放，专等坐快车的主儿；弄好了，也许一下子弄个一块两块的；碰巧了，也许白耗一天，连“车份儿”也没着落，但也不在乎。这一派哥儿们的希望大概有两个：或是拉包车；或是自己买上辆车，有了自己的车，再去拉包月或散座就没大关系了，反正车是自己的。

比这一派岁数稍大的，或因身体的关系而跑得稍差点劲的，或因家庭的关系而不敢白耗一天的，大概就多数的拉八成新的车；人与车都有相当

① 老舍. 骆驼祥子[M]. 北京：人民文学出版社，2015.

的漂亮，所以在要价儿的时候也还能保持住相当的尊严。这派的车夫，也许拉“整天”，也许拉“半天”。在后者的情形下，因为还有相当的精气神，所以无论冬天夏天总是“拉晚儿”。夜间，当然比白天需要更多的留神与本事；钱自然也多挣一些。

年纪在四十以上，二十以下的，恐怕就不易在前两派里有个地位了。他们的车破，又不敢“拉晚儿”，所以只能早早地出车，希望能从清晨转到午后三四点钟，拉出“车份儿”和自己的嚼谷。他们的车破，跑得慢，所以得多走路，少要钱。到瓜市，果市，菜市，去拉货物，都是他们；钱少，可是无须快跑呢。

在这里，二十岁以下的——有的从十一二岁就干这行儿——很少能到二十岁以后改变成漂亮的车夫的，因为在幼年受了伤，很难健壮起来。他们也许拉一辈子洋车，而一辈子连拉车也没出过风头。那四十以上的人，有的是已拉了十年八年的车，筋肉的衰损使他们甘居人后，他们渐渐知道早晚是一个跟头会死在马路上。他们的拉车姿势，讲价时的随机应变，走路的抄近绕远，都足以使他们想起过去的光荣，而用鼻翅儿扇着那些后起之辈。可是这点光荣丝毫不能减少将来的黑暗，他们自己也因此在擦着汗的时节常常微叹。不过，以他们比较另一些四十上下岁的车夫，他们还似乎没有苦到了家。这一些是以前决没想到自己能与洋车发生关系，而到了生和死的界限已经不甚分明，才抄起车把来的。被撤差的巡警或校役，把本钱吃光的小贩，或是失业的工匠，到了卖无可卖，当无可当的时候，咬着牙，含着泪，上了这条到死亡之路。这些人，生命最鲜壮的时期已经卖掉，现在再把窝窝头变成的血汗滴在马路上。没有力气，没有经验，没有朋友，就是在同行的当中也得不到好气儿。他们拉最破的车，皮带不定一天泄多少次气；一边拉着人还得一边儿央求人家原谅，虽然十五个大铜子儿已经算是甜买卖。

此外，因环境与知识的特异，又使一部分车夫另成派别。生于西苑海甸的自然以走西山，燕京，清华，比较方便；同样，在安定门外的走清河，北苑;在永定门外的走南苑……这是跑长趟的,不愿拉零座;因为拉一趟便是一趟,不屑于三五个铜子的穷凑了。可是他们还不如东交民巷的车夫的气儿长,这些专拉洋买卖的讲究一气儿由交民巷拉到玉泉山,颐和园或西山。气长也还算小事,一般车夫万不能争这项生意的原因,大半还是因为这些吃洋饭的有点与众不同的知识,他们会说外国话。英国兵,法国兵,所说的万寿山,雍和宫,"八大胡同",他们都晓得。他们自己有一套外国话,不传授给别人。他们的跑法也特别,四六步儿不快不慢,低着头,目不旁视地,贴着马路边儿走,带出与世无争,而自有专长的神气。因为拉着洋人,他们可以不穿号坎,而一律的是长袖小白褂,白的或黑的裤子,裤筒特别肥,脚腕上系着细带;脚上是宽双脸千层底青布鞋;干净,利落,神气。一见这样的服装,别的车夫不会再过来争座与赛车,他们似乎是属于另一行业的。

有了这点简单的分析,我们再说祥子的地位,就像说——我们希望——一盘机器上的某种钉子那么准确了。祥子,在与"骆驼"这个外号发生关系以前,是个比较有自由的洋车夫,这就是说,他是属于年轻力壮,而且自己有车的那一类:自己的车,自己的生活,都在自己手里,高等车夫。

这可绝不是件容易的事。一年,二年,至少有三四年;一滴汗,两滴汗,不知道多少万滴汗,才挣出那辆车。从风里雨里的咬牙,从饭里茶里的自苦,才赚出那辆车。那辆车是他的一切挣扎与困苦的总结果与报酬,像身经百战的武士的一颗徽章。在他赁人家的车的时候,他从早到晚,由东到西,由南到北,像被人家抽着转的陀螺;他没有自己。可是在这种旋转之中,他的眼并没有花,心并没有乱,他老想着远远的一辆车,可以使他自由,独立,像自己的手脚的那么一辆车。有了自己的车,他可以不再受拴车的人们的气,也无须敷衍别人,有自己的力气与洋车,睁开眼就可以有饭吃。

他不怕吃苦，也没有一般洋车夫的可以原谅而不便效法的恶习，他的聪明和努力都足以使他的志愿成为事实。假若他的环境好一些，或多受着点教育，他一定不会落在“胶皮团”里，而且无论是干什么，他总不会辜负了他的机会。不幸，他必须拉洋车；好，在这个营生里他也证明出他的能力与聪明。他仿佛就是在地狱里也能作个好鬼似的。生长在乡间，失去了父母与几亩薄田，十八岁的时候便跑到城里来。带着乡间小伙子的足壮与诚实，凡是以卖力气就能吃饭的事他几乎全做过了。可是，不久他就看出来，拉车是件更容易挣钱的事；做别的苦工，收入是有限的；拉车多着一些变化与机会，不知道在什么时候与地点就会遇到一些多于所希望的报酬。自然，他也晓得这样的机遇不完全出于偶然，而必须人与车都得漂亮精神，有货可卖才能遇到识货的人。想了一想，他相信自己有那个资格：他有力气，年纪正轻；所差的是他还没有跑过，与不敢一上手就拉漂亮的车。但这不是不能胜过的困难，有他的身体与力气做基础，他只要试验个十天半月的，就一定能跑得有个样子，然后去赁辆新车，说不定很快地就能拉上包车，然后省吃俭用地一年二年，即使是三四年，他必能自己打上一辆车，顶漂亮的车！看着自己的青年的肌肉，他以为这只是时间的问题，这是必能达到的一个志愿与目的，绝不是梦想！

他的身量与筋肉都发展到年岁前边去；二十来的岁，他已经很大很高，虽然肢体还没被年月铸成一定的格局，可是已经像个成人了——一个脸上身上都带出天真淘气的样子的大人。看着那高等的车夫，他计划着怎样杀进他的腰去，好更显出他的铁扇面似的胸，与直硬的背；扭头看看自己的肩，多么宽，多么威严！杀好了腰，再穿上肥腿的白裤，裤脚用鸡肠子带儿系住，露出那对“出号”的大脚！是的，他无疑地可以成为最出色的车夫；傻子似的他自己笑了。

他没有什么模样，使他可爱的是脸上的精神。头不很大，圆眼，肉鼻子，两条眉很短很粗，头上永远剃得发亮。腮上没有多余的肉，脖子可是几乎与头一边儿粗；脸上永远红扑扑的，特别亮的是颧骨与右耳之间一块不小的疤——小时候在树下睡觉，被驴啃了一口。他不甚注意他的模样，他爱自己的脸正如同他爱自己的身体，都那么结实硬棒；他把脸仿佛算在四肢之内，只要硬棒就好。是的，到城里以后，他还能头朝下，倒着立半天。这样立着，他觉得，他就很像一棵树，上下没有一个地方不挺脱的。

他确乎有点像一棵树，坚壮，沉默，而又有生气。他有自己的打算，有些心眼，但不好向别人讲论。在洋车夫里，个人的委屈与困难是公众的话料，"车口儿"上，小茶馆中，大杂院里，每人报告着形容着或吵嚷着自己的事，而后这些事成为大家的财产，像民歌似的由一处传到一处。祥子是乡下人，口齿没有城里人那么灵便；设若口齿灵利是出于天才，他天生来的不愿多说话，所以也不愿学着城里人的贫嘴恶舌。他的事他知道，不喜欢和别人讨论。因为嘴常闲着，所以他有工夫去思想，他的眼仿佛是老看着自己的心。只要他的主意打定，他便随着心中所开开的那条路儿走；假若走不通的话，他能一两天不出一声，咬着牙，好似咬着自己的心！

他决定去拉车，就拉车去了。赁了辆破车，他先练练腿。第一天没拉着什么钱。第二天的生意不错，可是躺了两天，他的脚脖子肿得像两条瓠子似的，再也抬不起来。他忍受着，不管是怎样的疼痛。他知道这是不可避免的事，这是拉车必须经过的一关。非过了这一关，他不能放胆地去跑。

脚好了之后，他敢跑了。这使他非常的痛快，因为别的没有什么可怕的了：地名他很熟习，即使有时候绕点远也没大关系，好在自己有的是力气。拉车的方法，以他干过的那些推，拉，扛，挑的经验来领会，也不算十分难。况且他有他的主意：多留神，少争胜，大概总不会出了毛病。至于讲价争座，他的嘴慢气盛，弄不过那些老油子们。知道这个短处，他干脆不大到"车口儿"上去；哪里没车，他放在哪里。在这僻静的地点，他可以从容地讲价，而且有时候不肯要价，只说声："坐上吧，瞧着给！"他的样子是那么诚实，脸上是那么简单可爱，人们好像只好信任他，不敢想这个傻大个子是会敲人的。即使人们疑心，也只能怀疑他是新到城里来的乡下佬儿，大概不认识路，所以讲不出价钱来。以至人们问到，“认识呀？”他就又像装傻，又像耍俏地那么一笑，使人们不知怎样才好。

两三个星期的工夫，他把腿溜出来了。他晓得自己的跑法很好看。跑法是车夫的能力与资格的证据。那撇着脚，像一对蒲扇在地上扇乎的，无疑的是刚由乡间上来的新手。那头低得很深，双脚蹭地，跑和走的速度差不多，而颇有跑的表示的，是那些五十岁以上的老者们。那经验十足而没什么力气的却另有一种方法：胸向内含，度数很深；腿抬得很高；一走一探头；这样，他们就带出跑得很用力的样子，而在事实上一点也不比别人快；他们仗着“作派”去维持自己的尊严。祥子当然决不采取这几种姿态。他的腿长步大，腰里非常的稳，跑起来没有多少响声，步步都有些伸缩，车把不动，使座儿觉到安全，舒服。说站住，不论在跑得多么快的时候，大脚在地上轻蹭两蹭，就站住了；他的力气似乎能达到车的各部分。脊背微俯，双手松松拢住车把，他活动，利落，准确；看不出急促而跑得很快，快而没有危险。就是在拉包车的里面，这也得算很名贵的。

他换了新车。从一换车那天，他就打听明白了，像他赁的那辆——弓子软，铜活地道，雨布大帘，双灯，细脖大铜喇叭——值一百出头；若是漆工与铜活含忽一点呢，一百元便可以打住。大概的说吧，他只要有一百块钱，就能弄一辆车。猛然一想，一天要是能剩一角的话，一百元就是一千天，一千天！把一千天堆到一块，他几乎算不过来这该有多么远。但是，他下了决心，一千天，一万天也好，他得买车！第一步他应当，他想好了，去拉包车。遇上交际多，饭局多的主儿，平均一月有上十来个饭局，他就可以白落两三块的车饭钱。加上他每月再省出个块儿八角的，也许是三头五块的，一年就能剩起五六十块！这样，他的希望就近便多多了。他不吃烟，不喝酒，不赌钱，没有任何嗜好，没有家庭的累赘，只要他自己肯咬牙，事儿就没有个不成。他对自己起下了誓，一年半的工夫，他——祥子——非打成自己的车不可！是现打的，不要旧车见过新的。

他真拉上了包月。可是，事实并不完全帮助希望。不错，他确是咬了牙,但是到了一年半他并没还上那个誓愿。包车确是拉上了,而且谨慎小心地看着事情;不幸,世上的事并不是一面儿的。他自管小心他的,东家并不因此就不辞他;不定是三两个月,还是十天八天,吹了;他得另去找事。自然,他得一边儿找事,还得一边儿拉散座;骑马找马,他不能闲起来。在这种时节,他常常闹错儿。他还强打着精神,不专为混一天的嚼谷,而且要继续着积储买车的钱。可是强打精神永远不是件妥当的事:拉起车来,他不能专心一志地跑,好像老想着些什么,越想便越害怕,越气不平。假若老这么下去,几时才能买上车呢?为什么这样呢?难道自己还算个不要强的?在这么乱想的时候,他忘了素日的谨慎。皮轮子上了碎铜烂磁片,放了炮;只好收车。更严重一些的,有时候碰了行人,甚至有一次因急于挤过去而把车轴盖碰丢了。设若他是拉着包车,这些错儿绝不能发生;一搁下了事,他心中不痛快,便有点楞头楞脑的。碰坏了车,自然要赔钱;这更使他焦躁,火上加了油;为怕惹出更大的祸,他有时候懊睡一整天。及至睁开眼,一天的工夫已白白过去,他又后悔,自恨。还有呢,在这种时期,他越着急便越自苦,吃喝越没规则;他以为自己是铁作的,可是敢情他也会病。病了,他舍不得钱去买药,自己硬挺着;结果,病越来越重,不但得买药,而且得一气儿休息好几天。这些个困难,使他更咬牙努力,可是买车的钱数一点不因此而加快地凑足。

整整的三年,他凑足了一百块钱!

他不能再等了。原来的计划是买辆最完全最新式最可心的车,现在只好按着一百块钱说了。不能再等;万一出点什么事再丢失几块呢!恰巧有辆刚打好的车(定作而没钱取货的)跟他所期望的车差不甚多;本来值一百多,可是因为定钱放弃了,车铺愿意少要一点。祥子的脸通红,手哆嗦着,拍出九十六块钱来:“我要这辆车!”铺主打算挤到个整数,说了不知多少话,把他的车拉出去又拉进来,支开棚子,又放下,按按喇叭,每一个动作都伴着一大串最好的形容词;最后还在钢轮条上踢了两脚,“听听声儿吧,铃铛似的!拉去吧,你就是把车拉碎了,要是钢条软了一根,你拿回来，把它摔在我脸上！一百块，少一分咱们吹！”祥子把钱又数了一遍“我要这辆车，九十六！”铺主知道是遇见了一个心眼的人，看看钱，看看祥子，叹了口气：“交个朋友，车算你的了；保六个月：除非你把大箱碰碎，我都白给修理；保单，拿着！”

祥子的手哆嗦得更厉害了，揣起保单，拉起车，几乎要哭出来。拉到个僻静地方，细细端详自己的车，在漆板上试着照照自己的脸！越看越可爱，就是那不尽合自己的理想的地方也都可以原谅了，因为已经是自己的车了。把车看得似乎暂时可以休息会儿了，他坐在了水簸箕的新脚垫儿上，看着车把上的发亮的黄铜喇叭。他忽然想起来，今年是二十二岁。因为父母死得早，他忘了生日是在哪一天。自从到城里来，他没过一次生日。好吧，今天买上了新车，就算是生日吧，人的也是车的，好记，而且车既是自己的心血，简直没什么不可以把人与车算在一块的地方。

怎样过这个“双寿”呢？祥子有主意：头一个买卖必须拉个穿得体面的人，绝对不能是个女的。最好是拉到前门，其次是东安市场。拉到了，他应当在最好的饭摊上吃顿饭，如热烧饼夹爆羊肉之类的东西。吃完，有好买卖呢就再拉一两个；没有呢，就收车；这是生日！

自从有了这辆车，他的生活过得越来越起劲了。拉包月也好，拉散座也好，他天天用不着为“车份儿”着急，拉多少钱全是自己的。心里舒服，对人就更和气，买卖也就更顺心。拉了半年，他的希望更大了：照这样下去，干上二年，至多二年，他就又可以买辆车，一辆，两辆……他也可以开车厂子了！

可是，希望多半落空，祥子的也非例外。

二

因为高兴，胆子也就大起来；自从买了车，祥子跑得更快了。自己的车，当然格外小心，可是他看看自己，再看看自己的车，就觉得有些不是味儿，假若不快跑的话。

他自己，自从到城里来，又长高了一寸多。他自己觉出来，仿佛还得往高里长呢。不错，他的皮肤与模样都更硬棒与固定了一些，而且上唇上已有了小小的胡子；可是他以为还应当再长高一些。当他走到个小屋门或街门而必须大低头才能进去的时候，他虽不说什么，可是心中暗自喜欢，因为他已经是这么高大，而觉得还正在发长，他似乎既是个成人，又是个孩子，非常有趣。

这么大的人，拉上那么美的车，他自己的车，弓子软得颤悠颤悠的，连车把都微微地动弹；车箱是那么亮，垫子是那么白，喇叭是那么响；跑得不快怎能对得起自己呢，怎能对得起那辆车呢？这一点不是虚荣心，而似乎是一种责任，非快跑，飞跑，不足以充分发挥自己的力量与车的优美。那辆车也真是可爱，拉过了半年来的，仿佛处处都有了知觉与感情，祥子的一扭腰，一蹲腿，或一直脊背，它都就马上应合着，给祥子以最顺心的帮助，他与它之间没有一点隔膜别扭的地方。赶到遇上地平人少的地方，祥子可以用一只手拢着把，微微轻响的皮轮像阵利飕的小风似的催着他跑，飞快而平稳。拉到了地点，祥子的衣裤都拧得出汗来，哗哗的，像刚从水盆里捞出来的。他感到疲乏，可是很痛快的，值得骄傲的，一种疲乏，如同骑着名马跑了几十里那样。

假若胆壮不就是大意，祥子在放胆跑的时候可并不大意。不快跑若是对不起人，快跑而碰伤了车便对不起自己。车是他的命，他知道怎样的小心。小心与大胆放在一处，他便越来越能自信，他深信自己与车都是铁做的。

因此，他不但敢放胆地跑，对于什么时候出车也不大去考虑。他觉得用力拉车去挣口饭吃，是天下最有骨气的事；他愿意出去，没人可以拦住他。外面的谣言他不大往心里听，什么西苑又来了兵，什么长辛店又打上了仗，什么西直门外又在拉伕，什么齐化门已经关了半天，他都不大注意。自然，街上铺户已都上了门，而马路上站满了武装警察与保安队，他也不便故意去找不自在，也和别人一样急忙收了车。可是，谣言，他不信。他知道怎样谨慎，特别因为车是自己的，但是他究竟是乡下人，不像城里人那样听见风便是雨。再说，他的身体使他相信，即使不幸赶到"点儿"上，他必定有办法，不至于吃很大的亏；他不是容易欺侮的，那么大的个子，那么宽的肩膀！

战争的消息与谣言几乎每年随着春麦一块儿往起长，麦穗与刺刀可以算作北方人的希望与忧惧的象征。祥子的新车刚交半岁的时候，正是麦子需要春雨的时节。春雨不一定顺着人民的盼望而降落，可是战争不管有没有人盼望总会来到。谣言吧，真事儿吧，祥子似乎忘了他曾经作过庄稼活；他不大关心战争怎样的毁坏田地，也不大注意春雨的有无。他只关心他的车，他的车能产生烙饼与一切吃食，它是块万能的田地，很驯顺地随着他走，一块活地，宝地。因为缺雨，因为战争的消息，粮食都长了价钱；这个，祥子知道。可是他和城里人一样地只会抱怨粮食贵，而一点主意没有；粮食贵，贵吧，谁有法儿教它贱呢？这种态度使他只顾自己的生活，把一切祸患灾难都放在脑后。

设若城里的人对于一切都没有办法，他们可会造谣言——有时完全无中生有，有时把一分真事说成十分——以便显出他们并不愚傻与不做事。他们像些小鱼，闲着的时候把嘴放在水皮上，吐出几个完全没用的水泡儿也怪得意。在谣言里，最有意思是关于战争的。别种谣言往往始终是谣言，好像谈鬼说狐那样，不会说着说着就真见了鬼。关于战争的，正是因为根本没有正确消息，谣言反倒能立竿见影。在小节目上也许与真事有很大的出入，可是对于战争本身的有无，十之八九是正确的。"要打仗了！"这句话一经出口，早晚准会打仗；至于谁和谁打，与怎么打，那就一个人一个说法了。祥子并不是不知道这个。不过，干苦工的人们——拉车的也在内——虽然不会欢迎战争，可是碰到了它也不一定就准倒霉。每逢战争一来，最着慌的是阔人们。他们一听见风声不好，赶快就想逃命；钱使他们来得快，也跑得快。他们自己可是不会跑，因为腿脚被钱赘得太沉重。他们得雇许多人作他们的腿，箱子得有人抬，老幼男女得有车拉；在这个时候，专卖手脚的哥儿们的手与脚就一律贵起来："前门，东车站！""哪儿？""东——车——站！""呕，干脆就给一块四毛钱！不用驳回，兵荒马乱的！"

就是在这个情形下，祥子把车拉出城去。谣言已经有十来天了，东西已都涨了价，可是战事似乎还在老远，一时半会儿不会打到北平来。祥子还照常拉车，并不因为谣言而偷点懒。有一天，拉到了西城，他看出点棱缝来。在护国寺街西口和新街口没有一个招呼"西苑哪？清华呀？"的。在新街口附近他转悠了一会儿。听说车已经都不敢出城，西直门外正在抓车，大车小车骡车洋车一齐抓。他想喝碗茶就往南放车；车口的冷静露出真的危险，他有相当的胆子，但是不便故意地走死路。正在这个接骨眼儿，从南来了两辆车，车上坐着的好像是学生。拉车的一边走，一边儿喊："有上清华的没有？嗨，清华！"

车口上的几辆车没有人答碴儿，大家有的看着那两辆车淡而不厌的微笑，有的叼着小烟袋坐着，连头也不抬。那两辆车还继续地喊："都哑巴了？清华！"

"两块钱吧，我去！"一个年轻光头的矮子看别人不出声，开玩笑似的答应了这么一句。

"拉过来！再找一辆！"那两辆车停住了。

年轻光头的楞了一会儿，似乎不知怎样好了。别人还都不动。祥子看出来，出城一定有危险，要不然两块钱清华——平常只是二三毛钱的事儿——为什么会没人抢呢？他也不想去。可是那个光头的小伙子似乎打定了主意，要是有人陪他跑一趟的话，他就豁出去了；他一眼看中了祥子："大个子，你怎样？"

"大个子"三个字把祥子招笑了，这是一种赞美。他心中打开了转儿：凭这样的赞美，似乎也应当捧那身矮胆大的光头一场；再说呢，两块钱是两块钱，这不是天天能遇到的事。危险？难道就那样巧？况且，前两天还有人说天坛住满了兵；他亲眼看见的，那里连个兵毛儿也没有。这么一想，他把车拉过去了。

拉到了西直门，城洞里几乎没有什么行人。祥子的心凉了一些。光头也看出不妙，可是还笑着说："招呼吧，伙计！是福不是祸，今儿个就是今儿个啦！"祥子知道事情要坏，可是在街面上混了这几年了，不能说了不算，不能耍老娘们脾气！

出了西直门，真是连一辆车也没遇上；祥子低下头去，不敢再看马路的左右。他的心好像直顶他的肋条。到了高亮桥，他向四围打了一眼，并没有一个兵，他又放了点心。两块钱到底是两块钱，他盘算着，没点胆子哪能找到这么俏的事。他平常很不喜欢说话，可是这阵儿他愿意跟光头的矮子说几句，街上清静得真可怕。"抄土道走吧？马路上——"

"那还用说，"矮子猜到他的意思，"自要一上了便道，咱们就算有点底儿了！"

还没拉到便道上，祥子和光头的矮子连车带人都被十来个兵捉了去！

虽然已到妙峰山开庙进香的时节，夜里的寒气可还不是一件单衫所能挡得住的。祥子的身上没有任何累赘，除了一件灰色单军服上身，和一条蓝布军裤，都被汗沤得奇臭——自从还没到他身上的时候已经如此。由这身破军衣，他想起自己原来穿着的白布小褂与那套阴丹士林蓝的夹裤褂；那是多么干净体面！是的，世界上还有许多比阴丹士林蓝更体面的东西，可是祥子知道自己混到那么干净利落已经是怎样的不容易。闻着现在身上的臭汗味，他把以前的挣扎与成功看得分外光荣，比原来的光荣放大了十倍。他越想着过去便越恨那些兵们。他的衣服鞋帽，洋车，甚至于系腰的布带，都被他们抢了去；只留给他青一块紫一块的一身伤，和满脚的疱！不过，衣服，算不了什么；身上的伤，不久就会好的。他的车，几年的血汗挣出来的那辆车，没了！自从一拉到营盘里就不见了！以前的一切辛苦困难都可一眨眼忘掉，可是他忘不了这辆车！

吃苦，他不怕；可是再弄上一辆车不是随便一说就行的事；至少还得几年的工夫！过去的成功全算白饶，他得重打鼓另开张打头儿来！祥子落了泪！他不但恨那些兵，而且恨世上的一切了。凭什么把人欺侮到这个地步呢？凭什么？“凭什么？”他喊了出来。

这一喊——虽然痛快了些——马上使他想起危险来。别的先不去管吧，逃命要紧！

他在哪里呢？他自己也不能正确地回答出。这些日子了，他随着兵们跑，汗从头上一直流到脚后跟。走，得扛着拉着或推着兵们的东西；站住，他得去挑水烧火喂牲口。他一天到晚只知道怎样把最后的力气放在手上脚上，心中成了块空白。到了夜晚，头一挨地他便像死了过去，而永远不再睁眼也并非一定是件坏事。

最初，他似乎记得兵们是往妙峰山一带退却。及至到了后山，他只顾得爬山了，而时时想到不定哪时他会一跤跌到山涧里，把骨肉被野鹰们啄尽，不顾得别的。在山中绕了许多天，忽然有一天山路越来越少，当太阳在他背后的时候，他远远地看见了平地。晚饭的号声把出营的兵丁唤回，有几个扛着枪的牵来几匹骆驼。

骆驼！祥子的心一动，忽然地他会思想了，好像迷了路的人忽然找到一个熟识的标记，把一切都极快地想了起来。骆驼不会过山，他一定是来到了平地。在他的知识里，他晓得京西一带，像八里庄，黄村，北辛安，磨石口，五里屯，三家店，都有养骆驼的。难道绕来绕去，绕到磨石口来了吗？这是什么战略——假使这群只会跑路与抢劫的兵们也会有战略——他不晓得。可是他确知道，假如这真是磨石口的话，兵们必是绕不出山去，而想到山下来找个活路。磨石口是个好地方，往东北可以回到西山；往南可以奔长辛店，或丰台；一直出口子往西也是条出路。他为兵们这么盘算，心中也就为自己画出一条道儿来：这到了他逃走的时候了。万一兵们再退回乱山里去，他就是逃出兵的手掌，也还有饿死的危险。要逃，就得乘这个机会。由这里一跑，他相信，一步就能跑回海甸！虽然中间隔着那么多地方，可是他都知道呀；一闭眼，他就有了个地图：这里是磨石口——老天爷，这必须是磨石口！——他往东北拐，过金顶山，礼王坟，就是八大处；从四平台往东奔杏子口，就到了南辛庄。为是有些遮隐，他顶好还顺着山走，从北辛庄，往北，过魏家村；往北，过南河滩；再往北，到红山头，杰王府；静宜园了！找到静宜园，闭着眼他也可以摸到海甸去！他的心要跳出来！这些日子，他的血似乎全流到四肢上去；这一刻，仿佛全归到心上来；心中发热，四肢反倒冷起来；热望使他浑身发颤！

一直到半夜，他还合不上眼。希望使他快活，恐惧使他惊惶，他想睡，但睡不着，四肢像散了似的在一些干草上放着。什么响动也没有，只有天上的星伴着自己的心跳。骆驼忽然哀叫了两声，离他不远。他喜欢这个声音，像夜间忽然听到鸡鸣那样使人悲哀，又觉得有些安慰。

远处有了炮声，很远，但清清楚楚的是炮声。他不敢动，可是马上营里乱起来。他闭住了气，机会到了！他准知道，兵们又得退却，而且一定是往山中去。这些日子的经验使他知道，这些兵的打仗方法和困在屋中的蜜蜂一样，只会到处乱撞。有了炮声，兵们一定得跑；那么，他自己也该精神着点了。他慢慢地，闭着气，在地上爬，目的是在找到那几匹骆驼。他明知道骆驼不会帮助他什么，但他和它们既同是俘虏，好像必须有些同情。军营里更乱了，他找到了骆驼——几块土岗似的在黑暗中趴伏着，除了粗大的呼吸，一点动静也没有，似乎天下都很太平。这个，教他壮起点胆子来。他伏在骆驼旁边，像兵丁藏在沙口袋后面那样。极快地他想出个道理来：炮声是由南边来的，即使不是真心作战，至少也是个“此路不通”的警告。那么，这些兵还得逃回山中去。真要是上山，他们不能带着骆驼。这样，骆驼的命运也就是他的命运。他们要是不放弃这几个牲口呢，他也跟着完事；他们忘记了骆驼，他就可以逃走。把耳朵贴在地上，他听着有没有脚步声儿来，心跳得极快。

不知等了多久，始终没人来拉骆驼。他大着胆子坐起来，从骆驼的双峰间望过去，什么也看不见，四外极黑。逃吧！不管是吉是凶，逃！

导　读

《骆驼祥子》是中学语文指定阅读的经典作品。这部长篇小说写于1936年，连载于《宇宙风》第25—48期，1939年由上海人间书屋出版。

作品以旧中国的北平为背景，描写了原来要强的人力车夫祥子，来到北平谋生，希望仗着年轻、身体好和能吃苦，积攒些钱买辆自己的车，而不再租车厂的车受盘剥，使自己能在北平城里过上好日子。这是祥子质朴的希望。小说就围绕着他买车失车的三次经历展开纵横交错的情节，第一辆车被军阀时代的兵匪劫掠，第二次买车的钱被特务侦探敲诈，与虎妞结婚后又有了第三辆车，可是虎妞难产而死，祥子只好把车卖掉办丧事还债。从此以后，祥子彻底消泯了拉车买车过上好日子的希望和想法，堕入他以前所不齿的混吃等死的都市下流社会圈子，成为个人主义的末路鬼。作品借此揭示了那个时代和社会的整体性黑暗、压迫性力量，是造成祥子悲剧的主因：三次买车失车的经历都是社会无所不在的黑恶势力造成的，祥子希望与贫民家庭的小福子结婚，但小福子有醉鬼爸爸和弟弟拖累，使祥子却步，他自己活得也很困窘，没有能力解救那么多的穷人。当然，祥子作为一个底层百姓，希冀通过自己个人的能力改变生活与命运，也表明了他的思想局限。在一个既有阶级性的政治和经济压迫，又有无所不在的黑恶势力的整体性环境里，通过个人力量摆脱厄运，是根本不可能的。小说没有直接书写政治和革命，但客观上揭示出祥子一类穷人若想改变命运，必须走别的路。这部小说从城市贫民的社会环境入手，进一步深入人物的内心深处，这就比一般的揭露社会黑暗和同情不幸者的作品，具有更多的社会内容和思想意义。

作品借由祥子从农村到城市打拼和生活的经历与遭际，进行了现实批判之外的文化批判，那就是对都市文明病与人性关系的探讨。在农村时的祥子质朴刚健，他的一切不幸，都是来到城市后遭遇的。小说揭示出城市文明的阴暗和糟粕具有一种对人的身体和心灵极强的腐蚀同化力量，是吞噬美好德行的魔窟，就连虎妞对祥子的引诱式爱情，其中也不乏病态情欲成分。小说的深刻处在于：不只是对城市文明病的批判，也揭示出它的腐朽性力量，尽管从肉体到心灵都遭到巨大的摧残，但祥子也不愿离开北平了，这样的描写显示出现实主义的内在深刻性。从这个意义上看，《骆驼祥子》也可以看作是现当代文学史上出现的农民进城文学的先声。

《骆驼祥子》是老舍的代表作，在小说艺术上也很有特色。以往老舍的小说在描写灰色市民、留学归国的洋博士、都市学府里爱罢课不读书的学生、出国的老中国人等具有国民性病症的人物时，常常流露出过分的幽默，有时流于油滑，朱自清在评价老舍早期小说时就曾经指出这一不足。《骆驼祥子》则摆脱了这一缺点，以人道主义的悲悯和替下层百姓"诉苦"与发声的立场态度，表现城市贫民的不幸，呈现出社会的整体性和黑暗性压迫与腐蚀力量对城市贫民身心的全面摧残。小说的结构安排张弛有度，以祥子进城后三次买车的遭际、起伏为主要事件和情节，横向穿插了众多与祥子有关的大小事件，形成纵横交错的网状结构。口语化的叙述和人物、环境描写的真实感，都烘托和增强了小说的艺术魅力。

思考题：

1. 成功的经典作品往往具有多种含义，可以从不同角度去理解和说明。比如解释祥子悲剧的原因，可以从社会压迫，从落后的传统观念和"国民性弱点"，或者从城市文明与人性的冲突等多个方面去阐释。你阅读《骆驼祥子》时有无想过这些问题？现在再细读这两章，是否有更深入的理解？你想侧重从哪些方面去解释祥子的悲剧呢？

2. 人们常称赞老舍作品的"京味"。阅读《骆驼祥子》，你能体会到什么样的"京味"？能否从所描写的地域文化习俗、社会心理或者语言的角度去分析一下？

第六章 曹 禺

曹禺(1910—1996),原名万家宝,生于天津,是现代文学史上大师级的剧作家。他出生于没落的官僚家庭,从小就受到传统戏曲文化的熏陶。1922 年进入“中国话剧运动的摇篮”——南开中学后,参与南开新剧团,获得丰富的舞台实践经验。1930 年入清华大学西洋文学系就读,广泛接触西方戏剧。1933 年还在大学读书的曹禺,完成四幕剧《雷雨》。之后他连续发表了《日出》(1936)、《原野》(1937),显示出极具魅力的戏剧风格和艺术才华。曹禺这些作品的出现,标志着中国现代话剧艺术的成熟。抗日战争全面爆发后,曹禺又陆续创作了《蜕变》(1940)、《北京人》(1940)和《家》(1942)等剧作,戏剧风格有所转变,特别是《北京人》,曹禺从“戏剧化的戏剧”向“生活化的戏剧”转变,是对日常生活的内在诗意的发掘。新中国成立后,曹禺先后担任中央戏剧学院副院长、北京人民艺术剧院院长、中国戏剧家协会主席、中国文联主席等职。

曹禺的剧作具有丰富的多层次的戏剧内涵。他通过戏剧深入发掘现实人生,展现真实人性的复杂面。他的戏剧创作是中国传统戏剧艺术和西方戏剧艺术的成功融合。从中国传统戏曲艺术到希腊悲剧、莎士比亚、契诃夫……都影响了曹禺的戏剧创作。在戏剧艺术领域,他大胆创新,其戏剧结构精致而丰富,人物性格鲜明,戏剧语言与戏剧意象富有个性,极具内涵。曹禺的戏剧创作,为中国现代话剧的发展开拓了广阔的领域,提供了自由的发展前景，使中国现代话剧剧场艺术得以确立，并最终影响了中国现代话剧的整体走向。

《雷雨》共四幕，主要情节如下：

序幕：多年以后，周公馆成了教会医院，步入老年的周朴园来看望两个疯女人——楼上大喊大叫的蘩漪和楼下在沉默中等待鲁大海归来的侍萍。

第一幕：30年前，年轻的周朴园爱上了女佣梅妈的女儿侍萍，并与她有了两个儿子。但后来为了给他娶一位门当户对的小姐，周家逼得侍萍抱着刚出生不久的儿子大海投河自尽。侍萍母子侥幸获救，流落他乡，而大儿子周萍被周家留下。侍萍后嫁与鲁贵并与他生女四凤。周朴园娶蘩漪为妻，并与她生子周冲。在周家，蘩漪在枯寂的生活中，爱上了周萍并与他私通。周萍渐渐耻于这种乱伦关系，疏远蘩漪，并爱上使女四凤。与此同时，周家的小儿子周冲也爱上了四凤。

第二幕：蘩漪得知周萍变心后，找来四凤之母侍萍，要求她将女儿带走。侍萍来到周家，与周朴园不期而遇。此时鲁大海作为周家矿上的工人代表来与周朴园交涉，与周萍发生争执，结果遭周萍率众殴打。

第三幕：鲁家一家人回到家中，鲁妈要带走四凤，四凤不舍周萍。夜晚，周萍跳窗进鲁家与四凤幽会，蘩漪则跟踪而至，将窗户关死。鲁大海把周萍赶出，四凤出走。

第四幕：雷电交加之夜，两家人又聚集于周家客厅。绝望中的蘩漪要揭穿一切，周朴园无奈宣布了真相，周萍意识到四凤是自己的妹妹，鲁大海是自己的亲弟弟。四凤羞愧难当，逃出客厅，触电而死，周冲出来寻找四凤也触电而死，周萍开枪自杀，鲁大海出走，侍萍和蘩漪经受不住打击而疯。

尾声：看到蘩漪和侍萍没有好转，周朴园一个人在悲痛中深深忏悔。

以下是《雷雨》第四幕节选。

雷雨(节选)[①]

[四凤由中门进,头发散乱,衣服湿透,眼泪同雨水流在脸上,眼角粘着淋漓的鬓发,衣裳贴着皮肤,雨后的寒冷逼着她发抖,她的牙齿上下地震战着。她见周萍如同失路的孩子再见着母亲,呆呆地望着他。

鲁四凤　萍!

周　萍　(感动地)凤。

鲁四凤　(胆怯地)没有人吧。

周　萍　(难过,怜悯地)没有。(拉着她的手)

鲁四凤　(放开胆)哦! 萍! (抱着周萍抽咽)

周　萍　(如许久未见她)你怎么,你怎么会这样? 你怎么会找着我? (止不住地)你怎么进来的?

鲁四凤　我从小门偷进来的。

周　萍　凤,你的手冰凉,你先换一换衣服。

鲁四凤　不;萍,(抽咽)让我先看看你。

周　萍　(引她到沙发,坐在自己一旁,热烈地)你,你上哪儿去了,凤?

鲁四凤　(看着他,含着眼泪微笑)萍,你还在这儿,我好像隔了多年一样。

周　萍　(顺手拿起沙发上的一条紫线毯给她围上)我可怜的凤儿,你怎么这样傻,你上哪儿去了? 我的傻孩子!

鲁四凤　(擦着眼泪,拉着周萍的手,周萍蹲在旁边)我一个人在雨里跑,不知道自己在哪儿。天上打着雷,前面我只看见模模糊

---

① 曹禺. 雷雨[M]. 北京:人民文学出版社,1997.

糊的一片；我什么都忘了，我像是听见妈在喊我，可是我怕，我拼命地跑，我想找着我们门口那一条河跳。

周　萍　（紧握着四凤的手）凤！

鲁四凤　——可是不知怎么绕来绕去我总找不着。

周　萍　哦，凤，我对不起你，原谅我，是我叫你这样，你原谅我，你不要怨我。

鲁四凤　萍，我怎么也不会怨你的。我糊糊涂涂又碰到这儿，走到花园那电线杆底下，我忽然想死了。我知道一碰那根电线，我就可以什么都忘了。我爱我的母亲，我怕我刚才对她起的誓，我怕她说我这么一声坏女儿，我情愿不活着。可是，我刚要碰那根电线，我忽然看见你窗户的灯，我想到你在屋子里。哦，萍，我突然觉得，我不能这样就死，我不能一个人死，我丢不了你。我想起来，世界大得很，我们可以走，我们只要一块儿离开这儿。萍啊，你——

周　萍　（沉重地）我们一块儿离开这儿？

鲁四凤　（急切地）就是这一条路，萍，我现在已经没有家，（辛酸地）哥哥恨死我，母亲我是没有脸见的。我现在什么都没有，我没有亲戚，没有朋友，我只有你，萍，（哀告地）你明天带我去吧。

［半晌。

周　萍　（沉重地摇着头）不，不——

鲁四凤　（失望地）萍。

周　萍　（望着她，沉重地）不，不——我们现在就走。

鲁四凤　（不相信地）现在就走？

周　萍　（怜惜地）嗯，我原来打算一个人现在走，以后再来接你，不过现在不必了。

鲁四凤　（不信地）真的，一块儿走么？

周　萍　嗯，真的。

鲁四凤　（狂喜地，扔下线毯，立起，亲周萍的手，一面擦着眼泪）真的，真的，真的，萍，你是我的救星，你是天底下顶好的人，你是我——哦，我爱你！（在他身下流泪）

周　萍　（感动地，用手绢擦着眼泪）凤，以后我们永远在一块儿了，不分开了。

鲁四凤　（自慰地，在周萍的怀里）嗯，我们离开这儿了，不分开了。

周　萍　（约束自己）好，凤，走以前我们先见见一个人。见完他我们就走。

鲁四凤　一个人？

周　萍　你哥哥。

鲁四凤　哥哥？

周　萍　他找你，他就在饭厅里头。

鲁四凤　（恐惧地）不，不，你不要见他，他恨你，他会害你的。走吧，我们就走吧。

周　萍　（安慰地）我已经见过他。——我们现在一定要见他一面，（不可挽回地）不然我们也走不了的。

鲁四凤　（胆怯）可是，萍，你——

［周萍走到饭厅门口，开门。

周　萍　（叫）鲁大海！鲁大海！——咦，他不在这儿，奇怪，也许他从饭厅的门出去了。（望着四凤）

鲁四凤　（走到萍面前，哀告地）萍，不要管他，我们走吧。（拉他向中门走）我们就这样走吧。

［四凤拉周萍至中门，中门开，鲁妈与大海进。

［两点钟内鲁妈的样子另变了一个人。声音因为在雨里叫喊哭号已经暗哑，眼皮失望地向下垂，前额的皱纹很深地刻在上面，过度的刺激使着她变成了呆滞，整个激成刻板的痛苦的模型。她的衣服像是已烘干了

一部分，头发还有些湿，鬓角凌乱地贴着湿的头发。她的手在颤，很小心地走进来。

鲁四凤　（惊惧）妈！（畏缩）

［略顿，鲁妈哀怜地望着四凤。

鲁侍萍　（伸出手向四凤，哀痛地）凤儿，来！

［四凤跑至母亲面前，跪下。

鲁四凤　妈！（抱着母亲的膝）

鲁侍萍　（抚摸四凤的头顶，痛惜地）孩子，我的可怜的孩子。

鲁四凤　（泣不成声地）妈，饶了我吧，饶了我吧，我忘了您的话了。

鲁侍萍　（扶起四凤）你为什么早不告诉我？

鲁四凤　（低头）我疼您，妈，我怕，我不愿意有一点叫您不喜欢我，看不起我，我不敢告诉您。

鲁侍萍　（沉痛地）这还是你的妈太糊涂了，我早该想到的。（酸苦地）然而天，这谁又料得到，天底下会有这种事，偏偏又叫我的孩子们遇着呢？哦，你们妈的命太苦，我们的命也太苦了。

鲁大海　（冷淡地）妈，我们走吧，四凤先跟我们回去。——我已经跟他（指周萍）商量好了，他先走，以后他再接四凤。

鲁侍萍　（迷惑地）谁说的？谁说的？

鲁大海　（冷冷地望着鲁妈）妈，我知道您的意思，自然只有这么办。所以，周家的事我以后也不提了，让他们去吧。

鲁侍萍　（迷惑，坐下）什么？让他们去？

周　萍　（嗫嚅）鲁奶奶，请您相信我，我一定好好地待她，我们现在决定就走。

鲁侍萍　（拉着四凤的手，颤抖地）凤，你，你要跟他走？

鲁四凤　（低头，不得已紧握着鲁妈的手）妈，我只好先离开您了。

鲁侍萍　（忍不住）你们不能够在一块儿！

鲁大海　(奇怪地)妈,您怎么?

鲁侍萍　(站起)不,不成!

鲁四凤　(着急)妈!

鲁侍萍　(不顾她,拉着她的手)我们走吧。(向大海)你出去叫一辆洋车,四凤大概走不动了。我们走,赶快走。

鲁四凤　(死命地退缩)妈,您不能这样做。

鲁侍萍　不,不成!(呆滞地,单调地)走,走。

鲁四凤　(哀求)妈,您愿您的女儿急得要死在您的眼前么?

周　萍　(走向鲁妈前)鲁奶奶,我知道我对不起你。不过我能尽我的力量补我的错,现在事情已经做到这一步,您——

鲁大海　妈,(不懂地)您这一次,我可不明白了!

鲁侍萍　(不得已,严厉地)你先去雇车去!(向四凤)凤儿,你听着,我情愿你没有,我不能叫你跟他在一块儿。——走吧!

[大海刚至门口,四凤喊一声。

鲁四凤　(喊)啊,妈,妈!(晕倒在母亲怀里)

鲁侍萍　(抱着四凤)我的孩子,你——

周　萍　(急)她晕过去了。

[鲁妈按着她的前额,低声唤“四凤”,忍不住地泣下。

[周萍向饭厅跑。

鲁大海　不用去——不要紧,一点凉水就好。她小时就这样。

[周萍拿凉水洒在她面上,四凤渐醒,面呈死白色。

鲁侍萍　(拿凉水灌四凤)凤儿,好孩子。你回来,你回来。——我的苦命的孩子。

鲁四凤　(口渐张,眼睁开,喘出一口气)啊,妈!

鲁侍萍　(安慰地)孩子,你不要怪妈心狠,妈的苦说不出。

鲁四凤　(叹出一口气)妈!

鲁侍萍　什么? 凤儿。

鲁四凤　我，我不能告诉你，萍！

周　萍　凤，你好点了没有？

鲁四凤　萍，我，总是瞒着你；也不肯告诉您（乞怜地望着鲁妈）妈，您——

鲁侍萍　什么，孩子，快说。

鲁四凤　（抽咽）我，我——（放胆）我跟他现在已经有……（大哭）

鲁侍萍　（切迫地）怎么，你说你有——（过受打击，不动）

周　萍　（拉起四凤的手）四凤！怎么，真的，你——

鲁四凤　（哭）嗯。

周　萍　（悲喜交集）什么时候？什么时候？

鲁四凤　（低头）大概已经三个月。

周　萍　（快慰地）哦，四凤，你为什么不告诉我，我，我的——

鲁侍萍　（低声）天哪。

周　萍　（走向鲁）鲁奶奶，您无论如何不要再固执哪，都是我错了：我求您！（跪下）我求您放了她吧。我敢保我以后对得起她，对得起您。

鲁四凤　（立起，走到鲁妈面前跪下）妈，您可怜可怜我们，答应我们，让我们走吧。

鲁侍萍　（不做声，坐着，发痴）我是在做梦。我的儿女，我自己生的儿女，三十年功夫—— 哦，天哪，（掩面哭，挥手）你们走吧，我不认得你们。（转过头去。）

周　萍　谢谢您！（立起）我们走吧。凤！（四凤起）

鲁侍萍　（回头，不自主地）不，不能够！

[四凤又跪下。

鲁四凤　（哀求）妈，您，您是怎么？我的心定了。不管他是富，是穷，不管他是谁，我是他的了。我心里第一个许了他，我看得见的只有他，妈，我现在到了这一步：他到哪儿我也到哪儿；他是什么，我也跟他是什么。妈，您难道不明白，我——

鲁侍萍　（指手令她不要向下说，苦痛地）孩子。

鲁大海　妈，妹妹既然是闹到这样，让她去了也好。

周　萍　（阴沉地）鲁奶奶，您心里要是一定不放她，我们只好不顺从您的话，自己走了。凤！

鲁四凤　（摇头）萍！（还望着鲁妈）妈！

鲁侍萍　（沉重的悲伤，低声）啊，天知道谁犯了罪，谁造的这种孽！——他们都是可怜的孩子，不知道自己做的是什么。天哪，如果要罚，也罚在我一个人身上；我一个人有罪，我先走错了一步。（伤心地）如今我明白了，我明白了，事情已经做了的，不必再怨这不公平的天；人犯了一次罪过，第二次也就自然地跟着来。——（摸着四凤的头）他们是我的干净孩子，他们应当好好地活着，享着福。冤孽是在我心里头，苦也应当我一个人尝。他们快活，谁晓得就是罪过？他们年轻，他们自己并没有成心做了什么错。（立起，望着天）今天晚上，是我让他们一块儿走，这罪过我知道，可是罪过我现在替他们犯了；所有的罪孽都是我一个人惹的，我的儿女们都是好孩子，心地干净的，那么，天，真有了什么，也就让我一个人担待吧。（回过头）凤儿，——

鲁四凤　（不安地）妈，您心里难过，——我不明白您说的什么。

鲁侍萍　（回转头。和蔼地）没有什么。（微笑）你起来，凤儿，你们一块儿走吧。

鲁四凤　（立起，感动地，抱着她的母亲）妈！

周　萍　去，（看表）不早了，还只有二十五分钟，叫他们把汽车开出来，走吧。

鲁侍萍　（沉静地）不，你们这次走，是在黑地里走，不要惊动旁人。（向大海）大海，你出去叫车去，我要回去，你送他们到车站。

鲁大海 嗯。

[大海由中门下。

鲁侍萍 (向四凤哀婉地)过来,我的孩子,让我好好地亲一亲。(四凤过来抱母;鲁妈向周萍)你也来,让我也看你一下。(周萍至前,低头,鲁妈望他擦眼泪)好,你们走吧——我要你们两个在未走以前答应我一件事。

周　萍 您说吧。

鲁侍萍 你们不答应,我还是不要四凤走的。

鲁四凤 妈,您说吧,我答应。

鲁侍萍 (看他们两人)你们这次走,最好越走越远,不要回头。今天离开,你们无论生死,永远也不许见我。

鲁四凤 (难过)妈,那不——

周　萍 (眼色,低声)她现在很难过,才说这样的话,过后,她就会好了的。

鲁四凤 嗯,也好,——妈,那我们走吧。

[四凤跪下,向鲁妈叩头,四凤落泪,鲁妈竭力忍着。

鲁侍萍 (挥手)走吧!

周　萍 我们从饭厅里出去吧,饭厅里还放着我几件东西。

[三人——周萍,四凤,鲁妈——走到饭厅门口,饭厅门开。蘩漪走出,三人俱惊视。

鲁四凤 (失声)太太!

周蘩漪 (沉稳地)咦,你们到哪儿去?外面还打着雷呢!

周　萍 (向蘩漪)怎么你一个人在外面偷听!

周蘩漪 嗯,不只我,还有人呢。(向饭厅上)出来呀,你!

[周冲由饭厅上,畏缩地。

鲁四凤 (惊愕)二少爷!

周　冲 (不安地)四凤!

周　萍　(不高兴,向弟)弟弟,你怎么这样不懂事?

周　冲　(莫明其妙地)妈叫我来的,我不知道你们这是干什么。

周蘩漪　(冷冷地)现在你就明白了。

周　萍　(焦躁,向蘩漪)你这是干什么?

周蘩漪　(嘲弄地)我叫你弟弟来给你们送行。

周　萍　(气愤)你真卑——

周　冲　哥哥!

周　萍　弟弟,我对不起!——(突向蘩漪)不过世界上没有像你这样的母亲!

周　冲　(迷惑地)妈,这是怎么回事?

周蘩漪　你看哪!(向四凤)四凤,你预备上哪儿去?

鲁四凤　(嗫嚅)我……我?……

周　萍　不要说一句瞎话。告诉他们,挺起胸来告诉他们,说我们预备一块儿走。

周　冲　(明白)什么,四凤,你预备跟他一块儿走?

鲁四凤　嗯,二少爷,我,我是——

周　冲　(半质问地)你为什么早不告诉我?

鲁四凤　我不是不告诉你;我跟你说过,叫你不要找我,因为我——我已经不是个好女人。

周　萍　(向四凤)不,你为什么说自己不好?你告诉他们!(指蘩漪)告诉他们,说你就要嫁我!

周　冲　(略惊)四凤,你——

周蘩漪　(向周冲)现在你明白了。(周冲低头)

周　萍　(突向蘩漪,刻毒地)你真没有一点心肝!你以为你的儿子会替——会破坏么?弟弟,你说,你现在有什么意思,你说,你预备对我怎么样?说!哥哥都会原谅你。

[周冲望着蘩漪,又望四凤,自己低头。

周蘩漪　冲儿，说呀！（半晌，急促）冲儿，你为什么不说话呀？你为什么不抓着四凤问？你为什么不抓着你哥哥说话呀？（又顿。众人俱看周冲，周冲不语）冲儿你说呀，你怎么，你难道是个死人？哑巴？是个糊涂孩子？你难道见着自己心上喜欢的人叫人抢去，一点儿都不动气么？

周　冲　（抬头，羊羔似的）不，不，妈！（又望四凤，低头）只要四凤愿意，我没有一句话可说。

周　萍　（走到周冲面前，拉着他的手）哦，我的好弟弟，我的明白弟弟！

周　冲　（疑惑地，思考地）不，不，我忽然发现……我觉得……我好像并不是真爱四凤；（渺渺茫茫地）以前——我，我，我——大概是胡闹！

周　萍　（感激地）不过，弟弟——

周　冲　（望着周萍热烈的神色，退缩地）不，你把她带走吧，只要你好好地待她！

周蘩漪　（整个幻灭，失望）哦，你呀！（忽然，气愤）你不是我的儿子；你不像我，你——你简直是条死猪！

周　冲　（受侮地）妈！

周　萍　（惊）你是怎么回事！

周蘩漪　（昏乱地）你真没有点男子气，我要是你，我就打了她，烧了她，杀了她。你真是糊涂虫，没有一点生气的。你还是你父亲养的，你父亲的小绵羊。我看错你了——你不是我的，你不是我的儿子。

周　萍　（不平地）你是冲弟弟的母亲么？你这样说话。

周蘩漪　（痛苦地）萍，你说，你说出来；我不怕，你告诉他，我现在已经不是他的母亲？

周　冲　（难过地）妈，您怎么？

周蘩漪　(丢弃了拘束)我叫他来的时候,我早已忘了我自己,(向周冲,半疯狂地)你不要以为我是你的母亲,(高声)你的母亲早死了,早叫你父亲压死了,闷死了。现在我不是你的母亲。她是见着周萍又活了的女人,(不顾一切地)她也是要一个男人真爱她,要真真活着的女人!

周　冲　(心痛地)哦,妈。

周　萍　(眼色向周冲)她病了。(向蘩漪)你跟我上楼去吧!你大概是该歇一歇。

周蘩漪　胡说!我没有病,我没有病,我神经上没有一点病。你们不要以为我说胡话。(揩眼泪,哀痛地)我忍了多少年了,我在这个死地方,监狱似的周公馆,陪着一个阎王十八年了,我的心并没有死;你的父亲只叫我生了冲儿,然而我的心,我这个人还是我的。(指周萍)就只有他才要了我整个的人,可是他现在不要我,又不要我了。

周　冲　(痛极)妈,我最爱的妈,您这是怎么回事?

周　萍　你先不要管她,她在发疯!

周蘩漪　(激烈地)不要学你的父亲。没有疯——我这是没有疯!我要你说,我要你告诉他们——这是我最后的一口气!

周　萍　(狼狈地)你叫我说什么?我看你上楼睡去吧。

周蘩漪　(冷笑)你不要装!你告诉他们,我并不是你的后母。

[大家俱惊,略顿。

周　冲　(无可奈何地)妈!

周蘩漪　(不顾地)告诉他们,告诉四凤,告诉她!

鲁四凤　(忍不住)妈呀!(投入鲁妈怀)

周　萍　(望着弟弟,转向蘩漪)你这是何苦!过去的事你何必说呢?叫弟弟一生不快活。

周蘩漪　(失了母性,喊着)我没有孩子,我没有丈夫,我没有家,我什么都没有，我只要你说：我——我是你的。

周　萍　（苦恼）哦，弟弟！你看弟弟可怜的样子，你要是有一点母亲的心——

周蘩漪　（报复地）你现在也学会你的父亲了，你这虚伪的东西，你记着，是你才欺骗了你的弟弟，是你欺骗我，是你才欺骗了你的父亲！

周　萍　（愤怒）你胡说，我没有，我没有欺骗他！父亲是个好人，父亲一生是有道德的，（蘩漪冷笑）——（向四凤）不要理她，她疯了，我们走吧。

周蘩漪　不用走，大门锁了。你父亲就下来，我派人叫他来的。

鲁侍萍　哦，太太！

周　萍　你这是干什么？

周蘩漪　（冷冷地）我要你父亲见见他将来的好媳妇你们再走。（喊）朴园，朴园！……

周　冲　妈，您不要！

周　萍　（走到蘩漪面前）疯子，你敢再喊！

[蘩漪跑到书房门口，喊。

鲁侍萍　（慌）四凤，我们出去。

周蘩漪　不，他来了！

[朴园由书房进，大家俱不动，静寂若死。

周朴园　（在门口）你叫什么？你还不上楼去睡？

周蘩漪　（倨傲地）我请你见见你的好亲戚。

周朴园　（见鲁妈，四凤在一起，惊）啊，你，你，——你们这是做什么？

周蘩漪　（拉四凤向朴园）这是你的媳妇，你见见。（指着朴园向四凤）叫他爸爸！（指着鲁妈向朴园）你也认识认识这位老太太。

鲁侍萍　太太！

周蘩漪　萍,过来!当着你父亲,过来,给这个妈叩头。

周　萍　(难堪)爸爸,我,我——

周朴园　(明白地)怎么——(向鲁妈)侍萍,你到底还是回来了。

周蘩漪　(惊)什么?

鲁侍萍　(慌)不,不,您弄错了。

周朴园　(悔恨地)侍萍,我想你也会回来的。

鲁侍萍　不,不!(低头)啊!天!

周蘩漪　(惊愕地)侍萍?什么,她是侍萍?

周朴园　嗯。(烦厌地)蘩你不必再故意地问我,她就是萍儿的母亲,三十年前死了的。

周蘩漪　天哪!

〔半晌。四凤苦闷地叫了一声,看着她的母亲,鲁妈苦痛地低着头。周萍脑筋昏乱,迷惑地望着父亲,同鲁妈。这时蘩漪渐渐移到周冲身边,现在她突然发现一个更悲惨的命运,逐渐地使她同情周萍,她觉出自己方才的疯狂,这使她很快地恢复原来平常母亲的情感。她不自主地愧恨地望着自己的冲儿。

周朴园　(沉痛地)萍儿,你过来。你的生母并没有死,她还在世上。

周　萍　(半狂地)不是她!爸,您告诉我,不是她!

周朴园　(严厉地)混账!萍儿,不许胡说。她没有什么好身世,也是你的母亲。

周　萍　(痛苦万分)哦,爸!

周朴园　(尊重地)不要以为你跟四凤同母,觉得脸上不好看,你就忘了人伦天性。

鲁四凤　(向母痛苦地)哦,妈!

周朴园　(沉痛地)萍儿,你原谅我。我一生就做错了这一件事。我万没有想到她今天还在,今天找到这儿。我想这只能说是天命。(向鲁妈叹口气)我老了,刚才我叫你走,我很后悔,我预备寄给你两万块钱。现在你既然来了，我想萍儿是个孝顺孩子，他会好好地侍奉你。我对不起你的地方，他会补上的。

周　萍　（向鲁妈）您——您是我的——

鲁侍萍　（不自主地）萍——（回头抽咽）

周朴园　跪下，萍儿！不要以为自己是在做梦，这是你的生母。

鲁四凤　（昏乱地）妈，这不会是真的。

鲁侍萍　（不语，抽咽）

周蘩漪　（转向周萍，悔恨地）萍，我，我万想不到是——是这样，萍——

周　萍　（怪笑，向朴园）父亲！（怪笑，向鲁妈）母亲！（看四凤，指她）你——

鲁四凤　（与周萍互视怪笑，忽然忍不住）啊，天！（由中门跑下）

[周萍扑在沙发上，鲁妈死气沉沉地立着。

周蘩漪　（急喊）四凤！四凤！（转向周冲）冲儿，她的样子不大对，你赶快出去看她。

[周冲由中门跑下，喊四凤。

周朴园　（至萍前）萍儿，这是怎么回事？

周　萍　（突然）爸，你不该生我！（跑，由饭厅下）。

[远处听见四凤的惨叫声，周冲狂呼四凤，过后周冲也发出惨叫。

鲁侍萍　（同时叫）四凤，你怎么啦！

周蘩漪　（同时叫）我的孩子，我的冲儿！

[二人同由中门跑出。

周朴园　（急走至窗前拉开窗幕，颤声）怎么？怎么？

[仆人由中门跑上。

仆　人　（喘）老爷！

周朴园　快说，怎么啦？

仆　人　(急不成声)四凤……死了……

周朴园　(急)二少爷呢?

仆　人　也……也死了。

周朴园　(颤声)不,不,怎……么?

仆　人　四凤碰着那条走电的电线。二少爷不知道,赶紧拉了一把,两个人一块儿中电死了。

周朴园　(几晕)这不会。这,这,——这不能够,这不能够!

[朴园与仆人跑下。

[周萍由饭厅出,颜色惨白,但是神气沉静地。他走到那张放鲁大海的手枪的桌前,抽开抽屉,取出手枪,手微颤,慢慢走进右边书房。

[外面人声嘈乱,哭声,吵声,混成一片。鲁妈由中门上,脸更呆滞,如石膏人像。老年仆人跟在后面,拿着电筒。

[鲁妈一声不响地立在台中。

老　仆　(安慰地)老太太,您别发呆!这不成,您得哭,您得好好哭一场。

鲁侍萍　(无神地)我哭不出来!

老　仆　这是天意,没有法子。——可是您自己得哭。

鲁侍萍　不,我想静一静。(呆立)

[中门大开,许多仆人围着蘩漪,蘩漪不知是在哭在笑。

仆　人　(在外面)进去吧,太太,别看哪。

周蘩漪　(为人拥至中门,倚门怪笑)冲儿,你这么张着嘴?你的样子怎么直对我笑?——冲儿,你这个糊涂孩子。

周朴园　(走在中门中,眼泪在面上)蘩漪,进来!我的手发木,你也别看了。

老　仆　太太,进来吧。人已经叫电火烧焦了,没有法子办了。

周蘩漪　(进来,干哭)冲儿,我的好孩子。刚才还是好好的,你怎么会死,你怎么会死得这样惨?(呆立)

周朴园　（已进来）你要静一静。（擦眼泪）

周繁漪　（狂笑）冲儿，你该死，该死！你有了这样的母亲，你该死！

［外面仆人与鲁大海打架声。

周朴园　这是谁？谁在这时候打架。

［老仆下问，立时另一仆人上。

周朴园　外面是怎么回事？

仆　人　今天早上那个鲁大海，他这时又来了，跟我们打架。

周朴园　叫他进来！

仆　人　老爷，他连踢带打地伤了我们好几个，他已经从小门跑了。

周朴园　跑了？

仆　人　是，老爷。

周朴园　（略顿，忽然）追他去，给我追他去。

仆　人　是，老爷。

［仆人一齐下。屋中只有朴园、鲁妈、繁漪三人。

周朴园　（哀伤地）我丢了一个儿子，不能再丢第二个了。

［三人都坐下来。

鲁侍萍　都去吧！让他去了也好，我知道这孩子。他恨你，我知道他不会回来见你的。

周朴园　（寂静，自己觉得奇怪）年轻的反而走我们前头了，现在就剩下我们这些老——（忽然）萍儿呢？大少爷呢？萍儿，萍儿！（无人应）来人呀！来人！（无人应）你们给我找呀，我的大儿子呢？

［书房枪声，屋内死一般的静默。

周繁漪　（忽然）啊！（跑下书房，朴园呆立不动，立时繁漪狂喊跑出）他……他……

周朴园　他……他……

［朴园与繁漪一同跑下，进书房。

［鲁妈立起，向书房颠踬了两步，至台中，渐向下倒，跪在地上，如序幕结尾老妇人倒下的样子。

［舞台渐暗，奏序幕之音乐（*High Mass*—Bach）若在远处奏起，至完全黑暗时最响，与序幕末尾音乐声同。幕落，即开，接尾声。

导 读

《雷雨》也是中学语文课学习过的。这里再细读欣赏，希望读者对于话剧艺术和悲剧的审美特点有更多的了解。

1933 年夏秋之间，曹禺创作了他的第一个话剧作品《雷雨》，发表于 1934 年 7 月的《文学季刊》。《雷雨》的剧情发生在一天的时间（上午到午夜两点钟），展现了周鲁两家前后 30 年复杂的矛盾纠葛，故事情节非常紧张曲折。

曹禺的同时代人在解读《雷雨》时，多注重其对于社会现实问题的揭露，比如周朴园和鲁大海之间的劳资矛盾；蘩漪的情感悲剧背后的中国式婚姻和家庭问题；周朴园和侍萍之间的贫富阶层问题等。但曹禺觉得这种解读是不够准确的，他反复强调，《雷雨》固然反映了一些社会现实，但它绝不是一出“社会问题剧”，“我写的是一首诗，一首叙事诗，这诗不一定是美丽的，但是必须给读诗的一个不断的新的感觉”。如果将《雷雨》作为一出超越现实的“诗剧”来解读，就不难发现曹禺独有的戏剧主题：命运的挣扎与残忍。剧中的典型的意象——“郁热”的雷雨天，正是人的生存困境的一种象征。郁热的雷雨天不单单是戏剧的自然背景，同时也是所有人物的情感和生存状态的象征。特别是蘩漪，这个“交织着最残酷的爱和最不忍的恨”的女性，其情感和欲望在长久的压抑后毁灭性地爆发，难怪曹禺要说她是最为“雷雨式”的性格。

在《雷雨》的第四幕中，绝望的蘩漪化身为复仇女神，“逼问”出了隐藏 30 年的秘密。此前所有人对未来的期望和为此所做的挣扎全部落了空，每一个人都陷入“残酷的井”中，“怎样呼号也难逃脱这黑暗的坑”。曹禺曾经提及自己创作《雷雨》时，最先写出的是第三幕，这一幕中，所有人(鲁妈、周冲、周萍、蘩漪)都在“争夺”四凤，将解除自身困境的希望寄托在四凤身上，这一戏剧冲突的设置最能体现出本剧“挣扎”的主题。同样，最后一幕中，焦点再一次放在了四凤身上。众人对四凤的最后“争夺”也是他们最后的一次挣扎，这种挣扎最终将残酷的真相推到了幕前。《雷雨》的戏剧冲突在真相揭穿的瞬间达到了高潮，也在此处戛然而止。戏剧的结尾，年青一代大多死去，只留下有着“罪孽”的上一代人，这无疑强化了命运的残忍和人无力摆脱生存困境的悲剧感。

值得注意的是，这一幕并非《雷雨》真正的结尾。这一幕后面，还有一个“尾声”，“尾声”和开篇的“序幕”一起，巧妙地将整个故事推到了时间辽远的所在。它们的存在造成了“欣赏的距离”，使得观众能够在激荡的情绪中平静下来，以超越的视角和悲悯的情怀，获得情感的净化和升华。这一戏剧美学理念在当时无疑是超前的，后来的改编者将《雷雨》搬上舞台时，多觉得序幕和尾声与剧情关系不大，选择将它们删除。对于曹禺而言，这是一种误读。

《雷雨》情节冲突集中，结构紧凑，符合“三一律”的创作法则，在情节、地点和时间上相对集中。但曹禺后来觉得这样的结构“太像戏”了，是对技巧的过分使用。因此《雷雨》之后的《日出》，他采用了完全不同的戏剧结构，借鉴了印象派绘画的散点技法，用片段的方法、琐碎的人生来呈现一个观念。

思考题：

1.《雷雨》的主人公是谁？说说你的理由。

2.在《雷雨》序中，曹禺声明他创作此剧时，“在发泄着被抑压的愤懑，毁谤着中国的家庭和社会”；然而他同时又说，“《雷雨》对于我是个诱惑。与《雷雨》俱来的情绪，蕴成我对宇宙间许多神秘的事物一种不可言喻的憧憬”。你如何理解这两种创作心理状态(或指向)及其在剧作中的体现？

第七章 沈从文

沈从文(1902—1988),原名沈岳焕,湖南湘西凤凰县人。沈从文的出生地湘西凤凰是一个苗汉杂居的偏远之地,有着极其独特的地域文化与历史。沈从文早期的生活经历带有某种传奇性,他14岁起加入地方军队,随军队辗转于沅水流域。20世纪20年代初他从湘西来到北京,在窘困的生活中自学并开始写作。20世纪30年代,沈从文的创作风格渐趋成熟。他以大量散文、小说作品,营造出独属于自己的“湘西世界”,并成为京派的代表作家之一。沈从文作品结集的有80多部,代表作包括短篇小说集《从文小说习作选》《新与旧》《月下小景》《阿黑小史》等,中长篇小说《边城》《长河》,散文《从文自传》《湘行散记》《湘西》,文论《烛虚》《废邮存底》等。

沈从文的文学创作有着独特的主题,如他所说:“我只想造希腊小庙”,“这神庙供奉的是‘人性’”。从题材上看,他的小说大概可分为两类:一类写乡村和“抹布阶级”;一类写城市和“知识阶层”。城乡对峙构成他小说创作中的二元对立结构。沈从文坚持以“乡下人”的身份自居,他借助“乡下人”的视角,展开对都市文明和都市生活的批判。在城乡对比的视野中,沈从文笔下偏远的“湘西世界”反而“具有了理想化了的形态”。在他的“湘西系列”中,他通过对各种乡村生命形态的书写,展现出自己对于理想人性和生命形式的追求。其代表作《边城》,借助西水流域一个小城内的爱情故事，表现出他理想中的那种“优美，健康，自然而又不悖乎人性的人生形式”，当中几个明慧、天真的小儿女形象，也正是其理想人性的代表。他希望能以湘西世界中还未受现代都市文明污染的健康纯朴的人性，作为民族精神重造的资源，这正是他文学理想的独特之处。

沈从文的文学语言明净清澈。其小说创作不重情节，强调氛围和意境的营造，在独特的地方人情风俗的书写中，带有鲜明的文化意蕴和诗化色彩。他以抒情笔调写乡村题材，对后来乡土文学的发展影响颇为深远。

这里选的是沈从文的短篇小说《丈夫》。

丈 夫①

落了春雨，一共有七天，河水涨大了。

河中涨了水，平常时节泊在河滩的烟船、妓船，离岸极近，全系在吊脚楼下的支柱上。

在楼上四海春茶馆喝茶的闲汉子，俯身在临河一面窗口，可以望到对河宝塔边“烟雨红桃”好景致，也可以知道船上妇人陪客烧烟的情形。因为那么近，上下都方便，有喊熟人的声音，从上面或从下面喊叫。到后是互相见面了，谈话了，取了亲昵样子，骂着野话粗话，于是楼上人会了茶钱，从湿而发臭的甬道走去，从那些肮脏地方走到船上了。

上了船，花钱半块到五块，随心所欲吃烟睡觉，同妇人毫无拘束的放肆取乐，这些在船上生活的大臀肥身的年青乡下女人，就用一个妇人的好处，热忱而切实的服侍男子过夜。

船上人，把这件事也像其余地方一样称呼，叫这做“生意”。她们都是做生意而来的。在名分上，那名称与别的工作同样，既不与道德相冲突，也并不违反健康。她们从乡下来，从那些种田挖园的人家，离了乡村，离

① 沈从文.沈从文小说选：第1集[M].北京：人民文学出版社，1982.

了石磨同小牛，离了那年青而强健的丈夫，跟随了一个同乡熟人，就来到这船上做生意了。做了生意，慢慢的变成为城市里人，慢慢的与乡村离远，慢慢的学会了一些只有城市里才需要的恶德，于是妇人就毁了。但那毁是慢慢的，因为很需要一些日子，所以谁也不去注意。而且也仍然不缺少在任何情形下还依旧好好的保留着那乡村纯朴气质的妇人。所以在本市大河妓船上，决不会缺少年青女子的来路。

事情非常简单，一个不亟亟于生养孩子的妇人，到了城市，能够每月把从城市里两个晚上所得的钱，送给那留在乡下诚实耐劳、种田为生的丈夫，在那方面就过了好日子，名分不失，利益存在。所以许多年青的丈夫，在娶媳妇以后，把她送出来，自己留在家中耕田种地，安分过日子，也竟是极其平常的事情。

这种丈夫，到什么时候，想到那在船上做生意的年青的媳妇，或逢年过节，照规矩要见见媳妇的面了，媳妇不能回来，自己便换了一身浆洗干净的衣服，腰带上挂了那个工作时常不离口的短烟袋，背了整箩整篓的红薯糍粑之类，赶到市上来，像访远亲一样，从码头第一号船上问起，一直到认出自己女人所在的船上为止。问明白后，到了船上，小心小心的把一双布鞋放到舱外护板上，把带来的东西交给了女人，一面便用着吃惊的眼睛，搜索女人的全身。这时节，女人在丈夫眼下自然已完全不同了。

大而油光的发髻，用小镊子扯成的细细眉毛，脸上的白粉同绯红胭脂，以及那城市里人神气派头、城市里人的衣服，都一定使从乡下来的丈夫感到极大的惊讶，有点手足无措。那呆相是女人很容易清楚的。女人到后开了口，或者问："那次五块钱得了么？"或者问："我们那对猪养儿子了没有？"女人说话时口音自然也完全不同了，变成像城市里做太太的大方自由，完全不是在乡下做媳妇的羞涩畏缩神气了。

听女人问起钱，问起家乡豢养的猪，这做丈夫的看出自己做丈夫的身分，并不在这船上失去，看出这城里奶奶还不完全忘记乡下，胆子大了一点，慢慢的摸出烟管同火镰。第二次惊讶，是烟管忽然被女人夺去，即刻在那粗而厚大的手掌里，塞了一枝"哈德门"香烟的缘故。吃惊也仍然是暂时的事，于是这做丈夫的，一面吸烟一面谈话，……

到了晚上，吃过晚饭，仍然在吸那有新鲜趣味的香烟。来了客，一个船主或一个商人，穿生牛皮长统靴子，抱兜一角露出粗而发亮的银链，喝过一肚子烧酒，摇摇荡荡的上了船。一上船就大声的嚷要亲嘴要睡觉。那洪大而含胡的声音，那势派，都使这做丈夫的想起了村长同乡绅那些大人物的威风。于是这丈夫不必指点，也就知道往后舱钻去，躲到那后梢舱上去低低的喘气，一面把含在口上那枝卷烟摘下来，毫无目的的眺望河中暮景。夜把河上改变了，岸上河上已经全是灯火。这丈夫到这时节一定要想起家里的鸡同小猪，仿佛那些小小东西才是自己的朋友，仿佛那些才是亲人；如今和妻接近，与家庭却离得很远，淡淡的寂寞袭上了身，他愿意转去了。

当真转去没有？不。三十里路，路上有豺狗，有野猫，有查夜放哨的团丁，全是不好惹的东西，转去实在做不到。船上的大娘自然还得留他上"三元宫"看夜戏，到"四海春"去喝清茶。并且既然到了市上，大街上的灯同城市中的人更不可不去看看。于是留下了，坐到后舱看河中景致，等候大娘的空暇。到后要上岸时，就由船边小阳桥攀援篷架到船头；玩过后，仍然由那旧地方转到船上，小心小心使声音放轻，省得留在舱里躺到床上烧烟的客人发怒。

到要睡觉的时候，城里起了更，西梁山上的更鼓咚咚响了一会，悄悄的从板缝里看看客人还不走，丈夫没有什么话可说，就在梢舱上新棉絮里一个人睡了。半夜里，或者已睡着，或者还在胡思乱想，那媳妇抽空爬过了后舱，问是不是想吃一点糖。本来非常欢喜口含片糖的脾气，做媳妇的记得清楚明白，所以即或说已经睡觉，已经吃过，也仍然还是塞了一小片糖在口里。媳妇用着略略抱怨自己那种神气走去了。丈夫把糖含在口里，正像仅仅为了这一点理由，就得原谅媳妇的行为，尽她在前舱陪客，自己仍然很和平的睡觉了。

这样的丈夫在黄庄多着！那里出强健女子同忠厚男人。地方实在太穷了，一点点收成照例要被上面的人拿去一大半，手足贴地的乡下人，任你如何勤省耐劳的干做，一年中四分之一时间，即或用红薯叶和糠灰拌和充饥，总还是不容易对付下去。地方虽然在山中，离大河码头只三十里，由于习惯，女子出乡讨生活，男人通明白这做生意的一切利益。他懂事，女人名分仍然归他，养得儿子归他，有了钱，也总有一部分归他。

那些船只排列在河下，一个陌生人，数来数去永远无法数清的。明白这数目，而且明白那秩序，记忆得出每一个船与摇船人样子，是五区一个老“水保”。

水保是个独眼睛的人。这独眼据说在年青时节因殴斗杀过一个水上恶人，因为杀人，同时也就被人把眼睛抠瞎了。但两只眼睛不能分明的，他一只眼睛却办到了。一个河里都由他管事。他的权力在这些小船上，比一个中国的皇帝、总统在地面上的权力还统一集中。

涨了河水，水保比平时似乎忙多了。由于责任，他得各处去看看，是不是有些船上做父母的上了岸，小孩子在哭奶了。是不是有些船上在吵架，需要排难解纷。是不是有些船因照料无人，有溜去的危险。在今天，这位大爷，并且要到各处去调查一些从岸上发生影响到了水面的事情。岸上这几天来出过三次小抢案，据公安局那方面人说，凡地上小缝小罅都找寻到了，还是毫无线索。地上小缝小罅都亏那些体面的在职人员找过，于是水保的责任便到了。他得了通知，就是那些说谎话的公安局办事处通知，要他到半夜会同水面武装警察上船去搜索“歹人”。

水保得到这消息时是上半天。一个整白天他要做许多事情。他要先尽一些从平日受人款待好酒好肉而来的义务了。于是沿了河岸，从第一号船起始，每个船上去谈谈话。他得先调查一下，得问问这船上是不是留容得有不端正的外乡人。

做水保的人照例是水上一霸，凡是属于水面上的事他无有不知。这人本来就是一个吃水上饭的人，是立于法律同官府对面，按照习惯被官吏来利用，处治这水上一切的。但人一上了年纪，世界成天变，变去变来这人有了钱，成过家，喝点酒，生儿育女，生活安舒，慢慢的转成一个和平正直的人了。在职务上帮助了官府，在感情上又亲近了船家。在这些情形上面他建设了一个道德的模范。他受人尊敬不下于官，却不让人害怕厌恶。他做了河船上许多妓女的干爹。由于这些社会习惯的联系，他的行为处事是靠在水上人一边的。

他这时节正从一个跳板上跃到一只新油漆过的“花船”头，那船位置在较清静的一家莲子铺吊脚楼下，他认得这只船归谁管业，一上船就喊“七丫头”。

没有声音。年青的女人不见出来，年老的掌班也不见出来。老年人很懂事情，以为或者是大白天有年青男子上船做呆事，就站在船头眺望，等了一会。

过一阵，他又喊了两声，又喊伯妈，喊五多；五多是船上的小毛头，年纪十二岁，人很瘦，声音尖锐，平时大人上了岸就守船，买东西煮饭，常常挨打，爱哭，过了一会儿又唱起小调来。但是喊过五多了，也仍然得不到结果。因为听到舱里又似乎实在有声音，像人出气，不像全上了岸，也不像全在做梦。水保就偻身窥觑舱口，向暗处询问“是谁在里面”。

里面还是不敢作答。

水保有点生气了，大声的问：“你是哪一个？”

里面一个很生疏的男子声音，又虚又怯回答说：“是我。”接着又说：“都上岸去了。”

“都上岸了么？”

“上岸了。她们……”

好像单单是这样答应，还深恐开罪了来人，这时觉得有一点义务要尽了，这男子于是从暗处爬出来，在舱口，小心小心扳着篷架，非常拘束的望着来人。

先是望到那一对峨然巍然似乎是为柿油涂过的猪皮靴子,上去一点是一个赭色柔软麂皮抱兜,再上去是一双回环抱着的毛手,满是青筋黄毛,手上有颗其大无比的黄金戒指,再上去才是一块正四方形像是无数橘子皮拼合而成的脸膛。这男子,明白这是有身分的主顾了,就学着城市里人说话:“大爷,您请里面坐坐,她们就回来。”

从那说话的声音,以及干浆衣服的风味上,这水保一望就明白这个人是才从乡下来的种田人。本来女人不在船就想走,但年青人忽然使他发生了兴味,他留着了。

“你从甚么地方来的?”他问他。为了不使人拘束,水保取得是做父亲的和平样子,望到这年青人,“我认不得你。”

他想了一下,好像也并不认得客人,就回答:“我是昨天来的。”

“乡下麦子抽穗了没有?”

“麦子吗? 水碾子前我们那麦子,嘿,我们那猪,嘿,我们那……”

这个人,像是忽然明白了答非所问,记起了自己是同一个有身分的城里人说话,不应当说“我们”,不应当说“我们水碾子”同“猪”。把字眼儿用错,所以再也接不下去了。

因为不说话,他就怯怯的望到水保微笑,他要人了解他,原谅他——他是一个正派人,并不敢有意张三拿四。

水保懂得这个意思的。且在这对话中,明白这是船上人的亲戚了,他问年青人:“老七到什么地方去了,什么时候可以回来?”

这时节,这年青人答语小心了。他仍然说:“是昨天来的。”他又告水保,他“昨天晚上来的”;末了才说,老七同掌班同五多上岸烧香去了,要他守船。因为守船必得把守船身分说出,他还告给了水保,他是老七的“汉子”。

因为老七平常喊水保都喊“干爹”,这干爹第一次认识了女婿,不必挽留,再说了几句,不到一会儿,两人皆爬进舱中了。

舱中有个小小床铺,床上有锦绸同红色印花洋布铺盖,折叠得整整齐齐。来客照规矩应当坐在床沿。光线从舱口来，所以在外面以为舱中极黑，到里面却一切分明。

年青人为客找烟卷，找自来火，毛脚毛手打翻了身边那个贮栗子的小坛子，圆而发乌金光泽的板栗便在薄明的船舱里各处滚去，年青人各处用手去捕捉，仍然放到小坛中去，也不知道应当请客人吃点东西。但客人却毫不客气，从舱板上把栗拾起咬破了吃，且说这风干的栗子真好。

“这个很好，你不欢喜么？”因为水保见到主人并不剥栗子吃。

“我欢喜。这是我屋后栗树上长的。去年生了好多，乖乖的从刺球里爆出来，我欢喜。”他笑了，近于提到自己儿子模样，很高兴说这个话。

“这样大栗子不容易得到。”

“我一个一个选出来的。”

“你选的？”

“是的，因为老七欢喜吃这个，我才留下来。”

“你们那里可有猴栗？”

“什么猴栗？”

水保就把故事所说的：“猴子在大山上住，被人辱骂时，抛下拳大栗子打人。人想得到这栗子，就故意去山下骂丑话，预备捡栗子。”一一说给乡下人听。

因为栗子，正苦无话可说的年青人，得到同情他的人了。他知道的乡下问题可多咧。于是他说到地名“栗坳”的新闻。又说到一种栗木作成的犁柄如何结实合用。这个人太需要说些家常了。昨天来一晚上都有客人吃酒烧酒，把自己关闭在小船后梢，同五多说话，五多却睡得成死猪。今天一早上，本来应当有机会同媳妇谈到乡下事情了，女人又说要上岸过七里桥烧香，派他一个人守船。坐船上等了半天，还不见人回，到后梢去看河上景致，一切新奇不同，只给自己发闷。先一时，正睡在舱里，就想这满江大水若到乡下去涨，鱼梁上不知道应当有多少鲤鱼上梁！把鱼捉来时，用柳条穿鳃到太阳下去晒，正计算那数目，总算不清楚。忽然客人来到船上，似乎一切鱼都争着跳进水中去了。

来了客人，且在神气上看出来是并不拒绝这些谈话的，所以这年青人，凡是预备到同自己的媳妇在枕边说的各样事情，这时得到了一个好机会，都拿来同水保谈着。

他告给水保许多乡下情形，说到小猪捣乱的脾气，叫小猪做“乖乖”。又说到新由石匠整治过的那副石磨，顺便告给了一个石匠的笑话。又提起一把失去了多久的小镰刀，一把水保梦想不到的小镰刀，他说：

“你瞧，奇怪不奇怪？我赌咒我各处都找到了。我们的床下、门枋上、仓角里，什么地方不找到？它简直躲了。躲猫猫一样，不见了。我为这件事骂过老七。老七哭过。可还是不见。鬼打岩，蒙蒙眼，原来它躲在屋梁上饭箩里！半年躲在饭箩里！它吃饭！一身锈得像生疮。这东西多坏多狡猾！我说这个你明白我没有？怎么会到饭箩里半年？那是一只做样子的东西，挂到斗窗上。我记起那事了，是我削楔子，手上刮了皮，流了血，生了大气，赌气把刀那么一丢。……到水上磨了半天，还不错，仍然能吃肉，你一不小心，就得流血。我还不曾同老七说起这个，她不会忘记那哭得伤心的一回事。找到了，哈哈，真找到了。”

“找到它就好了。”水保随便那么说着。

“是的，得到了它那是好的。因为我总疑心这东西是老七掉到溪里，不好意思说明。我知道她不骗我了。我明白了。我知道她受了冤屈，因为我说过：‘找不出么？那我就要打人！’我并不曾动过手。可是生气时也真吓人。她哭了半夜！”

“你是用它割草么？”

“嗨，哪里，用处多咧。是小镰刀，那么精巧，你怎么说割草？那是削一点薯皮，刮刮箫，这些这些用的。小得很，值三百钱，钢火妙极了。我们都应当有这样一把刀，放到身边，不明白么？”

水保说：“明白明白。都应当有一把，我懂你这个话。”

他以为水保当真是懂的，因此再说下去，什么也说到了。甚至于希望明年来一个小宝宝，这样只合宜于同自己的媳妇睡到一个枕头上商量的话也说到了。年青人毫无拘束的还加上许多粗话蠢话。说了半天，水保起身要走了，他记起问客人贵姓。

“大爷，您贵姓？留一个片子到这里，我好回话。”

“不用不用。你只告她有这么一个大个儿到过船上，穿这样大靴子，告她晚上不要接客，我要来。”

“不要接客，您要来？”

“就是这样说。我一定要来的。我还要请你喝酒。我们是朋友。”

“是朋友，是朋友。”

水保用他那大而厚的手掌，拍了一下年青人的肩膊，从船头跃上岸，走到别一个船上去了。

水保走去后，年青人就一面等候，一面猜想这个大汉子是谁。他还是第一次和这样尊贵的人物谈话，他不会忘记这很好的印象的。人家今天不仅是和他谈话，还喊他做朋友，答应请他喝酒！他猜想这人一定是老七的熟客。他猜想老七一定得了这人许多钱。他忽然觉得愉快，感到要唱一个歌了，就轻轻的唱了一首山歌，用四溪人体裁，他唱的是“水涨了，鲤鱼上梁，大的有大草鞋那么大，小的有小草鞋那么小”。

但是等了一会，还不见老七回来，一个鬼也不回来，他又想起那大汉子的丰采言谈了。他记起那一双靴子，闪闪发光，以为不是极好的山柿油涂到上面，是不会如此体面好看的。他记起那黄而发沉的戒指，说不分明那将值多少钱，一点不明白那宝贝为甚么如此可爱。他记起那伟人点头同发言，一个督抚的派头，一个省长的身分——这是老七的财神！他于是又唱了一首歌，用杨村人不庄重口吻，唱的是“山坳里团总烧炭，山脚里地保爬灰；爬灰红薯才肥，烧炭脸庞发黑”。

到午时，各处船上都已经有人在烧饭了。湿柴烧不燃，烟子各处窜，使人流泪打嚏。柴烟平铺到水面时如薄绸。听到河街馆子里大师傅用铲子敲打锅边的声音，听到邻船上白菜落锅的声音，老七还不见回来。可是船上烧湿柴的本领年青人还没有学会，小钢灶总是冷冷的不发吼。做了半天还是无结果，只有拿它放下了。

应当吃饭时候不得吃饭，人饿了，坐到小凳上敲打舱板，他仍然得想一点事情。一个不安分的估计在心上滋长了。正似乎为装满了钱钞便极其骄傲模样的抱兜，在他眼下再现时，把原有和平失去了。一个用酒糟同红血所捏成的橘皮红色四方脸，也是极其讨厌的神气，保留在印象上。并且，要记忆有什么用？他记忆得到那嘱咐，是当到一个丈夫面前说的！“今晚上不要接客，我要来。”该死的话，是那么不客气的从那吃红薯的大口里说出！为什么要说这个？有什么理由要说这个？……

胡想使他心上增加了愤怒，饥饿重复揪着了这愤怒的心，便有一些原始人不缺少的情绪，在这个年青简单的人情绪中滋长不已。

他不能再唱一首歌了。喉咙为妒嫉所扼，唱不出什么歌。他不能再有什么快乐。按照一个种田人的脾气，他想到明天就要回家。

有了脾气，再来烧火，自然更不行了，于是把所有的柴全丢到河里去了。

“雷打你这柴！要你到洋里海里去！”

但那柴是在两三丈以外，便被别个船上的人捞起了的。那船上人似乎一切都准备好了，正等待一点从河面漂流而来的湿柴，把柴捞上，即刻就见到用废缆一段引火，且即刻满船发烟，火就带着小小爆裂声音燃好了。眼看这一切，新的愤怒使年青人感到羞辱，他想不必等待人回船就要走路。

在街尾遇到女人同小毛头五多两个人，正牵了手说着笑着走来。五多手上拿得有一把胡琴，崭新的样子，这是做梦也不曾遇到的一个好家伙！

“你走哪里去？”

“我——要回去。”

“教你看船船也不看，要回去，甚么人得罪了你，这样小气？”

“我要回去，你让我回去。”

“回到船上去！”

看看媳妇，样子比说话还硬劲。并且看到那一张胡琴，明知道这是特别买来给他的，所以再不能坚持。摸了摸自己发烧的额角，幽幽的说“回去也好，回去也好。”就跟了媳妇的身后跑转船上。

掌班大娘也赶来了。原来提了一副猪肺，好像东西只是乘便偷来的，深恐被人追上带到衙门里去，所以跑得颧骨发了红，喘气不止。大娘一上船，女人在舱中就喊：

“大娘，你瞧，我家汉子想走！”

“谁说的，戏也不看就走！”

“我们到街口碰到他，他生气样子，一定是怪我们不早回来。”

“那是我的错；是菩萨的错；是屠户的错。我不该同屠户为一个钱吵闹半天，屠户不该肺里灌了这样多水。”

“是我的错。”陪男子在舱里的女人，这样说了一句话，坐下了。对面是男子汉。她于是有意的在把衣服解换时，露出极风情的红绫胸褡。胸褡上绣了“鸳鸯戏荷”，是上月自己亲手新作的。

男子觑着不说话。有说不出的什么东西，在血里窜着涌着。

在后梢，听到大娘同五多谈着柴米。

“怎么，我们的柴都被谁偷去了！”

“米是谁淘好的？”

“一定是火烧不燃。……姐夫是乡下人，只会烧松香。”

“我们不是昨天才解散一捆柴么？”

“都完了。”

“去前面搬一捆，不要说了。”

“姐夫只知道淘米！”小五多一面说一面笑。

听到这些话的年青汉子，一句话不说，静静的坐在舱里，望着那一把新买来的胡琴。

女人说："弦早配好了，试拉拉看。"

先是不作声，到后把琴搁在膝上，查看琴筒上的松香。调琴时，生疏的音响从指间流出，拉琴人便快乐的微笑了。

不到一会满舱是烟，男子被女人喊出，仍然把琴拿到外面去，站在船头调弦。

到吃中饭时，五多说：

"姐夫你回头拉《孟姜女哭长城》，我唱。"

"我不会拉！"

"我听说你拉得很好，你骗我，谎我。"

"我不骗你。我只会拉《娘送女》流水板。"

大娘说："我听老七说你拉得好，所以到庙里，一见这琴，我想起你，才说就为姐夫买回去吧。真是运气，烂贱就买来了。这到乡里一块钱还恐怕买不到，不是么？"

"是的，多少钱？"

"一吊六。他们都说值得！"

五多笑着搭嘴说："谁那么说值得？"

大娘很生气的说："毛丫头，谁说不值得？你知道什么？撕你的嘴！"

五多把舌伸伸，表示口不关风说错了话。

原来这琴是从个卖琴熟人手上拿来，一个钱不花。听到大娘的谎话，五多分辩，大娘就骂五多。老七却笑了。男子以为这是笑大娘不懂事，所以也在一旁干笑着。

男子先把饭一骨碌吃完，就动手拉琴，新琴声音又清又亮。五多高兴到得意忘形，放下碗筷唱将起来，被大娘结结实实打了一筷子头，才忙着吃饭，收碗，洗锅子。

到了晚上，前舱盖了篷，男子拉琴，五多唱歌，老七也唱歌。美孚灯罩子有红纸剪成的遮光帽，全舱灯光红红的如过年办喜事。年青人在热闹中心上开了花。可是不多久，有兵士从河街过身，喝得烂醉，听到这声音了。

两个醉鬼踉踉跄跄到了船边，两手全是污泥，手扳船沿，像含胡桃那么混混胡胡的嚷叫：

"甚么人唱，报上名来！唱得好，赏一个五百。不听到么，老子赏你五百！"

里面琴声戛然而止，沉静了。

醉鬼用脚不住踢船，篷篷篷发出钝而沉闷的声音。且想推篷，搜索不到篷盖接榫处。于是又叫嚷："不要赏么，婊子狗造的！装聋，装哑？甚么人敢在这里作乐？我怕谁？皇帝我也不怕。大爷，我怕皇帝我不是人！……"

另一个嗘咙发沙的说道：

"骚婊子？出来拖老子上船！"

并且即刻听到用石头打船篷，大声的辱骂祖宗。一船人都吓慌了。大娘忙把灯扭小一点，走出去推篷。男子听到那汹汹声气，夹了胡琴就往后舱钻去。不一会，醉人已经进到前舱了，两个人一面说着野话，一面还要争夺同老七亲嘴，同大娘、五多亲嘴。且听到有个哑嗓子问："是什么人在此唱歌作乐？把拉琴的抓来，再为老子唱一个歌。"

大娘不敢作声，老七也无主意了，两个酒疯子就大声的骂人。

"臭货，喊龟子出来，跟老子拉琴，赏一千！英雄盖世的曹孟德也不会这样大方！我赏一千，一千个红薯。快来，不出来我烧掉你们这船！听着没有，老东西！赶快，莫使老子们生了气，灯笼子认不得人！"

"大爷，这是我们自己家几个人玩玩，不是外人。……"

"不！不！不！老婊子，你不中吃。你老了，皱皮柑！快叫拉琴的来！杂种！我要拉琴，我要自己唱！"一面说一面便站起身来，想向后舱去搜寻。大娘弄慌了，把口张大合不拢去。老七人急智生，拖着那醉鬼的手，安置到自己的大奶上。醉鬼懂到这个意思，又坐下了。“好的，妙的，老子出得起钱。老子今天晚上要到这里睡觉！……孤王酒醉桃花宫，韩素梅生来好貌容……”

这一个在老七左边躺下去了，另一个不说什么，也在右边躺了下去。

年青人听到前舱仿佛安静了一会，在隔壁轻轻的喊大娘。正感到一种侮辱的大娘，悄悄爬过去，男子还不大分明是什么事情，问大娘：“甚么事情？”

“营上的副爷，醉了，像猫，等一会儿就得走。”

“要走才行。我忘记告你们了，今天有一个大方脸人来，好像大官，吩咐过我，他晚上要来，不许留客。”

“是脚上穿大皮靴子，说话像打锣么？”

“是的，是的。他手上还有一个大金戒子。”

“那是老七干爹。他今早上来过了么？”

“来过的。他说了半天话才走，吃过些风干栗子。”

“他说些什么？”

“他说一定要来，一定莫留客，……还说一定要请我喝酒。”

大娘想想，来做什么？难道是水保自己要来歇夜？难道是老对老，水保注意到……？想不通，一个老鸨虽说一切丑事做成习惯，什么也不至于红脸，但被人说到“不中吃”时，是多少感到一种羞辱的。她悄悄的回到前舱，看前舱新事情不成样子，扁了扁瘪嘴，骂了一声“猪狗”，终归又转到后舱来了。

“怎么？”

“不怎么。”

“怎么，他们走了？”

“不怎么，他们睡了。”

“睡了——？”

大娘虽看不清楚这时男子的脸色，但她很懂得这语气，就说："姐夫，你难得上城来，我们可以上岸玩玩去，今夜三元宫夜戏，我请你坐高台子，戏是《秋胡三戏结发妻》。"

男子摇头不语。

兵士胡闹了一阵走去后，五多、大娘、老七皆在前舱灯光下说笑，说那兵士的醉态。男子留在后舱不出来。大娘到门边喊过了二次，不答应，不明白这脾气从什么地方发生。大娘回头就来检查那四张票子的花纹，因为她已经认得出票子的真假了。票子倒是真的，她在灯光下指点给老七看那些记号，那些花，且放近鼻子上嗅嗅，说这个一定是清真牛肉馆子里找出来的，因为有牛油味道。

五多第二次又走过去，"姐夫，姐夫，他们走了，我们来把那个唱完，我们还得……"

女人老七像是想到了什么心事，拉着了五多，不许她说话。

一切沉默了。男子在后舱先还是正用手指扣琴弦，作小小声音，这时手也离开那弦索了。

船上四个人都听到从河街上飘来的锣鼓、唢呐声音。河街上一个做生意人办喜事，客来贺喜，大唱堂戏，一定有一整夜的热闹。

过了一会，老七一个人轻脚轻手爬到后舱去，但即刻又回来了。显然是要讲和，交涉办不好。

大娘问："怎么了？"

老七摇摇头，叹了一口气，"牛脾气，让他去。"

先以为水保恐怕不会来的，所以大家仍然睡了觉，大娘、老七、五多三个人在前舱，只把男子放到后面。

查船的在半夜时，由水保领来了。水面鸦雀无声，四个全副武装警察守在船头，水保同巡官晃着手电筒进到前舱。这时大娘已把灯捻明了，她经验多，懂得这不是大事情。老七披了衣坐在床上，喊"干爹"，喊"巡官老爷"，要五多倒茶。五多还睡意迷蒙，只想到梦里在乡下摘三月莓！

男子被大娘摇醒揪出来，看到水保，看到一个穿黑制服的大人物，吓得不能说话，不晓得有什么严重事情发生。那巡官于是装成很有威风的神气开口了："这是什么人？"

水保代为答应："老七的汉子，才从乡下来走亲戚。"

老七补说道："巡官，他昨天才来。"

巡官看了一会儿男子，又看了一会儿女人，仿佛看出水保的话不是谎话，就不再说话了。随意在前舱各处翻翻，待注意到那个贮风干栗子的小坛子时，水保便抓了大把栗子，塞进巡官那件体面制服的大口袋里去。巡官只是笑，也不说什么。

一伙人一会儿就走到另一船上去了。大娘刚要盖篷，一个警察回来传话。

"大娘，大娘，你告老七，巡官要回来过细考察她一下，你懂不懂？"

大娘说："就来么？"

"查完夜就来。"

"当真吗？"

"我什么时候同你这老婊子说过谎？"

大娘很欢喜的样子，使男子奇怪。因为他不明白为甚么巡官还要回来考察老七。但这时节望到老七睡起的样子，上半晚的气已经没有了，他愿意讲和，愿意同她在床上说点家常私话，商量件事情，就傍床沿坐定不动。

大娘像是明白男子的心事，明白男子的欲望，也明白他不懂事，故只同老七打知会，"巡官就要来的！"

老七咬着嘴唇不作声，半天发痴。

男子一早起身就要走路，沉沉默默的一句话不说，端整了自己的草鞋，找到了自己的烟袋。一切归一了，就坐到那矮床边沿，像是有话说又说不出口。

老七问他:“你不是答应过干爹,到他家喝酒吗?”

“……”摇摇头不作答。

“人家特意为你办了酒席!四盘四碗一火锅,大面子事情,难道好意思不领情?”

“……”

“戏也不看看么?”

“……”

“‘满天红’的荤油包子,到半日才上笼,那是你欢喜的包子!”

“……”

一定要走了,老七很为难,走出船头呆了一会,回身从荷包里掏出昨晚上那兵士给的票子来,点了一下数目,一共四张,捏成一把塞到男子左手心里去。男子无话说。老七似乎懂到那意思了,“大娘,你拿那三张也把我。”大娘将钱取出,老七又将这钱点数一下,塞到男子右手心里去。

男子摇摇头,把票子撒到地下去,两只大而粗的手掌捂着脸孔,像小孩子那样莫名其妙的哭了起来。

五多同大娘看情形不好,一齐逃到后舱去了。五多心想这真是怪事,那么大的人会哭,好笑!可是她并不笑。她站在船后梢看挂在梢舱顶梁上的胡琴,很愿意唱一个歌,可是不知为什么也总唱不出声音来。

水保来船上请远客吃酒时,只有大娘同五多在船上,问及时,才明白两夫妇一早都回转乡下去了。

1930 年 4 月 13 日作于吴淞

原载《小说月报》二十一卷四期

1934 年 7 月 21 日改于北京

1957 年 3 月重校

导 读

《丈夫》初发表于1930年，是沈从文短篇小说中的经典之作。故事发生在湘西某城河边的妓船上，一个“丈夫”去船上探望做生意的妻子，在船上待了一天两夜，小说便写他在此期间复杂的心理历程。从开始的平静到后来的崩溃大哭，再到小说结尾处夫妻两人共同回乡下的选择，丈夫的尊严和人性的尊严终于抬头。

《丈夫》中的主人公丈夫在船上的心理起伏，是小说的重心。不长的时间内，丈夫的心情几起几落。沈从文对这个普通农夫心态变化的细腻捕捉，最能展示其人物塑造的功力。丈夫初到船上时，和本地其他丈夫并无不同，对自己妻子在船上做生意一事视为平常。初见水保时颇为拘束，但谈到乡下事情时变得健谈而兴奋，水保走后因饥饿心情渐入低谷，再到妻子归来，为他带来胡琴而获得安慰，这是第一次起伏；一船人因胡琴而高兴，到醉鬼兵士来船上闹事，丈夫归于沉默且感受屈辱，这是第二次起伏；醉鬼兵士走后，丈夫本想和妻子讲和，谁料巡官又要来“过细考察”，第二天丈夫发脾气痛哭，这是第三次起伏。沈从文写丈夫这样一个不善言辞的普通乡下人，叙事语言保持客观平静的语态，人物语言则尽量贴合人物身份，如写丈夫和水保对话时，谈到那把精巧的小镰刀和家里的生活琐事时的口吻，真实呈现了一个素朴乡下人的面貌。丈夫对妻子老七的情感，也同样朴实无华，尽藏于他为妻子“一个一个”选出来的大栗子上。沈从文的小说创作是要贴到人物来写，《丈夫》正是对这种写作技巧的集中展现。

《丈夫》的开篇，从“落了春雨”到“也总有一部分归他”，两千多字都是对环境和背景的交代。沈从文的小说中常见这种大段的对于地方风景、风俗的描写，并不显得多余。因为对他来说，写环境即写人。就《丈夫》而言，缺了这段对背景环境的细致交代，就难以明白丈夫的选择为何“难得”，这一转变又是怎样完成的。

聂绀弩曾经评价《丈夫》，说这部小说写出了“中国农民这么创痕渊深的感情”。《丈夫》正是这样一部能写出人性本真的作品。

思考题：

1. 沈从文说，“一个伟大的作品，总要表现人性最真切的欲望。神圣伟大的悲哀，不一定有一摊血、一把眼泪，一个聪明的作家写人类痛苦或许是用微笑表现的”。你能结合自己的阅读感受，说说《丈夫》这篇小说题材与构思的感人之处吗？

2. 结合《丈夫》和以前学过的《边城》，说说你对沈从文小说语言和文体风格的印象。建议从描写湘西风情的地方志式的文字、似乎有点笨拙而独特的文字句式、舒缓从容的叙述节奏等方面加以分析。

第八章 艾 青

艾青(1910—1996),原名蒋正涵,号海澄,出生于浙江省金华县畈田蒋村的一个地主家庭。5岁以前一直寄养在贫苦农民家中,这段生活对艾青后来的人生和创作产生了重大影响。1928年,艾青考入杭州国立西湖艺术院绘画系学习。1929年,他获得到法国勤工俭学的机会。留学期间,接触了大量欧洲古典和现代小说、诗歌,尤其受凡尔哈仑、波德莱尔等现代主义诗人的影响,开始走上文学的道路。1932年4月回国以后,参加中国左翼美术家同盟,并组织春地画社,因参加革命活动被捕入狱。艾青在狱中写作的《大堰河——我的保姆》一诗,以"艾青"这一笔名发表,轰动文坛。出狱后,艾青写了《北方》《复活的土地》《雪落在中国的土地上》等诗,倾吐国破家亡的深深忧愤。1941年,到达延安以后,艾青诗歌的风格转变,主要歌颂光明和鼓动斗争。1957年被划为右派,沉默了20多年,到1979年才彻底平反。重返诗坛以后,代表作有《归来的歌》《光的赞歌》等。

艾青一方面是深深植根在中国土地上的诗人,另一方面又批判地吸收西方现代派诗人在新诗艺术探索中取得的成果,他的早期诗歌所显露出来的是世界潮流、民族传统和个人气质的交汇。艾青的自由体诗歌具有风格质朴、意境深邃的突出特征,在肩负诗的艺术生命的同时也承担着历史使命,以雄浑厚重的笔触,如火如炽的诗句,倾诉着对祖国、对人民、对革命的挚爱。艾青的诗歌对后来的“七月派”诗人以及穆旦都产生了影响。他的作品集主要有《艾青全集》(花山文艺出版社,1994 年)、《艾青诗选》(人民文学出版社,2018 年)。

北　方[1]

一天
那个科尔沁草原上的诗人
对我说:
“北方是悲哀的。”

不错
北方是悲哀的。
从塞外吹来的
沙漠风,
已卷去北方的生命的绿色
与时日的光辉
——一片暗淡的灰黄
蒙上一层揭不开的沙雾;
那天边疾奔而至的呼啸

带来了恐怖
疯狂地
扫荡过大地;
荒漠的原野
冻结在十二月的寒风里,

① 艾青. 艾青诗全编:上[M]. 北京:人民文学出版社,2003.

村庄呀，山坡呀，河岸呀，
颓垣与荒冢呀
都披上了土色的忧郁……
孤单的行人，
上身俯前
用手遮住了脸颊，
在风沙里
困苦地呼吸
一步一步地
挣扎着前进……
几只驴子
——那有悲哀的眼
　　和疲乏的耳朵的畜生，
载负了土地的
痛苦的重压，
它们厌倦的脚步
徐缓地踏过
北国的
修长而又寂寞的道路……

那些小河早已枯干了
河底也已画满了车辙，
北方的土地和人民
在渴求着
那滋润生命的流泉啊！
枯死的林木
与低矮的住房，
稀疏地，阴郁地

散布在灰暗的天幕下；
天上，
看不见太阳，
只有那结成大队的雁群
惶乱的雁群
击着黑色的翅膀
叫出它们的不安与悲苦
从这荒凉的地域逃亡
逃亡到
绿荫蔽天的南方去了……

北方是悲哀的
而万里的黄河
汹涌着混浊的波涛
给广大的北方
倾泻着灾难与不幸；
而年代的风霜
刻划着
广大的北方的
贫穷与饥饿啊。

而我
——这来自南方的旅客，
却爱这悲哀的北国啊。
扑面的风沙
与入骨的冷气
决不曾使我咒诅；
我爱这悲哀的国土，

一片无垠的荒漠
也引起了我的崇敬
——我看见
我们的祖先
带领了羊群
吹着笳笛
沉浸在这大漠的黄昏里；
我们踏着的
古老的松软的黄土层里
埋有我们祖先的骸骨啊，
——这土地是他们所开垦
几千年了
他们曾在这里
和带给他们以打击的自然相搏斗
他们为保卫土地，
从不曾屈辱过一次，
他们死了
把土地遗留给我们——
我爱这悲哀的国土，
它的广大而瘦瘠的土地
带给我们以淳朴的言语
与宽阔的姿态，
我相信这言语与姿态，
坚强地生活在大地上
永远不会灭亡；
我爱这悲哀的国土，

古老的国土

——这国土
养育了为我所爱的
世界上最艰苦
与最古老的种族。

一九三八年二月四日　潼关

导读

1938年2月，艾青因抗日战争全面爆发，在中国北方的山西、陕西等地流离，路经潼关之时写下这首《北方》。诗人通过描写北方土地在寒风、沙雾中的肃杀景象，表达了对国土面临沦陷的忧虑、对苦难民众的深深同情。诗人着力表现这片土地的顽强生命力，他崇敬和热爱具有坚韧不屈力量的祖国人民。

诗歌一共五节，第一至三节主要是景物描写，是莽莽的土地，沙雾中的太阳，冻结的村庄、山坡、河岸，孤单的行人，负重的驴子，惊惶的雁群……这些意象构成了在寒风和风沙肆虐下的北方画卷，给人抑郁、苍茫的悲凉感。艾青擅长捕捉瞬间的感觉和意象，并且在感觉和意象之中渗入个人的主观情感，创造出具有象征意义的视觉形象。诗人在题记和诗中两次说"北方是悲哀的"，这些景物描写就是围绕这一内心感受而展开的。

第四节一开始又重复了"北方是悲哀的"这一句，构成了反复吟唱的效果，这一节不再是客观的景物描写，而是直接抒情。为什么北方如此悲哀？自然环境的恶劣是外在的，关键是生活在这片土地上的广大民众，他们承受着灾难和不幸，挣扎在贫穷和饥饿中，现在又遭受着敌人的蹂躏和侵略。

第五节是中心和重点。低沉叹息变为昂扬的信念，全诗进入高潮。诗人五次表达了"我爱这悲哀的北国"的情感，和前面四节诗中重复出现的“北方是悲哀的”形成一种对应关系。前几节诗歌奠定的“悲凉”，在这里拓展为阔大的“悲壮”。要特别注意诗人的表达，为何偏偏对这片悲哀的北方土地爱得深沉？所谓“风沙”“荒漠”在诗中都是具有象征意义的，指恶劣的自然生存环境，也暗指中华民族所面临的残暴侵略。诗人其实也在强调，这片土地是生死于此、勤劳耕种的劳动人民的，是我们中华儿女的。“他们死了/把土地遗留给我们”，祖先除了给我们留下生存的土地之外，更留给我们坚韧不拔、顽强抗争的精神。诗人又一次饱含深情地说“我爱这悲哀的国土”，诗人深爱的更是一个具有顽强生命力、奋斗不息的民族。前四节的低沉、忧郁和第五节的坚持、乐观形成对照；加上苍莽的北国风光的描写，整首诗歌具有一种雄浑、厚重的抒情风格。

艾青是自由体诗歌的提倡者，他认为自由体诗歌受到的制约少，适于表达阔大而丰富的时代精神。《北方》就是典型的自由体诗歌。这首诗基本不押韵，也没有特别地注意字数和行数。不倚重押韵、对仗、平仄，主要讲求内在的节奏韵律，依照诗人内心激情的起伏，在自由的长短不一的接近口语的散文化形式中，表现出诗情。拿句式来说，这首诗最长的第五节有三十八行，而较短的第一节、第四节则只有九行。诗歌中既有一二十字的长句，又有两个字的短句。但是艾青擅长在变化中取得统一，在参差错落中取得和谐。可见，散文化也不等于不要音乐性，而是更讲求内在的节奏。《北方》的诗体看似自由，但是其中采用了有规律的排比、复沓。如“北方是悲哀的”“我爱这悲哀的国土”等句子在诗中反复出现，既突出诗歌的主题，又通过循环、反复，增加了诗歌悠长、苍莽的意蕴。

思考题：

1. 诵读《北方》这首诗，体会贯穿全诗的那种悲凉而又雄浑的氛围，以及深入骨髓的爱国情怀。分析这首诗中“土地”的意象。

2. 反复诵读，注意体会这首诗是如何运用句式、韵律和节奏的变化来表达情感的，再简要说说所谓自由体诗歌的特点。

第九章 张爱玲

张爱玲(1920—1995),原名张煐,生于上海,中国现代女作家。张爱玲7岁开始写小说,12岁开始在校刊和杂志上发表作品。1939年,张爱玲考取伦敦大学,后因战事无法成行,改入香港大学文学系。1942年,因太平洋战争爆发,香港大学停办,张爱玲返回上海,开始为报刊撰稿,走上了专业的文学创作之路。1943年,张爱玲在上海文坛异军突起,这一年她发表了《沉香屑·第一炉香》《沉香屑·第二炉香》《茉莉香片》《心经》《倾城之恋》《琉璃瓦》《金锁记》《封锁》等多篇小说。

张爱玲的小说多写都市世俗生活,特别是人性深处的脆弱与黯淡,常用冷静而又富于联想的叙述,深剖人物心理,渲染苍凉的意境,形成既通俗又先锋的独一无二的张爱玲文体。

20世纪90年代以来,张爱玲的大量作品被搬上电影电视屏幕,《红玫瑰与白玫瑰》《半生缘》《色·戒》《倾城之恋》……掀起了从文学阅读到影视艺术领域的“张爱玲热”。张爱玲还是一位知名的电影剧作家,她创作的电影剧本如《太太万岁》《不了情》《情场如战场》《桃花运》《人财两得》《南北一家亲》《一曲难忘》《南北喜相逢》等,好评不断。

以下是张爱玲中篇小说《金锁记》的节选。

金锁记(节选)[①]

三十年前的上海,一个有月亮的晚上……我们也许没赶上看见三十年前的月亮。年青的人想着三十年前的月亮该是铜钱大的一个红黄的湿晕,像朵云轩信笺上落了一滴泪珠,陈旧而迷糊。老年人回忆中的三十年前的月亮是欢愉的,比眼前的月亮大,圆,白;然而隔着三十年的辛苦路往回看,再好的月色也不免带点凄凉。

月光照到姜公馆新娶的三奶奶的陪嫁丫鬟凤箫的枕边。凤箫睁眼看了一看,只见自己一只青白色的手搁在半旧高丽棉的被面上,心中便道:“是月亮光么?”凤箫打地铺睡在窗户底下。那两年正忙着换朝代,姜公馆避兵到上海来,屋子不够住的,因此这一间下房里横七竖八睡满了底下人。

凤箫恍惚听见大床背后有窸窸窣窣的声音,猜着有人起来解手,翻过身去,果见布帘子一掀,一个黑影趿着鞋出来了,约莫是伺候二奶奶的小双,便轻轻叫了一声“小双姐姐。”小双笑嘻嘻走来,踢了踢地下的褥子道:“吵醒了你了。”她把两手抄在青莲色旧绸夹袄里,下面系着明油绿裤子。凤箫伸手捻了捻那裤脚,笑道:“现在颜色衣服不大有人穿了。下江人时兴的都是素净的。”小双笑道:“你不知道,我们家哪比得旁人家?我们老太太古板,连奶奶小姐们尚且做不得主呢,何况我们丫头?给什么,穿什么——一个个打扮得庄稼人似的!”她一蹲身坐在地铺上,拣起凤箫脚头一件小袄来,问道:“这是你们小姐出阁,给你们新添的?”凤箫摇头道:“三季衣裳,就只外场上看见的两套是新制的,余下的还不是拿上头人穿剩下的贴补贴补!”小双道:“这次办喜事,偏赶着革命党造反,可委曲了你们小姐!”凤箫叹道:“别提了!就说省俭些罢,总得有个谱子!也不能太看不

---

① 张爱玲.传奇[M].北京:人民文学出版社,1986.

上眼了。我们那一位,嘴里不言语,心里岂有不气的?”小双道:“也难怪三奶奶不乐意。你们那边的嫁妆,也还凑付着,我们这边的排场,可太凄惨了。就连那一年娶咱们二奶奶,也还比这一趟强些!”凤箫楞了一楞道:“怎么?你们二奶奶……”

小双脱下了鞋,赤脚从凤箫身上跨过去,走到窗户跟前,笑道:“你也起来看看月亮。”凤箫一骨碌爬起身来,低声问道:“我早就想问你了,你们二奶奶……”小双弯腰拾起那件小袄来替她披上了,道:“仔细招了凉。”凤箫一面扣钮子,一面笑道:“不行,你得告诉我!”小双笑道:“是我说话不留神,闯了祸!”凤箫道:“咱们这都是自家人了,干吗这么见外呀?”小双道:“告诉你,你可别告诉你们小姐去!咱们二奶奶家里是开麻油店的。”凤箫哟了一声道:“开麻油店!打哪儿想起的?像你们大奶奶,也是公侯人家的小姐,我们那一位虽比不上大奶奶,也还不是低三下四的人——”小双道:“这里头自然有个缘故。咱们二爷你也见过了,是个残废。做官人家的女儿谁肯给他?老太太没奈何,打算替二爷置一房姨奶奶,做媒的给找了这曹家的,是七月里生的,就叫七巧。”凤箫道:“哦,是姨奶奶。”小双道:“原是做姨奶奶的,后来老太太想着,既然不打算替二爷另娶了,二房里没个当家的媳妇,也不是事,索性聘了来做正头奶奶,好教她死心塌地服侍二爷。”凤箫把手扶着窗台,沉吟道:“怪道呢!我虽是初来,也瞧料了两三分。”小双道:“龙生龙,凤生凤,这话是有的。你还没听见她的谈吐呢!当着姑娘们,一点忌讳也没有。亏得我们家一向内言不出,外言不入,姑娘们什么都不懂。饶是不懂,还臊得没处躲!”凤箫扑嗤一笑道:“真的?她这些村话,又是从哪儿听来的?就连我们丫头——”小双抱着胳膊道:“麻油店的活招牌,站惯了柜台,见多识广的,我们拿什么去比人家?”凤箫道:“你是她陪嫁来的么?”小双冷笑说:“她也配!我原是老太太跟前的人,二爷成天的吃药,行动都离不了人,屋里几个丫头不够使,把我拨了过去。怎么着?你冷哪?”凤箫摇摇头。小双道:“瞧你缩着脖子这娇模样儿!”一语未完,凤箫打了个喷嚏,小双忙推她道:“睡罢!睡罢!快渥一渥。”凤箫跪了下来脱袄子，笑道："又不是冬天，哪儿就至于冻着了？"小双道："你别瞧这窗户关着，窗户眼儿里吱溜溜的钻风。"

两人各自睡下。凤箫悄悄的问道："过来了也有四五年了罢？"小双道："谁？"凤箫道："还有谁？"小双道："哦，她，可不是有五年了。"凤箫道："也生男育女的——倒没闹出什么话柄儿？"小双道："还说呢！话柄儿就多了！前年老太太领着合家上下到普陀山进香去，她坐月子没去，留着她看家。舅爷脚步儿走得勤了些，就丢了一票东西。"凤箫失惊道："也没查出个究竟来？"小双道："问得出什么好的来？大家面子上下不去！那些首饰左不过将来是归大爷二爷三爷的。大爷大奶奶碍着二爷，没好说什么。三爷自己在外头流水似的花钱，欠了公账上不少，也说不响嘴。"

她们俩隔着丈来远交谈。虽是极力的压低了喉咙，依旧有一句半句声音大了些，惊醒了大床上睡着的赵嬷嬷，赵嬷嬷唤道："小双。"小双不敢答应。赵嬷嬷道："小双，你再混说，让人家听见了，明儿仔细揭你的皮！"小双还是不做声。赵嬷嬷又道："你别以为还是从前住的深堂大院哪，由得你疯疯颠颠！这儿可是挤鼻子挤眼睛的，什么事瞒得了人？趁早别讨打！"屋里顿时鸦雀无声。赵嬷嬷害眼，枕头里塞着菊花叶子，据说是使人眼目清凉的。她欠起头来按了一按髻上横绾的银簪，略一转侧，菊叶便沙沙作响。赵嬷嬷翻了个身，吱吱格格牵动了全身的骨节，她咳了一声道："你们懂得什么！"小双与凤箫依旧不敢接嘴。久久没有人开口，也就一个个的朦胧睡去了。

天就快亮了。那扁扁的下弦月，低一点，低一点，大一点，像赤金的脸盆，沉了下去。天是森冷的蟹壳青，天底下黑黝黝的只有些矮楼房，因此一望望得很远。地平线上的晓色，一层绿，一层黄，又一层红，如同切开的西瓜——是太阳要上来了。渐渐马路上有了小车与塌车辘辘推动，马车蹄声得得。卖豆腐花的挑着担子悠悠吆喝着，只听见那漫长的尾声："花……呕！花……呕！"再去远些，就只听见"哦……呕！哦……呕！"

屋子里丫头老妈子也起身了，乱着开房门，打脸水，叠铺盖，挂帐子，梳头。凤箫伺候三奶奶兰仙穿了衣裳，兰仙凑到镜子前面仔细望了一望，从腋下抽出一条水绿洒花湖纺手帕，擦了擦鼻翅上的粉，背对着床上的三爷道："我先去替老太太请安罢。等你，准得误了事。"正说着，大奶奶玳珍来了，站在门槛上笑道："三妹妹，咱们一块儿去。"兰仙忙迎了出去道："我正担心着怕晚了，大嫂原来还没上去。二嫂呢?"玳珍笑道："她还有一会儿耽搁呢。"兰仙道："打发二哥吃药?"玳珍四顾无人，便笑道："吃药还在其次——"她把拇指抵着嘴唇，中间的三个指头握着拳头，小指头翘着，轻轻的"嘘"了两声。兰仙诧异道："两人都抽这个?"玳珍点头道："你二哥是过了明路的，她这可是瞒着老太太的，叫我们夹在中间为难，处处还得替她遮盖遮盖。其实老太太有什么不知道? 有意的装不晓得，照常的派她差使，零零碎碎给她罪受，无非是不肯让她抽个痛快罢了。其实也是的，年纪轻轻的妇道人家，有什么了不得的心事，要抽这个解闷儿?"

玳珍兰仙手挽手一同上楼，各人后面跟着贴身丫鬟，来到老太太卧室隔壁的一间小小的起坐间里。老太太的丫头榴喜迎了出来，低声道："还没醒呢。"玳珍抬头望了望挂钟，笑道："今儿老太太也晚了。"榴喜道："前两天说是马路上人声太杂，睡不稳。这现在想是惯了，今儿补足了一觉。"

紫榆百龄小圆桌上铺着红毡条，二小姐姜云泽一边坐着，正拿着小钳子磕核桃呢，因丢下了站起来相见。玳珍把手搭在云泽肩上，笑道："还是云妹妹孝心，老太太昨儿一时高兴，叫做糖核桃，你就记住了。"兰仙玳珍便围着桌子坐下了，帮着剥核桃衣子。云泽手酸了，放下了钳子，兰仙接了过来。玳珍道："当心你那水葱似的指甲，养得这么长了，断了怪可惜的!"云泽道："叫人去拿金指甲套子去。"兰仙笑道："有这些麻烦的，倒不如叫他们拿到厨房里去剥了!"

众人低声说笑着，榴喜打起帘子，报道："二奶奶来了。"兰仙云泽起身让座，那曹七巧且不坐下，一只手撑着门，一只手撑了腰，窄窄的袖口里垂下一条雪青洋绉手帕，身上穿着银红衫子，葱白线香滚，雪青闪蓝如意小脚裤子，瘦骨脸儿，朱口细牙，三角眼，小山眉，四下里一看，笑道："人都齐了。今儿想必我又晚了！怎怪我不迟到——摸着黑梳的头！谁教我的窗户冲着后院子呢？单单就派了那么间房给我，横竖我们那位眼看是活不长的，我们净等着做孤儿寡妇了——不欺负我们，欺负谁？”玳珍淡淡的并不接口，兰仙笑道：“二嫂住惯了北京的屋子，怪不得嫌这儿憋闷得慌。”云泽道：“大哥当初找房子的时候，原该找个宽敞些的，不过上海像这样的，只怕也算敞亮的了。”兰仙道：“可不是！家里人实在多，挤是挤了点——”七巧挽起袖口，把手帕子掖在翡翠镯子里，瞟了兰仙一眼，笑道：“三妹妹原来也嫌人太多了。连我们都嫌人多，像你们没满月的自然更嫌人多了！”兰仙听了这话，还没有怎么，玳珍先红了脸，道：“玩是玩，笑是笑，也得有个分寸，三妹妹新来乍到的，你让她想着咱们是什么样的人家？”七巧扯起手绢子的一角掩住了嘴唇道：“知道你们都是清门净户的小姐，你倒跟我换一换试试，只怕你一晚上也过不惯。”玳珍啐道：“不跟你说了，越说你越上头上脸的。”七巧索性上前拉住玳珍的袖子道：“我可以赌得咒——这三年里头我可以赌得咒！你敢赌么？”玳珍也撑不住扑嗤一笑，咕哝了一句道：“怎么你孩子也有了两个？”七巧道：“真的，连我也不知道这孩子是怎么生出来的！越想越不明白！”玳珍摇手道：“够了，够了，少说两句罢。就算你拿三妹妹当自己人，没什么背讳，现放着云妹妹在这儿呢，待会儿老太太跟前一告诉，管叫你吃不了兜着走！”

云泽早远远地走开了，背着手站在洋台上，撮尖了嘴逗芙蓉鸟。姜家住的虽然是早期的最新式洋房，堆花红砖大柱支着巍峨的拱门，楼上的洋台却是木板铺的地。黄杨木阑干里面，放着一溜大篾篓子，晾着笋乾。敝旧的太阳弥漫在空气里像金的灰尘，微微呛人的金灰，揉进眼睛里去，昏昏的。街上小贩遥遥摇着博浪鼓，那瞢腾的“不楞登……不楞登”里面有着无数老去的孩子们的回忆。包车叮叮的跑过，偶尔也有一辆汽车叭叭叫两声。

七巧自己也知道这屋子里的人都瞧不起她，因此和新来的人分外亲热些，倚在兰仙的椅背上问长问短，携着兰仙的手左看右看，夸赞了一回她的指甲，又道："我去年小拇指上养的比这个足足还长半寸呢，掐花给弄断了。"兰仙早看穿了七巧的为人和她在姜家的地位，微笑尽管微笑着，也不大答理她。七巧自觉无趣，踅到洋台上来，拎起云泽的辫梢来抖了一抖，搭讪着笑着："哟！小姐的头发怎么这样稀朗朗的？去年还是乌油油的一头好头发，该掉了不少罢？"云泽闪过身去护着辫子，笑道："我掉两根头发，也要你管！"七巧只顾端详她，叫道："大嫂你来看看，云妹妹的确瘦多了。小姐莫不是有了心事了？"云泽啪的一声打掉了她的手，恨道："你今儿个真的发了疯了！平日还不够讨人嫌的？"七巧把两手筒在袖子里，笑嘻嘻的道："小姐脾气好大！"

玳珍探出头来道："云妹妹，老太太起来了。"众人连忙扯扯衣襟，摸摸鬓脚，打帘子进隔壁房里去，请了安，伺候老太太吃早饭。婆子们端着托盘从起坐间里穿了过去，里面的丫头接过碗碟，婆子们依旧退到外间来守候着。里面静悄悄的，难得有人说句把话，只听见银筷子头上的细银链条窸窣颤动。老太太信佛，饭后照例要做两个时辰的功课，众人退了出来，云泽背地里向玳珍道："二嫂不忙着过瘾去，还挨在里面做什么？"玳珍道："想是有两句私房话要说。"云泽不由的笑了起来道："她的话，老太太哪里听得进？"玳珍冷笑道："那倒也说不定。老年人心思总是活动的，成天在耳边絮聒着，十句里头相信一两句，也未可知。"

兰仙坐着磕核桃，玳珍和云泽便顺着脚走到洋台上来，虽不是存心偷听正房里的谈话，老太太上了年纪，有点聋，喉咙特别高些，有意无意之间不免有好些话吹到洋台上的人的耳朵里来。云泽把脸气得雪白，先是握紧了拳头，又把两只手使劲一洒，便向走廊的另一头跑去。跑了两步，又站住了，身子向前伛偻着，捧着脸呜呜哭了起来。玳珍赶上去扶着劝道："妹妹快别这么着！快别这么着！不犯着跟她这样的人计较！谁拿她的话当桩事！"云泽甩开了她，一径往自己屋里奔去。玳珍回到起坐间里来，一拍手道："这可闯出祸来了！"兰仙忙道："怎么了？"玳珍道："你二嫂去告诉了老太太，说女大不中留，让老太太写信给彭家，叫他们早早把云妹妹娶过去罢。你瞧，这算什么话！”兰仙也怔了一怔道：“女家说出这种话来，可不是自己打脸么？”玳珍道：“姜家没面子，还是一时的事，云妹妹将来嫁了过去，叫人家怎么瞧得起她？她这一辈子还要做人呢！”兰仙道：“老太太是明白人，不见得跟那一位一样的见识。”玳珍道：“老太太起先自然是不爱听，说咱们家的孩子，决不会生这样的心。她就说：‘哟！您不知道现在的女孩子跟您从前做女孩子时候的女孩子，哪儿能够打比呀？时世变了，人也变了，要不怎么天下大乱呢？’你知道，年岁大的人就爱听这一套，说得老太太也有点疑疑惑惑起来。”兰仙叹道：“好端端怎么想起来的，造这样的谣言！”玳珍两肘支在桌子上，伸着小指剔眉毛，沉吟了一会，嗤的一笑道：“她自己以为她是特别的体贴云妹妹呢！要她这样体贴我，我可受不了！”兰仙拉了她一把道：“你听——不能是云妹妹罢？”后房似乎有人在那里大放悲声，蹬得铜床柱子一片响。嘈嘈杂杂还有人在那里解劝，只是劝不住。玳珍站起身来道：“我去看看。别瞧这位小姐好性儿，逼急了她，也不是好惹的。”

玳珍出去了，那姜三爷姜季泽却一路打着呵欠进来了。季泽是个结实小伙子，偏于胖的一方面，脑后拖一根三股油松大辫，生得天圆地方，鲜红的腮颊，往下坠着一点，青湿眉毛，水汪汪的黑眼睛里永远透着三分不耐烦，穿一件竹根青窄袖长袍，酱紫芝麻地一字襟珠扣小坎肩，问兰仙道：“谁在里头嘁嘁喳喳跟老太太说话？”兰仙道：“二嫂。”季泽抿着嘴摇摇头。兰仙笑道：“你也怕了她？”季泽一声儿不言语，拖过一把椅子，将椅背抵着桌面，把袍子高高的一撩，骑着椅子坐了下来，下巴搁在椅背上，手里只管把核桃仁一个一个拈来吃。兰仙睨了他一眼道：“人家剥了这一晌午，是专诚孝敬你的么？”正说着，七巧掀着帘子出来了，一眼看见了季泽，身不由主的就走了过来，绕到兰仙椅子背后，两手兜在兰仙脖子上，把脸凑了下去，笑道：“这么一个人才出众的新娘子！三弟你还没谢谢我哪！要不是我催着他们早早替你办了这件事，这一耽搁，等打完了仗，指不定要十年八年呢！可不把你急坏了！”兰仙生平最大的憾事便是出阁的日子正赶着非常时期，潦草成了家，诸事都欠齐全，因此一听见这不入耳的话，她那小长挂子脸便往下一沉。季泽望了兰仙一眼，微笑道："二嫂，自古好心没有好报，谁都不承你的情！"七巧道："不承情也罢！我也惯了。我进了你姜家的门，别的不说，单只守着你二哥这些年，衣不解带的服侍他，也就是个有功无过的人——谁见我的情来？谁有半点好处到我头上？"季泽笑道："你一开口就是满肚子的牢骚！"七巧长长的吁了一口气，只管拨弄兰仙衣襟上扣着的金三事儿和钥匙。半晌，忽道："总算你这一个来月没出去胡闹过。真亏了新娘子留住了你。旁人跪下地来求你也留你不住！"季泽笑道："是吗？嫂子并没有留过我，怎见得留不住？"一面笑，一面向兰仙使了个眼色。七巧笑得直不起腰道："三妹妹，你也不管管他！这么个猴儿崽子，我眼看他长大的，他倒占起我的便宜来了！"

她嘴里说笑着，心里发烦，一双手也不肯闲着，把兰仙揣着捏着，捶着打着。恨不得把她挤得走了样才好。兰仙纵然有涵养，也忍不住要恼了，一性急，磕核桃使差了劲，把那二寸多长的指甲齐根折断。七巧哟了一声道："快拿剪刀来修一修。我记得这屋里有一把小剪子的。"便唤："小双！榴喜！来人哪！"兰仙立起身来道："二嫂不用费事，我上我屋里铰去。"便抽身出去。七巧就在兰仙的椅子上坐下了，一手托着腮，抬高了眉毛，斜瞅着季泽道："她跟我生了气么？"季泽笑道："她干吗生你的气？"七巧道："我正要问呀——我难道说错了话不成？留你在家倒不好？她倒愿意你上外头逛去？"季泽笑道："这一家子从大哥大嫂起，齐了心管教我，无非是怕我花了公账上的钱罢了。"七巧道："阿弥陀佛，我保不定别人不安着这个心，我可不那么想。你就是闹了亏空，押了房子卖了田，我若皱一皱眉头，我也不是你二嫂了。谁叫咱们是骨肉至亲呢？我不过是要你当心你的身子。"季泽嗤的一笑道："我当心我的身子，要你操心？"七巧颤声道："一个人，身子第一要紧。你瞧你二哥弄的那样儿，还成个人吗？还能拿他当个人看？"季泽正色道："二哥比不得我，他一下地就是那样儿，并不是自己作践的。他是个可怜的人，一切全仗二嫂照护他了。"七巧直挺挺的站了起来,两手扶着桌子,垂着眼皮,脸庞的下半部抖得像嘴里含着滚烫的蜡烛油似的,用尖细的声音逼出两句话道:"你去挨着你二哥坐坐!你去挨着你二哥坐坐!"她试着在季泽身边坐下,只搭着他的椅子的一角,她将手贴在他腿上,道:"你碰过他的肉没有?是软的、重的,就像人的脚有时发了麻,摸上去那感觉……"季泽脸上也变了色,然而他仍旧轻佻地笑了一声,俯下腰,伸手去捏她的脚道:"倒要瞧瞧你的脚现在麻不麻!"七巧道:"天哪,你没挨着他的肉,你不知道没病的身子是多好的……多好的……"她顺着椅子溜下去,蹲在地上,脸枕着袖子,听不见她哭,只看见发髻上插的风凉针,针头上的一粒钻石的光,闪闪掣动着。发髻的心子里扎着一小截粉红丝线,反映在金刚钻微红的光焰里。她的背影一挫一挫,俯伏了下去。她不像在哭,简直像在翻肠搅胃地呕吐。

季泽先是愣住了,随后就立起来道:"我走。我走就是了。你不怕人,我还怕人呢。也得给二哥留点面子!"七巧扶着椅子站了起来,呜咽道:"我走。"她扯着衫袖里的手帕子揾了揾脸忽然微微一笑道:"你这样卫护你二哥!"季泽冷笑道:"我不卫护他,还有谁卫护他?"七巧向门走去,哼了一声道:"你又是什么好人?趁早不用在我跟前假撇清!且不提你在外头怎样荒唐,单只在这屋里……老娘眼睛是揉不下沙子去!别说我是你嫂子了,就是我是你奶妈,只怕你也不在乎。"季泽笑道:"我原是个随随便便的人,哪禁得你挑眼儿?"七巧待要出去,又把背心贴在门上,低声道:"我就不懂,我有什么地方不如人?我有什么地方不好……"季泽笑道:"好嫂子,你有什么不好?"七巧笑了一声道:"难不成我跟了个残废的人,就过上了残废的气,沾都沾不得?"她睁着眼直勾勾朝前望着,耳朵上的实心小金坠子像两只铜钉把她钉在门上——玻璃匣子里蝴蝶的标本,鲜艳而凄怆。

季泽看着她,心里也动了一动。可是那不行。玩尽管玩,他早抱定了宗旨不惹自己家里人,一时的兴致过去了,躲也躲不掉,踢也踢不开,成天在面前,是个累赘。何况七巧的嘴这样敞,脾气这样躁,如何瞒得了人?何况她的人缘这样坏,上上下下谁肯代她包涵一点?她也许是豁出去了，闹穿了也满不在乎。他可是年纪青青的，凭什么要冒这个险？他侃侃说道："二嫂，我虽年纪小，并不是一味胡来的人。"

仿佛有脚步声。季泽一撩袍子，钻到老太太屋子里去了，临走还抓了一大把核桃仁。七巧神志还不很清楚，直到有人推门，她方才醒了过来，只得将计就计，藏在门背后，见玳珍走了进来，她便夹脚跟出来，在玳珍背上打了一下。玳珍勉强一笑道："你的兴致越发好了！"又望了望桌上道："咦？那们些个核桃，吃得差不多了。再也没有别人，准是三弟。"七巧倚着桌子，面向洋台立着，只是不言语。玳珍坐了下来，嘟哝道："害人家剥了一早上，便宜他享现成的！"七巧捏着一片锋利的胡桃壳，在红毡条上狠命刮着，左一刮，右一刮，看看那毡子起了毛，就要破了。她咬着牙道："钱上头何尝不是一样？一味的叫咱们省，省下来让人家拿出去大把的花！我就不伏这口气！"玳珍看了她一眼，冷冷的道："那可没有办法。人多了，明里不去，暗里也不见得不去。管得了这个，管不了那个。"……

导　读

《金锁记》写于1943年，是张爱玲的代表作，主要写小商人家庭出身的女子曹七巧的心灵变迁历程。为了金钱，被家人所迫，曹七巧嫁给了一个有病的"废人"，欲爱而不能爱，几乎像疯子一样在姜家过了三十年。在财欲与情欲的压迫下，她的性格终于被扭曲，行为变得乖戾，不但破坏儿子的婚姻，致使儿媳被折磨而死，还拆散了女儿的爱情。正如小说结尾处所说："三十年来她戴着黄金的枷。她用那沉重的枷角劈杀了几个人，没死的也送了半条命。"

小说取名《金锁记》，意味深长。是金钱支配的买卖婚姻让曹七巧陷于畸形的家庭生活，导致心理变态，转向拼命抓钱。除了钱，她一无所有，整个人生被金钱掏空，被金钱锁住。关于金钱对人性的腐蚀、控制与异化，在小说中揭示得触目惊心。

阅读时注意顺着曹七巧命运的变化，去看她心理、性格的变化，思考作品的思想内涵，注意欣赏其中的心理刻画，有时深入到潜意识层面；还要欣赏其意象描写如何点染人物的心理，又如何用于点题和激发联想；还要多体味小说语言文白相济、雅俗结合的韵味。

思考题：

1. 张爱玲是一个感觉敏锐、心思细腻的人，是人们眼中的天才。她在音乐、绘画、文学创作等方面都有天赋，能够领略生活的艺术，认识到生命的美丽，故而她把生命比作“华美的袍子”。请同学们结合《我的天才梦》，回顾自己的生命历程，写一篇关于自己的梦想的散文。

2. 月亮是《金锁记》的中心意象，这部中篇小说以月亮始（“三十年前的上海，一个有月亮的晚上……”），以月亮终（“三十年前的月亮早已沉了下去，三十年前的人也死了，然而三十年前的故事还没完——完不了。”）。月亮意象前后呼应，锁定《金锁记》的整体基调，使小说的意蕴更加丰厚隽永。请通读整部小说，找出小说中所有关于月亮意象的文字并进行解读。

第十章 穆 旦

穆旦(1918—1977),原名查良铮,曾用笔名梁真,祖籍浙江海宁,1918年4月5日生于天津。在南开中学上学时他便开始写诗。1935年考入清华大学地质系,后改读外文系。因抗日战争,1938年清华大学、北京大学与南开大学迁往昆明,组成西南联合大学,穆旦与三校师生由长沙步行68天至昆明,目睹了底层人民的贫穷、艰难与愚昧,这些体验对他后来的诗作产生了影响。在西南联大期间,他系统接触英美现代派诗歌和理论,参加文学社团,写有《防空洞里的抒情诗》《在寒冷的腊月的夜里》《赞美》等一批诗作。1942年2月,已经留校当教员的穆旦参加中国远征军,出征缅甸抗日战场,曾任杜聿明的翻译,亲历了惨烈的野人山战役,在往印度撤退时又历经九死一生的劫难。回国后,他颠沛于西南各地,生活困顿。坎坷的岁月强化了诗人对社会、人生的关注与思考,此时也是他诗作的多产期,《诗八首》《春》《自然底梦》等都写于1943年前后。1949年他赴美留学,攻读英美文学与俄罗斯文学。1953年回国,分配到南开大学外文系任副教授,除了教学外,主要精力用于翻译。他共有译作20多种,包括《普希金抒情诗集》《拜伦抒情诗选》《文学原理》(季摩菲耶夫)等,后来又翻译了拜伦的《唐璜》。在五六十年代几次政治运动和"文革"中,他历经磨难,但仍然坚持翻译写作,1977年病逝。

穆旦是现代中国最杰出的诗人与翻译家之一,也是20世纪40年代现代派诗歌流派“九叶派”的领衔诗人。他的诗歌具有强烈的现代意识和爱国情怀，富于深厚凝重的情感和思辨，对诗歌如何表达现代人的生存处境也做了出色的探索。在现代文学史上，穆旦属于那种艺术个性独特、思想超越、手法前卫，而又能扎根于现实的诗人，在当代诗坛也相当具有影响力。

诗八首①

1

你底眼睛看见这一场火灾，
你看不见我，虽然我为你点燃；
唉，那燃烧着的不过是成熟的年代，
你底，我底。我们相隔如重山！

从这自然底蜕变底程序里，
我却爱了一个暂时的你。
即使我哭泣，变灰，变灰又新生，
姑娘，那只是上帝玩弄他自己。

2

水流山石间沉淀下你我，
而我们成长，在死底子宫里。
在无数的可能里一个变形的生命
永远不能完成他自己。

我和你谈话，相信你，爱你，
这时候就听见我底主暗笑，

① 穆旦. 穆旦诗文集[M]. 北京：人民文学出版社，2007.

不断地他添来另外的你我
使我们丰富而且危险。

3

你底年龄里的小小野兽，
它和春草一样地呼吸，
它带来你底颜色，芳香，丰满，
它要你疯狂在温暖的黑暗里。

我越过你大理石的理智殿堂，
而为它埋藏的生命珍惜；
你我底手底接触是一片草场，
那里有它底固执，我底惊喜。

4

静静地，我们拥抱在
用言语所能照明的世界里，
而那未形成的黑暗是可怕的，
那可能和不可能的使我们沉迷。

那窒息着我们的
是甜蜜的未生即死的言语，
它底幽灵笼罩，使我们游离，
游进混乱的爱底自由和美丽。

5

夕阳西下，一阵微风吹拂着田野，
是多么久的原因在这里积累。
那移动了景物的移动我底心
从最古老的开端流向你，安睡。

那形成了树木和屹立的岩石的
将使我此时的渴望永存，
一切在它底过程中流露的美
教我爱你的方法，教我变更。

6

相同和相同溶为怠倦，
在差别间又凝固着陌生；
是一条多么危险的窄路里，
我制造自己在那上旅行。

他存在，听从我底指使，
他保护，而把我留在孤独里，
他底痛苦是不断的寻求
你底秩序，求得了又必须背离。

7

风暴，远路，寂寞的夜晚，
丢失，记忆，永续的时间，
所有科学不能祛除的恐惧
让我在你底怀里得到安憩——

呵，在你底不能自主的心上，
你底随有随无的美丽的形象，
那里，我看见你孤独的爱情
笔立着，和我底平行着生长！

8

再没有更近的接近，
所有的偶然在我们间定型；

只有阳光透过缤纷的枝叶
分在两片情愿的心上，相同。

等季候一到就要各自飘落，
而赐生我们的巨树永青，
它对我们的不仁的嘲弄
(和哭泣)在合一的老根里化为平静。

导 读

《诗八首》(初版本又作《诗八章》)写于 1942 年 2 月。作者时年 24 岁，正处英年，颠沛流离的时局、青春激荡的情感、深谙西方现代派诗歌的审美机理，都让穆旦在爱情诗写作方面不同凡响。1975 年，他在致友人的信中说，“我的那‘诗八首’，那是写在我二十三四岁的时候，那里也充满爱情的绝望之感。什么事情都有它的时期，过了那个时期，迫切感就消失了。”

《诗八首》不好懂，和以往写爱情的诗歌很不一样，这里不再满足于歌赞爱情，不是写爱情的美好，抒发爱的渴望、绝望等感情，而是跳出来思考爱情的“本质”，用的是抽象、思辨、玄学、肉感、自嘲等。这里毫无罗曼蒂克，那样冷静地解剖和讨论爱情，让人感觉多少有点“煞风景”。诗人放逐了诗歌历来擅长的抒情，留给读者的主要不是感动，而是重新凝视，是哲学层面的体验与感觉，要求阅读时能进入繁复的、戏剧性的意识活动。读起来有些乱，也是有意为之，即所谓“思维复杂化，情感线团化”，因为其主题意蕴是多层的，诗人觉得非如此不能表达复杂的认识与体验。所以大家读《诗八首》时，要多少改变一下阅读姿态：不满足于意境的体验、意象和语言的分析，而更多的是要停下来体味思索，格外关注其中所写的关于爱情的复杂的意识活动和独特的经验，关注其中的生活哲理与人生思考。

这里略提示一下八首诗的“思路”。第一首写爱的发生如同火灾那样突然，瞬息而过。爱情不是心灵相会，不过是自然（生理）现象，第二首写爱情总在变化而丰富，却也危险，如同生与死相连，都在不可控的状态中冲撞。第三首写爱情常常超越理智，那种特别的感受，由前两首的紧张暂时转为缓和，是甜蜜的旋律。第四首写爱情其实难以用语言沟通，幸福的沉迷也可能意味着窒息。第五首写“自然”赋予的爱会沉淀，给人暂时的慰藉，美的只是过程。第六首写相爱是寻求彼此异同的平衡点，秩序与背离都是爱的常规，所以爱是很难的。第七首写爱是精神的归宿，但爱又是孤独的。第八首带有肃穆的宗教意味：爱如同枝叶终究会飘零，回归“巨树”（“巨树”是上帝，也可理解为大自然）的老根，化为平静。

现代派的诗本来就是“多义”的，可以做不同的解释。上面的提示只是一种解释，目的在于引发大家思考，每个人都可以结合作品与自己的体验去理解。有一点建议给大家：阅读这类诗作时，要抓住其中一些特别的意象或者比喻（如火灾、重山、水流、死底子宫、草场、危险的窄路、殿堂、巨树……），追寻诗中如何用判断、犹疑、同情、扭转等互相牵扯的表达方式（诗中的人称时常在转换，形成几种声音交织），去呈现现代文化那种“丰富，和丰富的痛苦”，才能理清基本的思路。

思考题：

1. 以《诗八首》为例，评析穆旦诗歌“思维复杂化，情感线团化”，以及有意以“非诗意”表达复杂思维的现代主义特点。

2.《诗八首》可以做多义的解释。试选择其中一首，对其所表达的含义做出两种以上的解释。

第十一章 赵树理

赵树理(1906—1970),原名赵树礼,山西沁水县人。赵树理出生于一个普通农民家庭,从小便深受民间文艺的熏陶。1925年夏他考入山西省立长治第四师范学校,开始新文学的创作。1937年他加入中国共产党,投身革命,抗日战争期间,一直从事编辑等文化工作。1943年赵树理创作《小二黑结婚》,一经出版,就受到根据地广大群众的欢迎,很快被改编成各种戏曲上演。随后,赵树理创作了大量以解放区新生活为主题的小说,代表作包括短篇小说《孟祥英翻身》《地板》《传家宝》等,中篇小说《李有才板话》等,长篇小说《李家庄的变迁》等。

赵树理的小说多写其熟悉的农民生活,他善于把握解放区新的政治文化环境下农民精神、心理上发生的变化。作品在对新旧两代农民的对比书写中,展现农民精神改造的长期性和艰巨性,呈现了大的历史变革中的新农民形象。赵树理以创作农民喜闻乐见的小说为目标,在写作中大量吸收民间文学的资源。他改造和吸收了传统评书式小说的手法,叙事风格明快简约,语言朗朗上口,具有很强的可读性。赵树理小说多以晋东南农村为背景,具有浓厚的地域民俗色彩,后来在其影响下,形成了"山药蛋派"作家群,包括马烽、西戎、李束为等,是当代地域文化色彩最鲜明的作家群体之一。

赵树理的小说在艺术性和大众性的结合上,做出了成功尝试,他偏重于大众化、通俗化的文学主张和对民间文化遗产的自觉汲取，这些是其创作中最大的特色所在。

高中语文中已收入《小二黑结婚》，是节选。这里收录的是全文，希望引导学生做更加深入的阅读。

小二黑结婚[①]

一　神仙的忌讳

刘家峧有两个神仙，邻近各村无人不晓：一个是前庄上的二诸葛，一个是后庄上的三仙姑。二诸葛原来叫刘修德，当年做过生意，抬脚动手都要论一论阴阳八卦，看一看黄道黑道。三仙姑是后庄于福的老婆，每月初一十五都要顶着红布摇摇摆摆装扮天神。

二诸葛忌讳"不宜栽种"，三仙姑忌讳"米烂了"。这里边有两个小故事：有一年春天大旱，直到阴历五月初三才下了四指雨。初四那天大家都抢着种地，二诸葛看了看历书，又掐指算了一下说："今日不宜栽种。"初五日是端午，他历年就不在端午这天做什么，又不曾种；初六倒是个黄道吉日，可惜地干了，虽然勉强把他的四亩谷子种上了，却没有出够一半。后来直到十五才又下雨，别人家都在地里锄苗，二诸葛却领着两个孩子在地里补空子。邻家有个后生，吃饭时候在街上碰上二诸葛便问道："老汉！今天宜栽种不宜？"二诸葛翻了他一眼，扭转头返回去了，大家就嘻嘻哈哈传为笑谈。

三仙姑有个女孩叫小芹。一天，金旺他爹到三仙姑那里问病，三仙姑坐在香案后唱，金旺他爹跪在香案前听。小芹那年才九岁，晌午做捞饭，把米下进锅里了，听见她娘哼哼得很中听，站在桌前听了一会，把做饭也忘了。一会，金旺他爹出去小便，三仙姑趁空子向小芹说："快去捞饭！米烂了！"这

① 赵树理.赵树理选集[M].北京：人民文学出版社，2004.

句话却不料就叫金旺他爹听见，回去就传开了。后来有些好玩笑的人，见了三仙姑就故意问别人："米烂了没有？"

二　三仙姑的来历

三仙姑下神，足足有三十年了。那时三仙姑才十五岁，刚刚嫁给于福，是前后庄上第一个俊俏媳妇。于福是个老实后生，不多说一句话，只会在地里死受。于福的娘早死了，只有个爹，父子两个一上了地，家里只留下新媳妇一个人。村里的年轻人们觉着新媳妇太孤单，就慢慢自动地来跟新媳妇作伴，不几天就集合了一大群，每天嘻嘻哈哈，十分红火。于福他爹看见不像个样子，有一天发了脾气，大骂一顿，虽然把外人挡住了，新媳妇却跟他闹起来。新媳妇哭了一天一夜，头也不梳，脸也不洗，饭也不吃，躺在炕上，谁也叫不起来，父子两个没了办法。邻家有个老婆替她请了一个神婆子，在她家下了一回神，说是三仙姑跟上她了，她也哼哼唧唧自称吾神长吾神短，从此以后每月初一十五就下起神来，别人也给她烧起香来求财问病，三仙姑的香案便从此设起来了。

青年们到三仙姑那里去，要说是去问神，还不如说是去看圣像。三仙姑也暗暗猜透大家的心事，衣服穿得更新鲜，头发梳得更光滑，首饰擦得更明，官粉搽得更匀，不由青年们不跟着她转来转去。

这是三十来年前的事。当时的青年，如今都已留下胡子，家里大半又都是子媳成群，所以除了几个老光棍，差不多都没有那些闲情到三仙姑那里去了。三仙姑却和大家不同，虽然已经四十五岁，却偏爱当个老来俏，小鞋上仍要绣花，裤腿上仍要镶边，顶门上的头发脱光了，用黑手帕盖起来，只可惜官粉涂不平脸上的皱纹，看起来好像驴粪蛋上下上了霜。

老相好都不来了，几个老光棍不能叫三仙姑满意，三仙姑又团结了一伙孩子们，比当年的老相好更多、更俏皮。

三仙姑有什么本领能团结这伙青年呢？这秘密在她女儿小芹身上。

三　小　芹

三仙姑前后共生过六个孩子，就有五个没有成人，只落了一个女儿，名叫小芹。小芹当两三岁时候，就非常伶俐乖巧，三仙姑的老相好们，这个抱过来说是“我的”，那个抱起来说是“我的”，后来小芹长到五六岁，知道这不是好话，三仙姑教她说：“谁再这么说，你就说‘是你的姑姑’。”说了几回，果然没有人再提了。

小芹今年十八了，村里的轻薄人说，比她娘年轻时候好得多。青年小伙子们，有事没事，总想跟小芹说句话。小芹去洗衣服，马上青年们也都去洗；小芹上树采野菜，马上青年们也都去采。

吃饭时候，邻居们端上碗爱到三仙姑那里坐一会，前庄上的人来回一里路，也并不觉得远。这已经是三十年来的老规矩，不过小青年们也这样热心，却是近二三年来才有的事。三仙姑起先还以为自己仍有勾引青年的本领，日子长了，青年们并不真正跟她接近，她才慢慢看出门道来，才知道人家来了为的是小芹。

不过小芹却不跟三仙姑一样：表面上虽然也跟大家说说笑笑，实际上却不跟人乱来，近二三年，只是跟小二黑好一点。前年夏天，有一天前晌，于福去地，三仙姑去串门，家里只留下小芹一个人，金旺来了，嘻皮笑脸向小芹说：“这会可算是个空子吧？”小芹板起脸来说：“金旺哥！咱们以后说话规矩些！你也是娶媳妇大汉了！”金旺撇撇嘴说：“咦！装什么假正经？小二黑一来管保你就软了！有便宜大家讨开点，没事；要正经除非自己锅底没有黑！”说着就拉住小芹的胳膊悄悄说：“不用装模作样了！”不料小芹大声喊道：“金旺！”金旺赶紧放手跑出来。一边还咄念道：“等得住你！”说着就悄悄溜走了。

四　金旺弟兄

提起金旺来，刘家峻没有人不恨他，只有他一个本家兄弟名叫兴旺跟他对劲。

金旺他爹虽是个庄稼人，却是刘家峧一只虎，当过几十年老社首，捆人打人是他的拿手好戏。金旺长到十七八岁，就成了他爹的好帮手，兴旺也学会了帮虎吃食，从此金旺他爹想要捆谁，就不用亲自动手，只要下个命令，自有金旺兴旺代办。

抗战初年，汉奸敌探溃兵土匪到处横行，那时金旺他爹已经死了，金旺兴旺弟兄两个，给一支溃兵作了内线工作，引路绑票，讲价赎人，又做巫婆又做鬼，两头出面装好人。后来八路军来，打垮溃兵土匪，他两人才又回到刘家峧。

山里人本来就胆子小，经过几个月大混乱，死了许多人，弄得大家更不敢出头了。别的大村子都成立了村公所、各救会、武委会，刘家峧却除了县府派来一个村长以外，谁也不愿意当干部。不久，县里派人来刘家峧工作，要选举村干部，金旺跟兴旺两个人看出这又是掌权的机会，大家也巴不得有人愿干，就把兴旺选为武委会主任，把金旺选为村政委员，连金旺老婆也被选为妇救会主席，其他各干部，硬捏了几个老头子出来充数。只有青抗先队长，老头子充不得。兴旺看见小二黑这个小孩子漂亮好玩，随便提了一下名就通过了，他爹二诸葛虽然不愿，可是惹不起金旺，也没有敢说什么。

村长是外来的，对村里情形不十分了解，从此金旺兴旺比前更厉害了，只要瞒住村长一个人，村里人不论哪个都得由他两个调遣。这几年来，村里别的干部虽然调换了几个，而他两个却好像铁桶江山。大家对他两个虽是恨之入骨，可是谁也不敢说半句话，都恐怕扳不倒他们，自己吃亏。

五　小二黑

小二黑，是二诸葛的二小子，有一次反“扫荡”打死过两个敌人，曾得到特等射手的奖励。说到他的漂亮，那不只在刘家峧有名，每年正月扮故事，不论去到哪一村，妇女们的眼睛都跟着他转。

小二黑没有上过学，只是跟着他爹识了几个字。当他六岁时候，他爹就教他识字。识字课本既不是五经四书，也不是常识国语，而是从天干、地支、五行、八卦、六十四卦名等学起，进一步便学些《百中经》《玉匣记》《增删卜易》《麻衣神相》《奇门遁甲》《阴阳宅》等书。小二黑从小就聪明，像那些算属相、卜六壬课、念大小流年或"甲子乙丑海中金"等口诀，不几天就都弄熟了，二诸葛也常把他引在人前卖弄。因为他长得伶俐可爱，大人们也都爱跟他玩；这个说："二黑，算一算十岁属什么？"那个说："二黑，给我卜一课！"后来二诸葛因为说"不宜栽种"误了种地，老婆也埋怨，大黑也埋怨，庄上人也都传为笑谈，小二黑也跟着这事受了许多奚落。那时候小二黑十三岁，已经懂得好歹了，可是大人们仍把他当成小孩来玩弄，好跟二诸葛开玩笑的，一到了家，常好对着二诸葛问小二黑道："二黑！算算今天宜不宜栽种？"和小二黑年纪相仿的孩子们，一跟小二黑生了气，就连声喊道："不宜栽种不宜栽种……"小二黑因为这事，好几个月见了人躲着走，从此就和他娘商量成一气，再不信他爹的鬼八卦。

小二黑跟小芹相好已经二三年了。那时候他才十六七，原不过在冬天夜长时候，跟着些闲人到三仙姑那里凑热闹，后来跟小芹混熟了，好像是一天不见面也不能行。后庄上也有人愿意给小二黑跟小芹做媒人，二诸葛不愿意，不愿意的理由有三：第一小二黑是金命，小芹是火命，恐怕火克金；第二小芹生在十月，是个犯月；第三是三仙姑的声名不好。恰巧在这时候彰德府来了一伙难民，其中有个老李带来个八九岁的小姑娘，因为没有吃的，愿意把姑娘送给人家逃个活命。二诸葛说是个便宜，先问了一下生辰八字，掐算了半天说："千里姻缘使线牵。"就替小二黑收作童养媳。

虽然二诸葛说是千合适万合适，小二黑却不认账。父子俩吵了几天，二诸葛非养不行，小二黑说："你愿意养你就养着，反正我不要！"结果虽把小姑娘留下了，却到底没有说清楚算什么关系。

六　斗争会

金旺自从碰了小芹的钉子以后，每日怀恨，总想设法报一报仇。有一次武委会训练村干部，恰巧小二黑发疟疾没有去。训练完毕之后，金旺就向兴旺说："小二黑是装病，其实是被小芹勾引住了，可以斗争他一顿。"兴旺就是武委会主任，从前也碰过小芹一回钉子，自然十分赞成金旺的意见，并且又叫金旺回去和自己的老婆说一下，发动妇救会也斗争小芹一番。金旺老婆现任妇救会主席，因为金旺好到小芹那里去，早就恨得小芹了不得。现在金旺回去跟她说要斗争小芹，这才是巴不得的机会，丢下活计，马上就去布置。第二天，村里开了两个斗争会，一个是武委会斗争小二黑，一个是妇救会斗争小芹。

小二黑自己没有错，当然不承认，嘴硬到底。兴旺就下命令，把他捆起来送交政权机关处理。幸而村长脑筋清楚，劝兴旺说："小二黑发疟是真的，不是装病，至于跟别人恋爱，不是犯法的事，不能捆人家。"兴旺说："他已是有了女人的。"村长说："村里谁不知道小二黑不承认他的童养媳。人家不承认是对的：男不过十六女不过十五，不到订婚年龄。十来岁小姑娘，长大也不会来认这笔账。小二黑满有资格跟别人恋爱，谁也不能干涉。"兴旺没话说了，小二黑反要问他："无故捆人犯法不犯？"经村长双方劝解，才算放了完事。

兴旺还没有离村公所，小芹拉着妇救会主席也来找村长。她一进门就说："村长！捉贼要赃，捉奸要双，当了妇救会主席就不说理了？"兴旺见拉着金旺的老婆，生怕说出这事与自己有关，赶紧溜走。后来村长问了问情由，费了好大一会唇舌，才给她们调解开。

七　三仙姑许亲

两个斗争会开过以后，事情包也包不住了，小二黑也知道这事是合理合法的了，索性就跟小芹公开商量起来。

三仙姑却着了急。她跟小芹虽是母女，近几年来却不对劲。三仙姑爱的是青年们，青年们爱的是小芹。小二黑这个孩子，在三仙姑看来好像鲜果，可惜多一个小芹，就没了自己的份儿。她本想早给小芹找个婆家推出门去，可是因为自己声名不正，差不多都不愿意跟她结亲。开罢斗争会以后，风言风语都说小二黑要跟小芹自由结婚，她想要真是那样的话，以后想跟小二黑说几句笑话都不能了，那是多么可惜的事，因此托东家求西家要给小芹找婆家。

“插起招军旗，就有吃粮人。”有个吴先生是在阎锡山部下当过旅长的退职军官，家里很富，才死了老婆。他在奶奶庙大会上见过小芹一面，愿意续她，媒人向三仙姑一说，三仙姑当然愿意。不几天过了礼帖，就算定了，三仙姑以为了却一宗心事。

小芹已经和小二黑商量得差不多了，如何肯听她娘的话？过礼那一天，小芹跟她娘闹起来，把吴先生送来的首饰绸缎扔下一地。媒人走后，小芹跟她娘说：“我不管！谁收了人家的东西谁跟人家去！”

三仙姑愁住了，睡了半天，晚饭以后，说是神上了身，打了两个呵欠就唱起来。她起先责备于福管不了家，后来说小芹跟吴先生是前世姻缘，还唱些什么“前世姻缘由天定，不顺天意活不成……”于福跪在地下哀求，神非教他马上打小芹一顿不可。小芹听了这话，知道跟这个装神弄鬼的娘说不出什么道理来，干脆躲了出去，让她娘一个人胡说。

小芹一个人悄悄跑到前庄上去找小二黑，恰在路上碰上小二黑去找她，两个就悄悄拉着手到一个大窑里去商量对付三仙姑的法子。

八　拿　双

小芹把她娘怎样主婚怎样装神，唱些什么，从头至尾细细向小二黑说了一遍，小二黑说：“不用理她！我打听过区上的同志，人家说只要男女本人愿意，就能到区上登记，别人谁也作不了主。……”说到这里，听见外边有脚步声，小二黑伸出头来一看，黑影里站着四五个人，有一个说：“拿双拿双！”他两人都听出是金旺的声音，小二黑起了火，大叫道：“拿？没有犯了法！”兴旺也来了，下命令道：“捉住捉住！我就看你犯法不犯法，给你操了好几天心了！”小二黑说：“你说去哪里咱就去哪里，到边区政府你也不能把谁怎么样！走！”兴旺说：“走？便宜了你！把他捆起来！”小二黑挣扎了一会，无奈没有他们人多，终于被他们七手八脚打了一顿捆起来了。兴旺说：“里边还有个女的，也捆起来！捉奸要双，这是她自己说的！”说着就把小芹也捆起来了。

前庄上的人都还没有睡，听见有人吵架，有些人就跑出来看，麻秆火把下看见捆着的两个人，大家不问就都知道了八九分。二诸葛也出来了，见小二黑被人家捆起来，就跪在兴旺面前哀求道：“兴旺！咱两家没有什么仇！看在我老汉面上，请你们诸位高高手……”兴旺说：“这事情，我们管不了，送给上级再说吧！”小二黑说：“爹！你不用管！送到哪里也不犯法！我不怕他！”兴旺说：“好小子！要硬你就硬到底！”又逼住三个民兵说：“带他们走！”一个民兵问：“带到村公所？”兴旺说：“还到村公所干什么？上一回不是村长放了的？送给区武委会主任按军法处理！”说着就把他两个人拥上走了。

九　二诸葛的神课

邻居们见是兴旺弟兄们捆人，也没有人敢给小二黑讲情，直等到他们走后，才把二诸葛招呼回家。

二诸葛连连摇头说：“唉！我知道这几天要出事啦：前天早上我上地去，才上到岭上，碰上个骑驴媳妇，穿了一身孝，我就知道坏了。我今年是罗睺星照运，要谨防戴孝的冲了运气，因此哪里也不敢去，谁知躲也躲不过？昨天晚上二黑她娘梦见庙里唱戏。今天早上一个老鸦落在东房上叫了十几声……唉！反正是时运，躲也躲不过。”他啰哩啰嗦念了一大堆，邻居们听了有些厌烦，又给他说了一会宽心话，就都散了。

有事人哪里睡得着？人散了之后，二诸葛家里除了童养媳之外，三个人谁也没有睡。二诸葛摸了摸脸，取出三个制钱占了一卦，占出之后吓得他面色如土。他说：“了不得呀了不得！丑土的父母动出午火的官鬼，火旺于夏，恐怕有些危险了。唉！人家把他选成青年队长，我就说过不叫他当，小杂种硬要充人物头！人家说要按军法处理，要不当队长哪里犯得了军法？”老婆也拍手跺脚道：“小爹呀！谁知道你要闯这么大的事啦？”大黑劝道：“甭怕！事已经出下了，由他去吧！我想这又不是人命事，也犯不了什么大罪！既然他们送到区上了，我先到区上打听打听！你们都睡吧！”说着点了个灯笼就走了。

二诸葛打发大黑去后，仍然低头细细研究方才占的那一卦。停了一会，远远听着有个女人哭，越哭越近，不大一会就来到窗下，一推门就进来了。二诸葛还没有看清是谁，这女人就一把把他拉住，带哭带闹说：“刘修德！还我闺女！你的孩子把我的闺女勾引到哪里了？还我……”二诸葛老婆正气得死去活来，一看见来的是三仙姑，正赶上出气，从炕上跳下来拉住她道：“你来了好！省得我去找你！你母女两个好生生把我个孩子勾引坏，你倒有脸来找我！咱两人就也到区上说说理！”这两个女人滚成一团，二诸葛一个人拉也拉不开，也再顾不上研究他的卦。三仙姑见二诸葛老婆已经不顾了命，自己先胆怯了几分，不敢恋战，少闹了一会挣脱出来就走了。二诸葛老婆追出门来，被二诸葛拦回去，还骂个不休。

十　恩典恩典

二诸葛一夜没有睡，一遍一遍念：“大黑怎么还不回来，大黑怎么还不回来。”第二天天不明就起程往区上走，走到半路，远远看见大黑、三个民兵已都回来了，还来了区上一个助理员、一个交通员。他远远就喊叫道：“大黑！怎么样？要紧不要紧？”大黑说：“没有事！不怕！”说着就走到跟前，助理员跟三个民兵先走了。大黑告交通员说：“这就是我爹！”又向二诸葛说：“区上添传你跟于福老婆。你去吧，没有事！二黑跟小芹两个人，一到区上就放开了。区上早就听说兴旺跟金旺两个人不是东西，已经把他两个人押起来了，还派助理员到咱村开大会调查他们横行霸道的证据。我赶到那里人家就问罢了，听说区上还许咱二黑跟小芹结婚。”二诸葛说：“不犯罪就好，结婚可不行，命相不对！你没有听说添传我做什么？”大黑说:“不知道,大约也没有什么大事。你去吧,我先回去告我娘说。”交通员说:“老汉!这就算见了你了!你去吧,我再传那一个去!”说了就跟大黑相跟着走了。

二诸葛到了区上,看见小二黑跟小芹坐在一条板凳上,他就指着小二黑骂道:“闯祸东西!放了你你还不快回去?你把老子吓死了!不要脸!”区长道:“干什么?区公所是骂人的地方?”二诸葛不说话了。区长问:“你就是刘修德?”二诸葛答:“是!”问:“你给刘二黑收了个童养媳?”答:“是!”问:“今年几岁了?”答:“属猴的,十二岁了。”区长说:“女不过十五不能订婚,把人家退回娘家去,刘二黑已经跟于小芹订婚了!”二诸葛说:“她只有个爹,也不知逃难逃到哪里去了,退也没处退。女不过十五不能订婚,那不过是官家规定,其实乡间七八岁订婚的多着哩。请区长恩典恩典就过去了……”区长说:“凡是不合法的订婚,只要有一方面不愿意都得退!”二诸葛说:“我这是两家情愿!”区长问小二黑道:“刘二黑!你愿意不愿意?”小二黑说:“不愿意!”二诸葛的脾气又上来了,瞪了小二黑一眼道:“由你啦?”区长道:“给他订婚不由他,难道由你啦?老汉!如今是婚姻自主,由不得你了,你家养的那个小姑娘,要真是没有娘家,就算成你的闺女好了。”二诸葛道:“那也可以,不过还得请区长恩典恩典,不能叫他跟于福这闺女订婚!”区长说:“这你就管不着了!”二诸葛发急道:“千万请区长恩典恩典,命相不对,这是一辈子的事!”又向小二黑道:“二黑!你不要糊涂了!这是你一辈子的事!”区长道:“老汉!你不要糊涂了;强逼着你十九岁的孩子娶上个十二岁的小姑娘,恐怕要生一辈子气!我不过是劝一劝你,其实只要人家两个人愿意,你愿意不愿意都不相干。回去吧!童养媳没处退就算成你的闺女!”二诸葛还要请区长“恩典恩典”,一个交通员把他推出来了。

十一 看看仙姑

三仙姑去寻二诸葛,一来为的是逞逞闹气的本领,二来为的是遮遮外人的耳目，其实让小芹吃一吃亏她很高兴，所以跟二诸葛老婆闹了一阵之后，回去就睡了。第二天早上，她起得很迟，于福虽比她着急，可是自己既没有主意，又不敢叫醒她，只好自己先去做饭，饭快成的时候，三仙姑慢慢起来梳妆，于福问她道："不去打听打听小芹？"她说："打听她做甚啦？她的本领多大啦？"于福也再没有敢说什么，把饭菜做成了放在炉边等，直等到她梳妆罢了才开饭。

饭还没有吃罢，区上的交通员来传她。她好像很得意，嗓子拉得长长地说："闺女大了咱管不了，就去请区长替咱管教管教！"她吃完了饭，换上新衣服、新手帕、绣花鞋、镶边裤，又擦了一次粉，加了几件首饰，然后叫于福给她备上驴，她骑上，于福给她赶上，往区上去。

到了区上。交通员把她引到区长房子里，她趴下就磕头，连声叫道："区长老爷，你可要给我作主！"区长正伏在桌上写字，见她低着头跪在地下，头上戴了满头银首饰，还以为是前两天跟婆婆生了气的那个年轻媳妇，便说道："你婆婆不是有保人吗？为什么不找保人？"三仙姑莫名其妙，抬头看了看区长的脸。区长见是个擦着粉的老太婆，才知道是认错了人。交通员道："认错人了！这就是于小芹的娘！"区长打量了她一眼道："你就是小芹的娘呀？起来！不要装神作鬼！我什么都清楚！起来！"三仙姑站起来了。区长问："你今年多大岁数？"三仙姑说："四十五。"区长说："你自己看看你打扮得像个人不像？"门边站着老乡一个十来岁的小闺女嘻嘻嘻笑了。交通员说："到外边耍！"小闺女跑了。区长问："你会下神是不是？"三仙姑不敢答话。区长问："你给你闺女找了个婆家？"三仙姑答："找下了！"问："使了多少钱？"答："三千五！"问："还有些什么？"答："有些首饰布匹！"问："跟你闺女商量过没有？"答："没有！"问："你闺女愿意不愿意？"答："不知道！"区长道："我给你叫来你亲自问问她！"又向交通员道："去叫于小芹！"

刚才跑出去那个小闺女，跑到外边一宣传，说有个打官司的老婆，四十五了，擦着粉，穿着花鞋。邻近的女人们都跑来看，挤了半院，唧唧哝哝说:“看看！四十五了！”“看那裤腿！”“看那鞋！”三仙姑半辈没有脸红过，偏这会撑不住气了，一道道热汗在脸上流。交通员领着小芹来了，故意说:“看什么？人家也是个人吧，没有见过？闪开路！”一伙女人们哈哈大笑。

把小芹叫来，区长说:“你问问你闺女愿意不愿意！”三仙姑只听见院里人说“四十五”“穿花鞋”，羞得只顾擦汗，再也开不得口。院里的人们忽然又转了话头，都说“那是人家的闺女”“闺女不如娘会打扮”，也有人说“听说还会下神”，偏又有个知道底细的断断续续讲“米烂了”的故事；这时三仙姑恨不得一头碰死。

区长说:“你不问我替你问！于小芹，你娘给你找的婆家你愿意跟人家结婚不愿意？”小芹说:“不愿意！我知道人家是谁？”区长向三仙姑道:“你听见了吧？”又给她讲了一会婚姻自主的法令，说小芹跟小二黑订婚完全合法，还吩咐她把吴家送来的钱和东西原封退了，让小芹跟小二黑结婚。她羞愧之下，一一答应了下来。

十二　怎么到底

三个民兵回到刘家峧，一说区上把兴旺金旺两人押起来，又派助理员来调查他们的罪恶，真是人人拍手称快。午饭后，庙里开一个群众大会，村长报告了开会宗旨，就请大家举他两个人的作恶事实。起先大家还怕扳不倒人家，人家再返回来报仇，老大一会没有人说话，有几个胆子太小的人，还悄悄劝大家说:“忍事者安然。”有个被他两人作践垮了的年轻人说:“我从前没有忍过？越忍越不得安然！你们不说我说！”他先从金旺领着土匪到他家绑票说起，一连说了四五款，才说道:“我歇歇再说，先让别人也说几款！”他一说开了头，许多受过害的人也都抢着说起来:有给他们花过钱的，有被他们逼着上过吊的，也有产业被他们霸了的，老婆被他们奸淫过的。他两人还派上民兵给他们自己割柴，拨上民夫给他们自己锄地；浮收粮，私派款，强迫民兵捆人……你一宗他一宗，从晌午说到太阳落，一共说了五六十款。

区上根据这些罪状把他两人送到县里，县里把罪状一一证实之后，除叫他们赔偿大家损失外，又判了十五年徒刑。

经过这次大会之后，村里人也都敢出头了。不久，村干部又都经过大改选，村里人再也不敢乱投坏人的票了。这期间，金旺老婆自然也落了选。偏她还变了口吻，说："以后我也要进步了。"

两个神仙也有了变化：

三仙姑那天在区上被一伙妇女围住看了半天，实在觉着不好意思，回去对着镜子研究了一下，真有点打扮得不像话；又想到自己的女儿快要跟人结婚，自己还卖什么老俏？这才下了个决心，把自己的打扮从顶到底换了一遍，弄得像个当长辈人的样子，把三十年来装神弄鬼的那张香案也悄悄拆去。

二诸葛那天从区上回去，又向老婆提起二黑跟小芹的命相不对，他老婆道："把你的鬼八卦收起吧！你不是说二黑这回了不得吗？你一辈子放个屁也要卜一课，究竟抵了些什么事？我看小芹满不错，能跟咱二黑过就很好！什么命相对不对？你就不记得'不宜栽种'？"二诸葛见老婆都不信自己的阴阳，也就不好意思再到别人跟前卖弄他那一套了。

小芹和小二黑各回各家，见老人们的脾气都有些改变，托邻居们趁势和说和说，两位神仙也就顺水推舟同意他们结婚。后来两家都准备了一下，就过门。过门之后，小两口都十分得意，邻居们都说是村里第一对好夫妻。

夫妻俩在自己卧房里有时候免不了说玩话：小二黑好学三仙姑下神时候唱"前世姻缘由天定"，小芹好学二诸葛说"区长恩典，命相不对"。淘气的孩子们去听窗，学会了这两句话，就给两位神仙加了新外号：三仙姑叫"前世姻缘"，二诸葛叫"命相不对"。

1943 年 5 月写于太行

导 读

1943年，赵树理被调到北方局党校政策研究室工作。他在左权县做调查工作时，听到当地一个真实的故事：民兵队队长岳冬至和智英祥恋爱，被混进村政权的坏人害死了。赵树理改写了这个故事，并赋予故事中的“小二黑”一个幸福的结局，这就是他的代表作《小二黑结婚》的由来。

《小二黑结婚》完成后，时任八路军副总司令的彭德怀对其给予了高度评价：“像这种从群众调查研究中写出来的通俗故事还不多见。”《小二黑结婚》出版后受到解放区广大农民的热烈欢迎，连续印了两万册还是供不应求。与此同时，由武乡光明剧团带头，数以百计的剧团用各种地方剧的形式，如武乡秧歌、襄垣秧歌、中路梆子、上党落子等将这个故事搬上舞台，吸引了更广泛的农村观众。这篇小说就以这样的方式，打破了新文学和农民之间的隔膜，真正实现了解放区文学“为工农兵服务”的创作目标。

《小二黑结婚》之所以大受欢迎，一是因为其全新的文学主题和农民形象。赵树理是地地道道的农民作家，他熟悉农村生活，并擅长捕捉解放区全新政治文化背景下农民精神状态的改变。《小二黑结婚》中的小二黑和小芹，在追求婚恋自由的过程中突破重重阻碍，最终在边区政府的支持下获得胜利，他们是植根于解放区典型环境中的新一代农民形象。三仙姑和二诸葛作为他们的“对立面”存在，则显示出老一代农民身上浓厚的封建思想意识。从人物塑造上看，这一对“配角”的性格描写比主角更为生动、真实。

另一个决定了《小二黑结婚》大受欢迎的因素是赵树理“讲故事”的高超本领。赵树理曾说：“我不想上文坛，不想做文坛文学家。我只想上‘文摊’，写些小本子夹在卖小唱本的摊子里去赶庙会，三两个铜板可以买一本，这样一步一步地去夺取那封建小唱本的阵地。”正因为要让自己的作品成为农民能读懂且喜欢读的故事，赵树理自觉借鉴了大量民间文学资源。在《小二黑结婚》中，他汲取传统章回体小说、评书体小说讲故事的经验，注重故事情节的完整和连贯。他的小说开头总是开门见山，将人物、地点、故事起因介绍得清清楚楚。《小二黑结婚》设置了小二黑、小芹和二诸葛、三仙姑，小二黑、小芹和金旺、兴旺两组矛盾冲突，两组矛盾又互相交替，大故事中套小故事，并以各种关节来吸引读者。在叙事和语言上，赵树理也照顾到农民的欣赏趣味，少有静止的景物描写或心理描写，语言明白如话，朗朗上口。

赵树理创作中对“农民化”审美风格的追求，决定了他在文学创作中对民间和传统的回归，他力图用创作改变新文学过于“欧化”的倾向，但难免也有矫枉过正的地方。他在文学民族化、大众化问题上的探索，为后来的中国文学提供了相当宝贵的经验。

思考题：

1. 赵树理有意将小说作为通俗故事来写，以《小二黑结婚》为例，从小说结构、人物塑造、语言等方面分析赵树理是如何讲好一个故事的。

2. 阅读毛泽东《在延安文艺座谈会上的讲话》一文，谈谈赵树理的创作在哪些方面符合毛泽东提出的文学主张。

第十二章　汪曾祺

汪曾祺(1920—1997)，出生于江苏高邮士绅之家，1939 年就读于西南联大中文系，师从沈从文并深受其影响。先后当过中学教员、历史博物馆职员、《北京文艺》编辑。1957 年被打成“右派”下放改造，1962 年调北京京剧团任编剧。

汪曾祺于 1940 年年初开始发表作品，出版小说集《邂逅集》。新时期后又陆续出版了《晚饭花集》《汪曾祺短篇小说选》等小说集、《蒲桥集》《汪曾祺小品》等散文集、文学评论集《晚翠文谈》。20 世纪 50—60 年代曾参与编写《沙家浜》《范进中举》等京剧剧本。20 世纪 80 年代初发表的小说《受戒》《大淖记事》《异禀》获得了文坛普遍的关注和赞誉。其中，《大淖记事》获 1981 年全国优秀短篇小说奖。

汪曾祺善于描写富有情趣的地方风习和世态人情，对乡村市井的陈腐生活虽不无针砭和嘲讽，但更多的是发现乡镇民间生活的美和健康人性。其小说故事性不强但结构方式独特，延续了 20 世纪 40 年代沈从文等“京派作家”提倡“散文化小说”的努力。文字则简洁、节制、质朴，也不缺幽默和典雅。汪曾祺在小说文体上的创造影响了当代一些小说家和散文家的创作，“新时期”以来，其独立于各种文学潮流之外、自成一脉的文学品格格外受到赞誉。

以下选的是《受戒》。这篇小说讲述了在民风淳朴的江南水乡，一对少男少女多少有些奇特的爱情故事。明海从小就出了家，在荸荠庵当和尚，认识了划船采莲的小英子。二人两小无猜，在朴实而充满快乐的乡间生活中，自然而然地产生了纯真而美好的爱情。

受 戒[①]

明海出家已经四年了。

他是十三岁来的。

这个地方的地名有点怪，叫庵赵庄。赵，是因为庄上大都姓赵。叫做庄，可是人家住得很分散，这里两三家，那里两三家。一出门，远远可以看到，走起来得走一会，因为没有大路，都是弯弯曲曲的田埂。庵，是因为有一个庵。庵叫菩提庵，可是大家叫讹了，叫成荸荠庵。连庵里的和尚也这样叫。“宝刹何处？”——“荸荠庵。”庵本来是住尼姑的。“和尚庙”、“尼姑庵”嘛。可是荸荠庵住的是和尚。也许因为荸荠庵不大，大者为庙，小者为庵。

明海在家叫小明子。他是从小就确定要出家的。他的家乡不叫“出家”，叫“当和尚”。他的家乡出和尚。就像有的地方出劁猪的，有的地方出织席子的，有的地方出箍桶的，有的地方出弹棉花的，有的地方出画匠，有的地方出婊子，他的家乡出和尚。人家弟兄多，就派一个出去当和尚。当和尚也要通过关系，也有帮。这地方的和尚有的走得很远。有到杭州灵隐寺的、上海静安寺的、镇江金山寺的、扬州天宁寺的。一般的就在本县的寺庙。明海家田少，老大、老二、老三，就足够种的了。他是老四。他七岁那年，他当和尚的舅舅回家，他爹、他娘就和舅舅商议，决定叫他当和尚。他当时在旁边，觉得这实在是在情在理，没有理由反对。当和尚有很多好处。一是可以吃现成饭。哪个庙里都是管饭的。二是可以攒钱。只

---

① 汪曾祺. 受戒[M]. 北京：人民文学出版社，2014.

要学会了放瑜伽焰口，拜梁皇忏，可以按例分到辛苦钱。积攒起来，将来还俗娶亲也可以；不想还俗，买几亩田也可以。当和尚也不容易，一要面如朗月，二要声如钟磬，三要聪明记性好。他舅舅给他相了相面，叫他前走几步，后走几步，又叫他喊了一声赶牛打场的号子："格当嘚——"，说是"明子准能当个好和尚，我包了！"要当和尚，得下点本，——念几年书。哪有不认字的和尚呢！于是明子就开蒙入学，读了《三字经》、《百家姓》、《四言杂字》、《幼学琼林》、《上论、下论》、《上孟、下孟》，每天还写一张仿。村里都夸他字写得好，很黑。

舅舅按照约定的日期又回了家，带了一件他自己穿的和尚领的短衫，叫明子娘改小一点，给明子穿上。明子穿了这件和尚短衫，下身还是在家穿的紫花裤子，赤脚穿了一双新布鞋，跟他爹、他娘磕了一个头，就随舅舅走了。

他上学时起了个学名，叫明海。舅舅说，不用改了。于是"明海"就从学名变成了法名。

过了一个湖。好大一个湖！穿过一个县城。县城真热闹：官盐店，税务局，肉铺里挂着成边的猪，一个驴子在磨芝麻，满街都是小磨香油的香味，布店，卖茉莉粉、梳头油的什么斋，卖绒花的，卖丝线的，打把式卖膏药的，吹糖人的，耍蛇的，……他什么都想看看。舅舅一劲地推他："快走！快走！"

到了一个河边，有一只船在等着他们。船上有一个五十来岁的瘦长瘦长的大伯，船头蹲着一个跟明子差不多大的女孩子，在剥一个莲蓬吃。明子和舅舅坐到舱里，船就开了。

明子听见有人跟他说话，是那个女孩子。

"是你要到荸荠庵当和尚吗？"

明子点点头。

"当和尚要烧戒疤呕！你不怕？"

明子不知道怎么回答，就含含糊糊地摇了摇头。

“你叫什么?”

“明海。”

“在家的时候?”

“叫明子。”

“明子！我叫小英子！我们是邻居。我家挨着荸荠庵。——给你!”

小英子把吃剩的半个莲蓬扔给明海,小明子就剥开莲蓬壳,一颗一颗吃起来。

大伯一桨一桨地划着,只听见船桨拨水的声音:

“哗——许！哗——许!”

…………

荸荠庵的地势很好,在一片高地上。这一带就数这片地高,当初建庵的人很会选地方。门前是一条河。门外是一片很大的打谷场。三面都是高大的柳树。山门里是一个穿堂。迎门供着弥勒佛。不知是哪一位名士撰写了一副对联:

大肚能容容天下难容之事

开颜一笑笑世间可笑之人

弥勒佛背后,是韦驮。过穿堂,是一个不小的天井,种着两棵白果树。天井两边各有三间厢房。走过天井,便是大殿,供着三世佛。佛像连龛才四尺来高。大殿东边是方丈,西边是库房。大殿东侧,有一个小小的六角门,白门绿字,刻着一副对联:

一花一世界

三藐三菩提

进门有一个狭长的天井,几块假山石,几盆花,有三间小房。

小和尚的日子清闲得很。一早起来,开山门,扫地。庵里的地铺的都是箩底方砖,好扫得很。给弥勒佛、韦驮烧一炷香,正殿的三世佛面前也烧一炷香、磕三个头,念三声“南无阿弥陀佛”,敲三声磬。这庵里的和尚不兴做什么早课、晚课，明子这三声磬就全都代替了。然后，挑水，喂猪。然后，等当家和尚，即明子的舅舅起来，教他念经。

教念经也跟教书一样，师父面前一本经，徒弟面前一本经，师父唱一句，徒弟跟着唱一句。是唱哎。舅舅一边唱，一边还用手在桌上拍板。一板一眼，拍得很响，就跟教唱戏一样。是跟教唱戏一样，完全一样哎。连用的名词都一样。舅舅说，念经：一要板眼准，二要合工尺。说：当一个好和尚，得有条好嗓子。说：民国二十年闹大水，运河倒了堤，最后在清水潭合龙，因为大水淹死的人很多，放了一台大焰口，十三大师——十三个正座和尚，各大庙的方丈都来了，下面的和尚上百。谁当这个首座？推来推去，还是石桥——善因寺的方丈！他往上一坐，就跟地藏王菩萨一样，这就不用说了；那一声"开香赞"，围看的上千人立时鸦雀无声。说：嗓子要练，夏练三伏，冬练三九，要练丹田气！说：要吃得苦中苦，方为人上人！说：和尚里也有状元、榜眼、探花！要用心，不要贪玩！舅舅这一番大法要说得明海和尚实在是五体投地，于是就一板一眼地跟着舅舅唱起来：

"炉香乍爇——"

"炉香乍爇——"

"法界蒙薰——"

"法界蒙薰——"

"诸佛现金身……"

"诸佛现金身……"

…………

等明海学完了早经，——他晚上临睡前还要学一段，叫做晚经，——荸荠庵的师父们就都陆续起床了。

这庵里人口简单，一共六个人。连明海在内，五个和尚。

有一个老和尚，六十几了，是舅舅的师叔，法名普照，但是知道的人很少，因为很少人叫他法名，都称之为老和尚或老师父，明海叫他师爷爷。

这是个很枯寂的人，一天关在房里，就是那“一花一世界”里。也看不见他念佛，只是那么一声不响地坐着。他是吃斋的，过年时除外。

下面就是师兄弟三个，仁字排行：仁山、仁海、仁渡。庵里庵外，有的称他们为大师父、二师父；有的称之为山师父、海师父。只有仁渡，没有叫他“渡师父”的，因为听起来不像话，大都直呼之为仁渡。他也只配如此，因为他还年轻，才二十多岁。

仁山，即明子的舅舅，是当家的。不叫“方丈”，也不叫“住持”，却叫“当家的”，是很有道理的，因为他确确实实干的是当家的职务。他屋里摆的是一张账桌，桌子上放的是账簿和算盘。账簿共有三本。一本是经账，一本是租账，一本是债账。和尚要做法事，做法事要收钱，——要不，当和尚干什么？常做的法事是放焰口。正规的焰口是十个人。一个正座，一个敲鼓的，两边一边四个。人少了，八个，一边三个，也凑合了。荸荠庵只有四个和尚，要放整焰口就得和别的庙里合伙。这样的时候也有过。通常只是放半台焰口。一个正座，一个敲鼓，另外一边一个。一来找别的庙里合伙费事；二来这一带放得起整焰口的人家也不多。有的时候，谁家死了人，就只请两个，甚至一个和尚咕噜咕噜念一通经，敲打几声法器就算完事。很多人家的经钱不是当时就给，往往要等秋后才还。这就得记账。另外，和尚放焰口的辛苦钱不是一样的。就像唱戏一样，有份子。正座第一份。因为他要领唱，而且还要独唱。当中有一大段“叹骷髅”，别的和尚都放下法器休息，只有首座一个人有板有眼地曼声吟唱。第二份是敲鼓的。你以为这容易呀？哼，单是一开头的“发擂”，手上没功夫就敲不出迟疾顿挫！其余的，就一样了。这也得记上：某月某日、谁家焰口半台，谁正座，谁敲鼓……省得到年底结账时赌咒骂娘。……这庵里有几十亩庙产，租给人种，到时候要收租。庵里还放债。租、债一向倒很少亏欠，因为租佃借钱的人怕菩萨不高兴。这三本账就够仁山忙的了。另外香烛灯火、油盐“福食”，这也得随时记记账呀。除了账簿之外，山师父的方丈的墙上还挂着一块水牌，上漆四个红字：“勤笔免思”。

仁山所说当一个好和尚的三个条件，他自己其实一条也不具备。他的相貌只要用两个字就说清楚了：黄，胖。声音也不像钟磬，倒像母猪。聪明么？难说，打牌老输。他在庵里从不穿袈裟，连海青直裰也免了。经常是披着件短僧衣，袒露着一个黄色的肚子。下面是光脚趿拉着一对僧鞋，——新鞋他也是趿拉着。他一天就是这样不衫不履地这里走走，那里走走，发出母猪一样的声音："呣——呣——"

二师父仁海。他是有老婆的。他老婆每年夏秋之间来住几个月，因为庵里凉快。庵里有六个人，其中之一，就是这位和尚的家眷。仁山、仁渡叫她嫂子，明海叫她师娘。这两口子都很爱干净，整天的洗涮。傍晚的时候，坐在天井里乘凉。白天，闷在屋里不出来。

三师父是个很聪明精干的人。有时一笔账大师兄扒了半天算盘也算不清，他眼珠子转两转，早算得一清二楚。他打牌赢的时候多，二三十张牌落地，上下家手里有些什么牌，他就差不多都知道了。他打牌时，总有人爱在他后面看歪头胡。谁家约他打牌，就说"想送两个钱给你"。他不但经忏俱通（小庙的和尚能够拜忏的不多），而且身怀绝技，会"飞铙"。七月间有些地方做盂兰会，在旷地上放大焰口，几十个和尚，穿绣花袈裟，飞铙。飞铙就是把十多斤重的大铙钹飞起来。到了一定的时候，全部法器皆停，只几十副大铙紧张急促地敲起来。忽然起手，大铙向半空中飞去，一面飞，一面旋转。然后，又落下来，接住。接住不是平平常常地接住，有各种架势，"犀牛望月"、"苏秦背剑"……这哪是念经，这是耍杂技。也许是地藏王菩萨爱看这个，但真正因此快乐起来的是人，尤其是妇女和孩子。这是年轻漂亮的和尚出风头的机会。一场大焰口过后，也像一个好戏班子过后一样，会有一个两个大姑娘、小媳妇失踪，——跟和尚跑了。他还会放"花焰口"。有的人家，亲戚中多风流子弟，在不是很哀伤的佛事——如做冥寿时，就会提出放花焰口。所谓"花焰口"就是在正焰口之后，叫和尚唱小调，拉丝弦，吹管笛，敲鼓板，而且可以点唱。仁渡一个人可以唱一夜不重头。仁渡前几年一直在外面，近二年才常住在庵里。据说他有相好的，而且不止一个。他平常可是很规矩，看到姑娘媳妇总是老老实实的，连一句玩笑话都不说，一句小调山歌都不唱。有一回，在打谷场上乘凉的时候，一伙人把他围起来，非叫他唱两个不可。他却情不过，说："好，唱一个。不唱家乡的。家乡的你们都熟，唱个安徽的。"

姐和小郎打大麦，
一转子讲得听不得。
听不得就听不得，
打完了大麦打小麦。

唱完了，大家还嫌不够，他就又唱了一个：

姐儿生得漂漂的，
两个奶子翘翘的。
有心上去摸一把，
心里有点跳跳的。

…………

这个庵里无所谓清规，连这两个字也没人提起。

仁山吃水烟，连出门做法事也带着他的水烟袋。

他们经常打牌。这是个打牌的好地方。把大殿上吃饭的方桌往门口一搭，斜放着，就是牌桌。桌子一放好，仁山就从他的方丈里把筹码拿出来，哗啦一声倒在桌上。斗纸牌的时候多，搓麻将的时候少。牌客除了师兄弟三人，常来的是一个收鸭毛的，一个打兔子兼偷鸡的，都是正经人。收鸭毛的担一副竹筐，串乡串镇，拉长了沙哑的声音喊叫：

"鸭毛卖钱——！"

偷鸡的有一件家什——铜蜻蜓。看准了一只老母鸡，把铜蜻蜓一丢，鸡婆子上去就是一口。这一啄，铜蜻蜓的硬簧绷开，鸡嘴撑住了，叫不出来了。正在这鸡十分纳闷的时候，上去一把薅住。

明子曾经跟这位正经人要过铜蜻蜓看看。他拿到小英子家门前试了一试，果然！小英的娘知道了，骂明子：

“要死了！儿子！你怎么到我家来玩铜蜻蜓了！”

小英子跑过来：

“给我！给我！”

她也试了试，真灵，一个黑母鸡一下子就把嘴撑住，傻了眼了！

下雨阴天，这二位就光临荸荠庵，消磨一天。

有时没有外客，就把老师叔也拉出来，打牌的结局，大都是当家和尚气得鼓鼓的：“×妈妈的！又输了！下回不来了！”

他们吃肉不瞒人。年下也杀猪。杀猪就在大殿上。一切都和在家人一样，开水、木桶、尖刀。捆猪的时候，猪也是没命地叫。跟在家人不同的，是多一道仪式，要给即将升天的猪念一道“往生咒”，并且总是老师叔念，神情很庄重：

“……一切胎生、卵生、息生，来从虚空来，还归虚空去。往生再世，皆当欢喜。南无阿弥陀佛！”

三师父仁渡一刀子下去，鲜红的猪血就带着很多沫子喷出来。

…………

明子老往小英子家里跑。

小英子的家像一个小岛，三面都是河，西面有一条小路通到荸荠庵。独门独户，岛上只有这一家。岛上有六棵大桑树，夏天都结大桑椹，三棵结白的，三棵结紫的；一个菜园子，瓜豆蔬菜，四时不缺。院墙下半截是砖砌的，上半截是泥夯的。大门是桐油油过的，贴着一副万年红的春联：

向阳门第春常在

积善人家庆有余

门里是一个很宽的院子。院子里一边是牛屋、碓棚；一边是猪圈、鸡窠，还有个关鸭子的栅栏。露天地放着一具石磨。正北面是住房，也是砖基土筑，上面盖的一半是瓦，一半是草。房子翻修了才三年，木料还露着白茬。正中是堂屋，家神菩萨的画像上贴的金还没有发黑。两边是卧房。扇窗上各嵌了一块一尺见方的玻璃，明亮亮的，——这在乡下是不多见的。房檐下一边种着一棵石榴树，一边种着一棵栀子花，都齐房檐高了。夏天开了花，一红一白，好看得很。栀子花香得冲鼻子。顺风的时候，在荸荠庵都闻得见。

这家人口不多。他家当然是姓赵。一共四口人：赵大伯、赵大妈，两个女儿，大英子、小英子。老两口没得儿子。因为这些年人不得病，牛不生灾，也没有大旱大水闹蝗虫，日子过得很兴旺。他们家自己有田，本来够吃的了，又租种了庵上的十亩田。自己的田里，一亩种了荸荠，——这一半是小英子的主意，她爱吃荸荠，一亩种了茨菇。家里喂了一大群鸡鸭，单是鸡蛋鸭毛就够一年的油盐了。赵大伯是个能干人。他是一个"全把式"，不但田里场上样样精通，还会罩鱼、洗磨、凿砻、修水车、修船、砌墙、烧砖、箍桶、劈篾、绞麻绳。他不咳嗽，不腰疼，结结实实，像一棵榆树。人很和气，一天不声不响。赵大伯是一棵摇钱树，赵大娘就是个聚宝盆。大娘精神得出奇。五十岁了，两个眼睛还是清亮亮的。不论什么时候，头都是梳得滑溜溜的，身上衣服都是格挣挣的。像老头子一样，她一天不闲着。煮猪食，喂猪，腌咸菜，——她腌的咸萝卜干非常好吃，舂粉子，磨小豆腐，编蓑衣，织芦篚。她还会剪花样子。这里嫁闺女，陪嫁妆，磁坛子、锡罐子，都要用梅红纸剪出吉祥花样，贴在上面，讨个吉利，也才好看："丹凤朝阳"呀、"白头到老"呀、"子孙万代"呀、"福寿绵长"呀。二三十里的人家都来请她："大娘，好日子是十六，你哪天去呀？"——"十五，我一大清早就来！"

"一定呀！"——"一定！一定！"

两个女儿，长得跟她娘像一个模子里托出来的。眼睛长得尤其像，白眼珠鸭蛋青，黑眼珠棋子黑，定神时如清水，闪动时像星星。浑身上下，头是头，脚是脚。头发滑溜溜的，衣服格挣挣的。——这里的风俗，十五六岁的姑娘就都梳上头了。这两个丫头，这一头的好头发！通红的发根，雪白的簪子！娘女三个去赶集，一集的人都朝她们望。

姐妹俩长得很像，性格不同。大姑娘很文静，话很少，像父亲。小英子比她娘还会说，一天咭咭呱呱地不停。大姐说：

“你一天到晚咭咭呱呱——”

“像个喜鹊！”

“你自己说的！——吵得人心乱！”

“心乱？”

“心乱！”

“你心乱怪我呀！”

二姑娘话里有话。大英子已经有了人家。小人她偷偷地看过，人很敦厚，也不难看，家道也殷实，她满意。已经下过小定，日子还没有定下来。她这二年，很少出房门，整天赶她的嫁妆。大裁大剪，她都会。挑花绣花，不如娘。她可又嫌娘出的样子太老了。她到城里看过新娘子，说人家现在绣的都是活花活草。这可把娘难住了。最后是喜鹊忽然一拍屁股：“我给你保举一个人！”

这人是谁？是明子。明子念“上孟下孟”的时候，不知怎么得了半套《芥子园》，他喜欢得很。到了荸荠庵，他还常翻出来看，有时还把旧账簿子翻过来，照着描。小英子说：

“他会画！画得跟活的一样！”

小英子把明海请到家里来，给他磨墨铺纸，小和尚画了几张，大英子喜欢得了不得：

“就是这样！就是这样！这就可以乱孱！”——所谓“乱孱”是绣花的一种针法：绣了第一层，第二层的针脚插进第一层的针缝，这样颜色就可由深到淡，不露痕迹，不像娘那一代绣的花是平针，深浅之间，界限分明，一道一道的。小英子就像个书童，又像个参谋：

“画一朵石榴花！”

“画一朵栀子花！”

她把花掐来，明海就照着画。

到后来，凤仙花、石竹子、水蓼、淡竹叶、天竺果子、蜡梅花，他都能画。

大娘看着也喜欢，搂住明海的和尚头：

“你真聪明！你给我当一个干儿子吧！”

小英子捺住他的肩膀，说：

“快叫！快叫！”

小明子跪在地下磕了一个头，从此就叫小英子的娘做干娘。

大英子绣的三双鞋，三十里方圆都传遍了。很多姑娘都走路坐船来看。看完了，就说：“啧啧啧，真好看！这哪是绣的，这是一朵鲜花！”她们就拿了纸来央大娘求了小和尚来画。有求画帐檐的，有求画门帘飘带的，有求画鞋头花的。每回明子来画花，小英子就给他做点好吃的，煮两个鸡蛋，蒸一碗芋头，煎几个藕团子。

因为照顾姐姐赶嫁妆，田里的零碎生活小英子就全包了。她的帮手，是明子。

这地方的忙活是栽秧、车高田水、薅头遍草，再就是割稻子、打场子。这几荐重活，自己一家是忙不过来的。这地方兴换工。排好了日期，几家顾一家，轮流转。不收工钱，但是吃好的。一天吃六顿，两头见肉，顿顿有酒。干活时，敲着锣鼓，唱着歌，热闹得很。其余的时候，各顾各，不显得紧张。

薅三遍草的时候，秧已经很高了，低下头看不见人。一听见非常脆亮的嗓子在一片浓绿里唱：

栀子哎开花哎六瓣头哎……

姐家哎门前哎一道桥哎……

明海就知道小英子在哪里，三步两步就赶到，赶到就低头薅起草来。傍晚牵牛“打汪”，是明子的事。——水牛怕蚊子。这里的习惯，牛卸了轭，饮了水，就牵到一口和好泥水的“汪”里，由它自己打滚扑腾，弄得全身都是泥浆，这样蚊子就咬不透了。低田上水，只要一挂十四轧的水车，两个人车半天就够了。明子和小英子就伏在车杠上，不紧不慢地踩着车轴上的拐子，轻轻地唱着明海向三师父学来的各处山歌。打场的时候，明子能替赵大伯一会，让他回家吃饭。——赵家自己没有场，每年都在荸荠庵外面的场上打谷子。他一扬鞭子，喊起了打场号子：

"格当嘚——"

这打场号子有音无字，可是九转十三弯，比什么山歌号子都好听。赵大娘在家，听见明子的号子，就侧起耳朵：

"这孩子这条嗓子！"

连大英子也停下针线：

"真好听！"

小英子非常骄傲地说：

"一十三省数第一！"

晚上，他们一起看场。——荸荠庵收来的租稻也晒在场上。他们并肩坐在一个石磙子上，听青蛙打鼓，听寒蛇唱歌，——这个地方以为蝼蛄叫是蚯蚓叫，而且叫蚯蚓叫"寒蛇"，听纺纱婆子不停地纺纱，"唦——"，看萤火虫飞来飞去，看天上的流星。

"呀！我忘了在裤带上打一个结！"小英子说。

这里的人相信，在流星掉下来的时候在裤带上打一个结，心里想什么好事，就能如愿。

…………

"揙"荸荠，这是小英最爱干的生活。秋天过去了，地净场光，荸荠的叶子枯了，——荸荠的笔直的小葱一样的圆叶子里是一格一格的，用手一捋，哔哔地响，小英子最爱捋着玩，——荸荠藏在烂泥里。赤了脚，在凉浸浸滑滑溜的泥里踩着，——哎，一个硬疙瘩！伸手下去，一个红紫红紫的荸荠。她自己爱干这生活，还拉了明子一起去。她老是故意用自己的光脚去踩明子的脚。

她挎着一篮子荸荠回去了，在柔软的田埂上留了一串脚印。明海看着她的脚印，傻了。五个小小的趾头，脚掌平平的，脚跟细细的，脚弓部分缺了一块。明海身上有一种从来没有过的感觉，他觉得心里痒痒的。这一串美丽的脚印把小和尚的心搞乱了。

…………

明子常搭赵家的船进城，给庵里买香烛，买油盐。闲时是赵大伯划船；忙时是小英子去，划船的是明子。

从庵赵庄到县城，当中要经过一片很大的芦花荡子。芦苇长得密密的，当中一条水路，四边不见人。划到这里，明子总是无端端地觉得心里很紧张，他就使劲地划桨。

小英子喊起来：

"明子！明子！你怎么啦？你发疯啦？为什么划得这么快？"

…………

明海到善因寺去受戒。

"你真的要去烧戒疤呀？"

"真的。"

"好好的头皮上烧十二个洞，那不疼死啦？"

"咬咬牙。舅舅说这是当和尚的一大关，总要过的。"

"不受戒不行吗？"

"不受戒的是野和尚。"

"受了戒有啥好处？"

"受了戒就可以到处云游，逢寺挂褡。"

"什么叫'挂褡'？"

"就是在庙里住。有斋就吃。"

"不把钱？"

"不把钱。有法事，还得先尽外来的师父。"

“怪不得都说‘远来的和尚会念经’。就凭头上这几个戒疤?”

“还要有一份戒牒。”

“闹半天,受戒就是领一张和尚的合格文凭呀!”

“就是!”

“我划船送你去。”

“好。”

小英子早早就把船划到荸荠庵门前。不知是什么道理,她兴奋得很。她充满了好奇心,想去看看善因寺这座大庙,看看受戒是个啥样子。

善因寺是全县第一大庙,在东门外,面临一条水很深的护城河,三面都是大树,寺在树林子里,远处只能隐隐约约看到一点金碧辉煌的屋顶,不知道有多大。树上到处挂着“谨防恶犬”的牌子。这寺里的狗出名的厉害。平常不大有人进去。放戒期间,任人游看,恶狗都锁起来了。

好大一座庙!庙门的门坎比小英子的肐膝都高。迎门矗着两块大牌,一边一块,一块写着斗大两个大字:“放戒”,一块是:“禁止喧哗”。这庙里果然是气象庄严,到了这里谁也不敢大声咳嗽。明海自去报名办事,小英子就到处看看。好家伙,这哼哈二将、四大天王,有三丈多高,都是簇新的,才装修了不久。天井有二亩地大,铺着青石,种着苍松翠柏。“大雄宝殿”,这才真是个“大殿”!一进去,凉嗖嗖的。到处都是金光耀眼。释迦牟尼佛坐在一个莲花座上。单是莲座,就比小英子还高。抬起头来也看不全他的脸,只看到一个微微闭着的嘴唇和胖敦敦的下巴。两边的两根大红蜡烛,一搂多粗。佛像前的大供桌上供着鲜花、绒花、绢花,还有珊瑚树、玉如意、整棵的大象牙。香炉里烧着檀香。小英子出了庙,闻着自己的衣服都是香的。挂了好些幡。这些幡不知是什么缎子的,那么厚重,绣的花真细。这么大一口磬,里头能装五担水!这么大一个木鱼,有一头牛大,漆得通红的。她又去转了转罗汉堂,爬到千佛楼上看了看。真有一千个小佛!她还跟着一些人去看了看藏经楼。藏经楼没有什么看头,都是经书!妈吔!逛了这么一圈,腿都酸了。小英子想起还要给家里打油,替姐姐配丝线，给娘买鞋面布，给自己买两个坠围裙飘带的银蝴蝶，给爹买旱烟，就出庙了。

等把事情办齐，晌午了。她又到庙里看了看，和尚正在吃粥。好大一个"膳堂"，坐得下八百个和尚。吃粥也有这样多讲究：正面法座上摆着两个锡胆瓶，里面插着红绒花，后面盘膝坐着一个穿了大红满金绣袈裟的和尚，手里拿了戒尺。这戒尺是要打人的。哪个和尚吃粥吃出了声音，他下来就是一戒尺。不过他并不真的打人，只是做个样子。真稀奇，那么多的和尚吃粥，竟然不出一点声音！他看见明子也坐在里面，想跟他打个招呼又不好打。想了想，管他禁止不禁止喧哗，就大声喊了一句："我走啦！"她看见明子目不斜视地微微点了点头，就不管很多人都朝自己看，大摇大摆地走了。

第四天一大清早小英子就去看明子。她知道明子受戒是第三天半夜，——烧戒疤是不许人看的。她知道要请老剃头师傅剃头，要剃得横摸顺摸都摸不出头发茬子，要不然一烧，就会"走"了戒，烧成了一片。她知道是用枣泥子先点在头皮上，然后用香头子点着。她知道烧了戒疤就喝一碗蘑菇汤，让它"发"，还不能躺下，要不停地走动，叫做"散戒"。这些都是明子告诉她的。明子是听舅舅说的。

她一看，和尚真在那里"散戒"，在城墙根底下的荒地里。一个一个，穿了新海青，光光的头皮上都有十二个黑点子。——这黑疤掉了，才会露出白白的、圆圆的"戒疤"。和尚都笑嘻嘻的，好像很高兴。她一眼就看见了明子。隔着一条护城河，就喊他：

"明子！"

"小英子！"

"你受了戒啦？"

"受了。"

"疼吗？"

"疼。"

"现在还疼吗?"

"现在疼过去了。"

"你哪天回去?"

"后天。"

"上午？下午?"

"下午。"

"我来接你!"

"好!"

…………

小英子把明海接上船。

小英子这天穿了一件细白夏布上衣,下边是黑洋纱的裤子,赤脚穿了一双龙须草的细草鞋,头上一边插着一朵栀子花,一边插着一朵石榴花。她看见明子穿了新海青,里面露出短褂子的白领子,就说:"把你那外面的一件脱了,你不热呀!"

他们一人一把桨。小英子在中舱,明子扳艄,在船尾。

她一路问了明子很多话,好像一年没有看见了。

她问,烧戒疤的时候,有人哭吗？喊吗?

明子说,没有人哭,只是不住地念佛。有个山东和尚骂人:

"俺日你奶奶！俺不烧了!"

她问善因寺的方丈石桥是相貌和声音都很出众吗?

"是的。"

"说他的方丈比小姐的绣房还讲究?"

"讲究。什么东西都是绣花的。"

"他屋里很香?"

"很香。他烧的是伽楠香,贵得很。"

"听说他会做诗,会画画,会写字?"

“会。庙里走廊两头的砖额上，都刻着他写的大字。”

“他是有个小老婆吗？”

“有一个。”

“才十九岁？”

“听说。”

“好看吗？”

“都说好看。”

“你没看见？”

“我怎么会看见？我关在庙里。”

明子告诉她，善因寺一个老和尚告诉他，寺里有意选他当沙弥尾，不过还没有定，要等主事的和尚商议。

“什么叫‘沙弥尾’？”

“放一堂戒，要选出一个沙弥头，一个沙弥尾。沙弥头要老成，要会念很多经。沙弥尾要年轻，聪明，相貌好。”

“当了沙弥尾跟别的和尚有什么不同？”

“沙弥头，沙弥尾，将来都能当方丈。现在的方丈退居了，就当。石桥原来就是沙弥尾。”

“你当沙弥尾吗？”

“还不一定哪。”

“你当方丈，管善因寺？管这么大一个庙?!”

“还早呐！”

划了一气，小英子说：“你不要当方丈！”

“好，不当。”

“你也不要当沙弥尾！”

“好，不当。”

又划了一气，看见那一片芦花荡子了。

小英子忽然把桨放下，走到船尾，趴在明子的耳朵旁边，小声地说：

“我给你当老婆，你要不要?”

明子眼睛鼓得大大的。

“你说话呀!”

明子说：“嗯。”

“什么叫‘嗯’呀! 要不要，要不要?”

明子大声地说：“要!”

“你喊什么!”

明子小小声说：“要——!”

“快点划!”

英子跳到中舱，两只桨飞快地划起来，划进了芦花荡。

芦花才吐新穗。紫灰色的芦穗，发着银光，软软的，滑溜溜的，像一串丝线。有的地方结了蒲棒，通红的，像一枝一枝小蜡烛。青浮萍，紫浮萍。长脚蚊子，水蜘蛛。野菱角开着四瓣的小白花。惊起一只青桩(一种水鸟)，擦着芦穗，扑鲁鲁鲁飞远了。

…………

一九八〇年八月十二日，

写四十三年前的一个梦。

导　读

《受戒》最初发表于《北京文学》1980 年第 10 期，是汪曾祺的小说代表作之一，具有多重意蕴和别具一格的文体风格。

汪曾祺的小说大多具有“散文化”的特点，篇幅短，情节波折少，结构散漫，语言自然。《受戒》也不例外，散散漫漫地从对赵庄、荸荠庵一路写来，大半篇幅用来勾勒风土人情、乡山景色，最后才落笔于朦胧的爱情。与其说是在讲述一个美好的爱情故事，不如说是用散文的笔法从容地描摹爱情的氛围，抒写诗化的情愫。作者对那种活泼的世俗生活图景倾注了极大的兴趣，饶有兴味地描写了荸荠庵非僧非俗生活的自由与快乐。庵中三位师父率性自然地过着充满生趣的日子，清规戒律仿佛并不存在。明海是清净佛门弟子，本当诵经礼佛，恪守戒规，却在与小英子长日的相处中产生了懵懂的爱情，在“受戒”归途中双双进入芦花荡……作品写这种天然而纯洁的爱情，其实“写的是美，是健康的人性”，让人自然想起沈从文《边城》等小说展现的如世外桃源般的自然人生。

《受戒》的语言也是诗化的，平实淡雅、清逸灵动。行文少浮辞，不渲染，以朴拙不饰之笔显示某种独到的优雅。写小英子的美丽，却不落笔于俗套的外貌描写，而着眼于她在田埂上留下的一串脚印：“五个小小的趾头，脚掌平平的，脚跟细细的，脚弓部分缺了一块。明海身上有一种从来没有过的感觉，他觉得心里痒痒的。这一串美丽的脚印把小和尚的心搞乱了。”语言虽然简略，却极富真实感与韵味。

1980 年的中国刚刚从“文化大革命”中走出，文坛上风行的多是政治色彩浓郁的伤痕文学和反思文学。汪曾祺的小说可谓独树一帜，《受戒》凭其对主流思潮的自觉疏离、不落窠臼的清新话语风格，以及文体的创新，显示了独特的文学价值。

思考题：

1. 通过《受戒》及汪曾祺的其他小说，分析“散文化小说”的特点。

2. 试着了解 20 世纪 80 年代文学，体会为什么说“汪曾祺是难以归类的作家”。

第十三章　王　蒙

王蒙(1934—),当代著名作家,第九届茅盾文学奖获得者。生于北平(今北京市),20世纪40年代末在北京参加进步学生运动,50年代初从事共青团工作,1956年发表的《组织部新来的青年人》产生的反响很大。1957年被定为"右派分子"。1963年举家赴新疆从事文化工作,1979年返回北京。曾任《人民文学》主编、中国作协副主席、国家文化部部长等职。2020年获共和国勋章。

王蒙自20世纪50年代即发表重要作品,70年代末"复出"后长期保持旺盛的创作活力。主要有长篇小说《青春万岁》《活动变人形》《这边风景》和"季节系列"等;中短篇小说《布礼》《蝴蝶》等。长篇小说《青春万岁》2019年入选"新中国70年70部长篇小说典藏",1983年改编的同名电影获苏联塔什干国际电影节纪念奖(1984年)。

作为"少年布尔什维克",王蒙早期创作充满革命理想主义精神,19岁即开始创作的长篇小说《青春万岁》集中体现了这一风格。但其写作不久便遭遇挫折。"文革"结束后,他的创作主题转向探讨知识分子与其所献身的社会理想之间的矛盾纠葛。早期作品中洋溢的乐观主义不见了,转而热衷于"现代派"等多种艺术手法、美学风格的探索。"多产"和"多变"成为他20世纪80年代以后创作的重要特征。

《青春万岁》以高昂的革命乐观主义精神向读者展示了20世纪50年

代初期北京女七中女生热情洋溢的青春生活，刻画了一批成长于新旧交替时代的青年人特有的精神风貌：她们有理想、有热情，摒除个人主义，建设温暖有爱的革命集体，用“青春的金线”和“幸福的缨珞”，编织属于她们的日子。选段为《青春万岁》的序诗，以及最后一章：学生们终于完成了高中学业，一起在天安门广场欢庆自己的青春，并偶遇了毛泽东同志，约定十年后向他写信汇报自己的成就。

青春万岁（节选）①

序　诗

所有的日子，所有的日子都来吧，
让我编织你们，用青春的金线，
和幸福的璎珞，编织你们。

有那小船上的歌笑，月下校园的欢舞，
细雨濛濛里踏青，初雪的早晨行军，
还有热烈的争论，跃动的、温暖的心……

是转眼过去了的日子，也是充满遐想的日子，
纷纷的心愿迷离，像春天的雨，
我们有时间，有力量，有燃烧的信念，
我们渴望生活，渴望在天上飞。

是单纯的日子，也是多变的日子，
浩大的世界，样样叫我们好惊奇，
从来都兴高采烈，从来不淡漠，
眼泪，欢笑，深思，全是第一次。

① 王蒙. 王蒙文存：第1卷：青春万岁[M]. 北京：人民文学出版社，2003.

所有的日子都去吧，都去吧，
在生活中我快乐地向前，
多沉重的担子，我不会发软，
多严峻的战斗，我不会丢脸；
有一天，擦完了枪，擦完了机器，擦完了汗，
我想念你们，招呼你们，
并且怀着骄傲，注视你们。

1953年至1956年

三十八

七点半，蔷云回到学校。同学们聚在院子里，准备集合。有的一边说笑一边喝水，有的把没吃完的瓜子分给别人，有的帮助别人梳好辫子，大家一见杨蔷云，一齐围上来。

“你这家伙！急死我们了！你跑到哪儿去啦？要是晚了怎么办？”

袁新枝跑过去，拉着蔷云往宿舍跑，“快点，换件衣服吧！可是，你吃饭了没有？”

蔷云挣脱了手，含糊地点头。她没有吃饭，也不想吃。

袁新枝跟着她，兴高采烈地讲：“大伙都说了，为了今天晚上，一定要把最漂亮的衣服穿上，一定是最漂亮的……”

蔷云这才注意地看袁新枝。袁新枝挑战似的穿着显眼的桃红色的圆领衬衣，上面布着重叠的墨绿色、黄色和白色的小点子，一块白头纱围着领口；她把头发梳成许多小辫，然后连成两条长辫子，辫梢系着纯白的丝带；她的牵牛花图案的裙子有一条宽荷叶边，两个绿色的、花瓣状的扣子和两个淡蓝色的小玻璃扣把裙子紧束在腰间。袁新枝的装束鲜丽而又纯净，天真而又成熟，于是蔷云扶着她的肩膀称赞，“哎哟哟，果然，好美呀！还来了这么块头纱！”

袁新枝拈着头纱，灵活的眼睛一闪，解释说："我是怕尘土……"

蔷云笑了，她走到自己小小的衣箱旁边。尽管她为袁新枝的穿着赞叹，却无心好好地打扮自己。不顾袁新枝的激烈反对，她穿上最普通的翻领漂白衬衫，挽起袖子，露出右臂上的小疤痕（那是童年的顽皮的痕迹）。她的头发不长，袁新枝用一块绸子把蔷云右边的一绺头发扎起，蔷云扯掉绸子，用橡皮筋把头发绑住，偷着往镜子里一照：头发又密又厚，眉毛颤动着，眼光显得激动而且不安。再没好意思照镜子，换上天津新出的白底儿的、末梢有条形花纹的短裙子。最后，换了一双乳白色的夏季皮鞋，抱歉地看一看袁新枝："成了吧？"

袁新枝领着杨蔷云，"巡视"检查同学们的服装。毕业的时候，确与往日不同，人长大了，穿衣服也大胆了。不讲究衣饰的李春，今天穿了件杏黄色的连衣裙，而且上衣没有领子，露出一小块脊背和胸口，如果她不戴眼镜，该多么漂亮啊。郑波，妙极了！她第一次把留长了的头发梳成短短的两个小辫，她的由蓝、黄、赭石三种颜色构成的小碎花图案的衬衫，看来也非常悦目。苏宁，奇怪，她向来不是能够穿得很高贵吗？今天却穿上单色的布质米黄衬衫和蓝裙子。周小玲只穿了一条竹布短裤，骄傲地把晒黑了的粗壮的大腿露出来。

呼玛丽仍然穿着褪色的长裤子，由于自小跪着念经，她的膝头起了厚茧，她不愿意让别人看见。但是，她第一次穿上了用节省下来的助学金买的花格衬衣，也显出一种新气象。

袁新枝欢腾雀跃，议论着，赞美着女伴们百花齐放的服装。杨蔷云含笑欣赏，好像她的心已经跨过了这色彩纷纭的少女时期，挂牵着什么更重要的事情。

八点半，她们聚集在北海白塔旁的山顶。有人说："先安静一会吧，咱们看看城市。"

走到可以俯瞰北京全城的塔边，夜幕已经垂下，西方天空的红色的晚霞逐渐变紫，变灰，变黑，终于遁去。一下子，路灯亮了；商店、住宅的电灯也先后放光；金鳌玉蝀桥的上空映出一片白雾，桥上汽车照明的光带子相互交错，随着南风送来了“嘀嘀”声。满公园的知了，在天黑的时候叫得分外响亮。杨树、桦树的叶子，在昏暗中也加紧喧哗起来。

近看脚下，绿树红墙已经模糊隐藏，发亮的湖面摇曳着稀疏的灯影，在五龙亭旁边过团日的年轻人的哄笑与水上的笙歌同时传来。往远看，西边耸立着白塔寺的小白塔，北边有钟楼和鼓楼，南边是巍峨重叠的金色宫殿……虽然在暗中，也分辨得清清楚楚。岂止这样呢，她们在白塔上还纷纷寻找自己的家、学校、常去的商场、书店和影院，以及曾经在那里参加过义务劳动的街道和广场，她们甚至想找出自己练习骑自行车时候撞了人的地方和国庆节游行时常在那儿休息的马路牙子……她们都有把握地找到了，千真万确地用手一指：“就是那儿，就是那儿！”于是大家都知道了，“就是那儿，就是那儿！”

站在这里，那个给了她们多少幸福的、和她们一起开始了新生命的古老的城市，似乎向她们低语：

“你们好？祝贺你们！好好地看看我吧，也许我们要离别呢，你们爱我，我知道。你们的祖先把我建设得严整而且壮丽，你们的父兄从敌人的魔爪里夺得了我，你们的同代人恢复了我的青春。可我最盼望，最盼望着的是你们，盼望你们快快成长，好好地打扮一下我，就像刚才你们打扮自己一样！”

呼玛丽一个人走到东边，看着东郊工业区的几丛烟囱和新建的楼房，风一阵阵吹来，阴凉而且黝黯。在大家欢笑的时候，呼玛丽常常笑不起来，好像她比人家缺少很多东西似的。呼玛丽不是已经和同学们生活在一起了么？她不是已经战胜了痛苦，说出自己“敢生活”了吗？是的，现在看来她和别人并没有区别，她已经毫不犹豫地选择了新的道路，但是漫长的记忆重重地压着她，就像做了一宿噩梦的人到了清晨也不能畅快一样。对她说来更加可怕的是，她的信仰的火焰也有冷却的危险。就在前天祈祷的时候，可怕的念头一滑而过：“是否这一切都是骗人的？李若瑟不是天天祈祷吗?”这念头使她吓得发抖。魔鬼！于是她一直到今天还痛加忏悔。

“看什么哪?”袁新枝没等她一个人立多久,走到她身边,关心地问她,然后不等她回答,天真地说：

“你看北京好不好？东郊区建筑真多。知道吗？我的志愿是学建筑,看到北京新盖的楼房这样多,我真害怕将来毕业以后没有我设计的份儿啦。如果我设计,我准得把市中心建设成一个花朵形,放射线般的街道把花瓣分开,中间高大的楼房就像花蕊,如果你坐着飞机从上面看……”

李春正和杨蔷云并肩坐在一棵老松树底下,李春说：

“说真的,小杨,毕业的时候我更觉得你是我最可贵最可贵的朋友。中学时代的批评、思想斗争是多么有意思呀。我真希望永远和你在一起,好有一个人直爽地、及时地、尖刻地指出我的一切毛病。换句话说,我真需要一个人常常骂我。”

另一角,周小玲正在问吴长福：

“告诉我,怎样闹情绪呢？许多同学都闹过情绪,然后她们都进步了,可是,我不会。毕业时候团小组的鉴定说我‘比较简单’,可不是,就连现在我的感想好像也太少……”

吴长福同情地点头。

时间到了,袁新枝站在一块石头上,拍手把大家叫拢。月亮已经升在头上,发出微弱的青光。袁新枝高高地挺起胸,昂起头,激动地说：

“亲爱的同学们,让我代表咱们班全体同学,向我们亲爱的城市、亲爱的祖国、亲爱的周围一切宣布：我们毕业了！”

“我们毕业了！”同学们齐声狂热地呼应。隐隐有回声传来：“……毕业了……毕业了……”

袁新枝继续讲下去：“我们毕业了,我们是骄傲的。我们在毛主席的教导下,在首都北京,胜利地进行了六年的学习,踏上了生活的新阶段。明天给我们的,到底有多少阳光和花朵,多少责任和期待,这,我们还不大清楚，但是，我们都确定地知道了未来的生活道路，这道路就是为了祖国，为了社会主义献出一切！”

女友们热烈地鼓掌，把手都拍红了，拍疼了。

新枝接着说：“全新的、不知道要复杂多少倍的生活就要开始了，未来张开了手臂迎接着我们。不久，我们就要分手，有些同学将和我们的城市告别。现在，让我们一起度过中学时代最后的也是最盛大的欢庆的时刻，让我们的心永远连在一起。亲爱的同学们！人生是这样美好，我们的父兄和弟妹都羡慕地注视着我们，劳动和功勋召唤着我们，让我们献出中学时代所有的热情、聪明和美丽，尽情地唱吧，跳吧，笑吧，只要地球不脱离它那椭圆形的轨道，震荡它一下也不要紧。”

学生们齐声高唱“我们举杯”，那是改过的词：“如果在明天，我们能相会，这样的友谊更可贵……”她们互相握手庆贺，奏起手风琴吹起横笛，纷纷背诵自己心爱的诗句。她们把所有的诗都端了出来，自己作的、诗人作的，中国的、外国的、近代的、古代的，从歌颂“金色的中学时代”到“故国神游，多情应笑我，早生华发”（见苏轼词《念奴娇·赤壁怀古》），从“为自己建造一座非人工的纪念碑”（见普希金诗《纪念碑》）到“铁锤，和诗句，啊，赞美，青春的大地”（见马雅可夫斯基诗《好》）……她们还朗诵毛主席填的词：“恰同学少年，风华正茂；书生意气，挥斥方遒……”她们也弄不清哪一个字是哪一个意思，反正，只要是好诗就能和她们今宵的欢乐相通，只要是朗诵就能表达她们的激情。当她们沉醉在万诗丛中的时候，袁先生气喘吁吁地赶来，他刚参加完会，手里还拿着路上买的一块干面包。今天，他丢下了教师的矜持，完全成为年轻的学生中间的一个，他扯开嗓子唱了岳飞的《满江红》，据他自己说，是四十年前他的父亲教的。

深夜，同学们在马路上行走。

洒水车洒完了最后一遍水，路面散发出清新的潮气。几段电车铁轨翻起了身，工人们在夜里抢修，保障明天的交通。双氧管“嗤嗤”地响，蓝色的火花静静地洒到地上。

交通警已经撤去，蘑菇样的交通岗上悬挂着孤单的灯，照亮了周围两个半圆形的花池子。一片绿草中开放着圆圆的、杂色的小花。

“在这儿站岗真好，”蔷云告诉郑波，“有这么多花。这花不像夏天的，像秋天的。”

“为什么是秋天的呢？”

“春天有满树的桃李，像一片片的火。夏天有大朵的牡丹、芍药，富足而且丰满。秋天呢，开得多的是牵牛、茉莉，这些花的叶子密，花朵小，随开随谢。”

“不见得。美人蕉就开在秋天。但是你究竟是细心和有欣赏能力的。可惜，让你在这里站岗非出车祸不可。”

蔷云微笑，手指撩一下头发，似玩笑又似认真地说：“不错，我必须和自己的欣赏能力做斗争。”

“斗争？”

“是的，它分散我的精神，影响指挥车辆。”

“但你不是交通警啊！”郑波还不完全了解杨蔷云想着什么，觉得有些好笑。

“会是的，干别的也一样。”蔷云固执地说。

前边又见到了几个工人，正在修补路面，他们把凹凸不平的、碎裂的路面挖起，拿冒着刺鼻的青烟的沥青材料填补到里边。

每天夜里，当幸福的年轻人安详地做着好梦时，有多少工人在为着首都市民的方便工作着啊。他们多辛苦！大家议论起来，周小玲提议：“注意，我喊一、二、三，你们一起喊‘工人同志们辛苦了！”于是“一、二、三”，大家喊起来，这意外的殷勤把工人们逗笑了。他们三三两两地向同学招手，有的也招手回答：“同学们好！”

“小杨，你告诉我，为什么要说这些呢？”郑波不解地问。

杨蔷云随着步子说得时快时慢：“毕业的时候要想许多事情，然后才明白过去是多么不够，多么浮躁……今天我到一个大学去了，大学跟中学一点都不一样：楼房那么高，校园那么大……我看见了一个好朋友……我真希望上了大学之后，自己变得更好，变得谁都不认识。我要拿出全副精力学习、工作、思索，放暑假的时候也要钻到图书馆里读书……说起欣赏能力，我已经欣赏、感动得够了！最主要的是实际干！"

"按你的话，要实际干只有做书呆子……"

蔷云不等说完，又强调说："真希望自己什么都变一变，变得谁都不认识。"

"什么都变？少年时代的誓言也变了么？"郑波怀疑地问。

"誓言不改变，实现誓言的人却要变，她将不再依赖一时的热情了……"蔷云没有说完，目光从郑波身上移开，望向马路的尽头。

忽然，蔷云走到前面，转身向大家唤道："同学们，咱们别这么零零散散地走了，大家拉起手唱个歌好不好？"

"好！"

于是一排排地挽起了手臂，在平直的大道上，在满天的星斗下，高声歌唱起来。歌声惊醒了路旁自行车铺子里的小伙计，"吱"地推开了门，睡眼惺忪地看了这些女学生一眼，出声打了个哈欠，又缩回头去。同学们像顽童恶作剧似的满意地笑起来。

杨蔷云回头对郑波说："瞧，我不是书呆子。"

成为孩子们青春的象征和生活的要素的天安门，出现在眼前了。好啊！

天安门肃穆地矗立着，美丽的东西长安街是她巨大的臂膀，平整的天安门广场是她壮阔的胸怀，她代表祖国，代表北京，欢迎结束了中学时代的孩子们。

从举行开国大典的那个时候起，天安门就变得庄严而且亲切。在那个伟大的时刻，毛主席宣布了新中国的诞生，接着，礼炮的鸣响震动了世界。中学生们用她们的鲜花和旗帜，组成了红色的海洋里的一个浪头，涌过了天安门。后来，在阳光明丽的日子，在大雨倾盆的时辰，在开国以后的劳动节和国庆节,她们又骄傲地走过光芒四射的天安门,把自己的欢呼融合在向繁荣富强前进的历史的号音里。在绿色的夏天,她们去中山公园听音乐,或去劳动人民文化宫跳舞,她们逗留的地方,就紧挨着天安门,大家爱恋地向她招手。现在,深夜,她们又来了,天安门唤起人们回忆英勇的过去,幻想光辉的未来,在天安门前,胆怯的人变得自信,小气的人变得开阔,平庸的人也要想一些伟大的事情……

等她们走近,看见金水桥汉白玉栏杆旁边有一堆男学生正在鼓掌、欢呼,然后听见一个男学生说:"现在,开始瞻仰天安门!"于是他们散开,神气活现地"瞻仰"起来。

"你们来干吗?"男学生惊奇地问。

"你们做什么呢?"女学生惊奇地反问。

"我们是中学毕业生……"

"我们也是!"

于是,他们汇合在一起,拉开大圈跳集体舞。他们都为这意外的相遇,为这如出一人的设计而欢喜。

午夜两点,一辆银灰色的小汽车从北京饭店沿着长安街的林阴大道驶来,天安门前夜半的喧嚷惊动了它。

汽车停住了,毛泽东同志坐在里边,他问道:"那边发生了什么事?"

打开车门,一个人跑下去询问,回来报告说:"是今年的中学毕业生,他们在这里欢庆中学时代的结束。"

孩子们玩得正欢,谁也没有注意周围。吴长福首先发现,再近一点,她紧张得发抖,她跑到别人身后,推着大家,断断续续地说:"你们看,你们快看!"大家都转过身来,愣住了,谁都不说话。

他们看见了毛主席的高大身材,质朴的灰色中山服,健康的棕色脸庞,他们听见了一声亲切的、清楚的、湖南口音的问话:

"娃娃们好!"

同学们骚乱了,然后欢呼爆裂开来:"主席好!""主席万岁!"这过分的幸福使大家迷乱，每个人都小声自语："我见到了他……"

毛主席用手势止住大家的欢呼，微笑起来，缓缓地问："毕业生么？"

"是的。"大家点头。

"大家高兴吧？"毛主席说话的时候就像对自己的孩子一样。

"谢谢主席，我们都很高兴。"一个男同学代替大家回答。

"中学这几年，过得怎么样？"毛主席问。

就这么一会儿，那种控制着每个人的沉重的紧张消失了，谁都觉得，现在和自己谈话的不仅是国家的领袖，而且是熟识的长者，亲爱的父亲，甚至是孩子们的最好的朋友，而他们的谈话也就变成最朴素、最重要、最自然的了。

"我们过得非常好，一切都好。"还是那个男同学说，别人应和着。

"非常好？"毛主席小声重复了一下，像是不大了解似的，走近那个男同学，把手放在他肩膀上，问：

"你们学校有多少学生？"

宽厚的手掌使所有的人都感到温暖，那个男同学说："一千八百多人。"

"有多少副篮球架子？ 多少个篮球？"主席又问。

那男同学瞠目结舌，口吃地说："记……不……清了。"

"是不是你从来不打篮球？"

这句话问完，全体哄然大笑，毛主席也笑，那男同学脸红到了脖子，也随大家一齐笑。

"有两副篮球架，七八个球。"别人替他悄悄回答。

毛主席离开那男同学，转身问女学生：

"你们怎么玩？"说着用手在胸前做了一个表示游戏的手势。

"篮球、排球、羽毛球、高低杠还有柔软操……"周小玲一口气说。

"你会玩哪一种？"

"我，什么都会。"周小玲说完，觉得自己有点吹牛，很后悔。

毛主席看一看她健壮的身体，向她竖一竖大拇指，愉快地夸奖说："你的身体，蛮好！"于是大家鼓掌。

"可是你为什么这样瘦呢？"毛主席看见了呼玛丽，呼玛丽倚着袁新枝，躲在周小玲身后，她起先有点怕，后来就不怕了，没想到毛主席问她话。

她一阵心酸，流下了眼泪。

袁新枝接住她，向毛主席说："她是个孤儿，从小被送到天主教会的仁慈堂孤儿院，受了很多罪，折磨坏了身体。"

毛主席同情地看着她，脸上显出老年人的皱纹，静了一会，对呼玛丽说："以后，再没有人敢欺负你们！"

到这时候，呼玛丽再也忍不住，她伏在袁新枝肩上泪如泉涌。

"你们是幸福的，但也不见得一切都非常好。"毛主席沉思地说："新中国成立不到四年，旧的遗产破破烂烂，许多事情要做，许多事情还没有做。我们的中学生过着艰苦的生活，一千八百人，两副篮球架子，这太不够用。你们的宿舍，课堂，也未必好得很，旧社会遗留下的少年人的疾病和衰弱也远远没有彻底消除。但是，你们是第一批在新时代成长起来的新人。你们毕业了，这样高兴，到天安门前来庆祝，这种快乐的心情，是多少时代的学生没有的。向前走一步，就庆祝庆祝，这是不坏的，这使人奋发起来，我也祝贺你们！"

"谢谢！"

又过了一会儿，大家静下来，毛主席说："不过，昨天听高等教育部说，你们的入学考试成绩不算好。"

大家呆了，都想起自己答的试卷里写错了的得数，列乱了的式子，用得不对的标点符号……毛主席知道了。

杨蔷云鼓起勇气说："是的，是这样，我们努力还不够。我们，特别是我自己，喊口号、鼓掌比别人多，做的却少。我们爱一切，却没有超乎一切地爱劳动，顽强的、持久的劳动。说这些，您也许会生气，但是我们能改，我们一定要学得更好一些。”

毛主席点点头：“应该说，我们的革命事业还没有完成，咱们都是先驱者。先驱者就是要用自己的血汗为后世千秋万代创造幸福。前人种树，后人歇凉，种树的时候就不能怕受苦，怕风吹日晒。现在，我们全国五万万穷棒子要建设一个又富又强的大国，这不是轻松的事情。你们是幸福的，但是你们肩上有着沉重的担子，你们可要抓紧自己！”

大家说：“我们一定努力，请主席放心！”

“同志们，我要走了，怎么能在路途上耽搁太久呢？”毛主席指一指自己的汽车。大家才恍然大悟，才想起自己是在什么地方。听说毛主席要走了，孩子们都舍不得，天真地要求说：

“再给我们谈点吧……”

“还说什么呢？希望你们好好上大学。”毛主席找着了最初向他答话的男同学，“特别希望你多玩篮球。”又向泪痕斑斑的呼玛丽说：“不要哭了，做一个快乐的孩子！”

“这样吧，同志们，”毛主席用一种告别的声音说：“我们订一个合同好不好？”

“订……合同？”

“是的，订一个合同。”毛主席把同学们看了一遭，没有人猜出他的意见，他说：“再过十年，三千六百多天，我希望你们每人给我写一封信，告诉我你们在中学毕业以后做了些什么；写你们的成就，你们的缺点，你们的要求，你们满意的或者不满意的一切。那时候，”毛主席做了一个手势，向东方一挥，似乎十年以后的时光就在那里，在那不远的太阳升起的地方，“我要亲自一封一封看你们的信，你们同意吗？”

“同意，谢谢！”

“那就签字了。”

学生们睁大了眼睛，这“合同”掀起了他们移山倒海的壮志，他们的生活，他们的成绩将被毛主席重视，将被毛主席关心，祖国和自己，自己和祖国，这时是离得多么近啊。如果谁虚度了光阴，谁就是毛主席面前的罪人……

学生们欢呼着送毛主席上车，纷纷挥动帽子，由于兴奋和幸福，互相拥抱，你靠着我，我靠着你，天安门的四角，好像也在这欢呼声中翘了起来。

汽车开动，毛主席对学生们说："十月一日再见！"学生们快乐地把帽子扔到天上，落下来，再高高抛起……

呼玛丽离开人群，飞也似的向已经开动的车子跑去。

汽车重新停住，发动机嘟嘟地响，她听见车门开开，毛主席走下来，抚摸着她的头发："有事吗？"

呼玛丽不答话，她拼命抑制住自己的眼泪，抬起头来。

她看见毛主席慈祥的眼睛和略带严峻的眼角的皱纹，从这眼睛里，她看到的不是祖国吗？不是那个亲爱的、曾经失去过的、永远关怀着自己的儿女的祖国吗？

她真的笑了，她说："毛主席，您看，我笑了，我是会笑的。我想说，想说，现在时间已经这样晚，您还没有休息，您太辛苦……"

"不要紧，马上就会睡的，谢谢你。"

汽车驶去，穿过天安门前淡蓝色的曙光，高高的修建人民英雄纪念碑的架子顶端已经发亮，新的一天就要到来了。

导　读

《青春万岁》是王蒙的第一部长篇小说，创作于 1953 年，其时王蒙仅有 19 岁。作品于次年完稿，当即受到文学编辑的重视，《人民日报》称之为"青年作家的新实绩"。不幸的是 1957 年全国"反右运动"开始，王蒙因《组织部新来的青年人》中对官僚主义的批评而被打成"右派"，刚刚在《文汇报》上连载了三分之一的《青春万岁》也因此胎死腹中。22 年后"文革"

结束，作品才由人民文学出版社首次出版。

在出版时，王蒙谈到这部“少作”时称之为“不像样子、天真、幼稚的作品”。诚如其言，小说本身并没有深远的喻指或复杂的叙事手法，采用的是单一线索的叙事，语言朴素简单而充满激情，然而却真挚地传达了新中国成立初期那一代青年独特的精神面貌。恰是这份真挚，让这部小说具有独特的价值。

整部作品以积极乐观的人生态度为底色，少女们在校园中欢笑，如“序诗”中所写的，用“青春的金线”和“幸福的璎珞”编织美好的未来，在歌声与舞蹈中走向新中国的明天。她们满怀着乐观的理想主义，对未来的世界抱着美好的期待。在这里，“个人主义”是可耻的，没有任何问题是“集体”的力量所不能解决的。最终她们成功地摒除了个人主义，沐浴在集体团结友爱的光辉之下。

自从 1942 年延安文艺座谈会以后，“文艺为政治服务”已经确立为社会主义中国文艺创作的基本原则。对于很多来自“国统区”的老作家来说，他们面临痛苦的思想改造过程。而对于王蒙这样的以“党的文艺工作者”自命的“少共”作家来说，这本身就是他的文学信念。《青春万岁》正是以这种政治热忱创作的“无愧于时代”的作品。读这些作品要注意感受特殊时期的时代气息，通过作品中的人物以及叙述者的态度去了解那一段历史，包括特定历史氛围中所形成的审美趋向。

思考题：

1. 在《青春万岁》的序诗中，作者如何表达“青春”与“祖国”的关系？“青春”如何能“万岁”？

2. 结合选文中“巧遇毛主席”的情节，谈谈这部作品中写实与虚构、革命的现实主义与浪漫主义之间的关系。

第十四章　路　遥

路遥(1949—1992),中国当代最具代表性的现实主义作家,第三届茅盾文学奖获得者。原名王卫国,1949 年出生于陕西榆林,7 岁时因贫困被过继给伯父。中学辍学后回乡务农,其间曾任小学教师。1973 年进入延安大学中文系学习,毕业后任《陕西文艺》(今为《延河》)编辑。1970 年以笔名"路遥"开始文学创作。1980 年凭《惊心动魄的一幕》获得第一届全国优秀中篇小说奖。1982 年凭中篇小说《人生》获第二届全国优秀中篇小说奖,改编的同名电影获大众电影百花奖最佳故事片奖(1985)、中国电影金鸡奖(1985)。1988 年以《平凡的世界》获茅盾文学奖,该书分别于1990 年、2014 年两度被改编成电视剧。有《路遥文集》(陕西人民出版社,1998 年)、《路遥全集》(人民文学出版社,2015 年)、《路遥全集 · 典藏版》(北京十月文艺出版社,2019 年)等。

农村贫苦的生活经历对路遥写作产生了极大影响。他的创作均以陕西黄土地为背景,尤其擅长塑造不屈服于命运的个人奋斗的农村青年形象。在创作方法上,他自觉以柳青(《创业史》作者)为师,坚持继承和发展现实主义写作方法。《平凡的世界》自问世以来在读者间产生强大共鸣,是当代小说中销量大、影响深远的"现实主义长销书"。

《平凡的世界》共三部,总字数逾百万字,全景式地展现了 1975 年初到 1985 年初十年间中国西部黄土高原社会生活的历史变迁。小说以孙少安和孙少平两兄弟为中心，塑造了艰苦奋进的主人公形象。本文选自第二部的第二十章和第三十三章，主要讲述了孙少平在县城“揽工”的生活经历。高中毕业的孙少平不甘心像父兄那样一辈子困守乡村，决意要看看外面的世界。在无比艰辛的劳动之余，他仍坚持阅读思考，在平凡的人生中探寻不平凡的生命意义。

平凡的世界（节选）①

第二十章

黄原揽工的孙少平，已经又换到了另一个地方干活。

这次他是在城里一个单位的建筑工地上当小工——这单位要修建几十孔“驳壳窑洞”，因此几个月内他不会“失业”。

他仍然背石头。

他本以为，他的脊背经过几个月的考验，不再怕重压；而没想到又一次溃烂了——旧伤虽然结痂，但不是痊愈，因此经不住重创，再一次被弄得皮破肉绽！

这是私人承包的国营单位建筑，工程大，人员多，包工头为赚大钱，恨不得拿工匠当牛马使用；天不明就上工，天黑得看不见才收工。因为工期长，所有的大工小工都是经过激烈竞争才上了这工程的。没有人敢偷懒。谁要稍不合工头的心意，立刻就被打发了。在这样的工程上要站住脚，每一个工匠都得证明自己是最强壮最能干的。

少平尽管脊背的皮肉已经稀巴烂，但他忍受着疼痛，拼命支撑这超强度的劳动。每一回给箍窑的大工背石头，他狠心地比别的小工都背得重。这使他赢得了站场工头的好感。不久，总包工头宣布给他和另外两个小工每天增加二毛工钱。

---

①　路遥.平凡的世界：第2部[M].北京：人民文学出版社，2004.

晚上收工以后，年纪大的匠人碗一撂就倒头睡了。年轻的小工们还有精力跑到街上去看一场电影。

少平既不急忙睡，也不去街上；他通常都是拿本书在院子里的路灯下看一会。上次他给诗人贾冰还那本《牛虻》时，贾老师主动帮助给他在黄原图书馆办了临时借书证，这使他能像以前那样重新又和书生活在一起。只不过现在除过熬苦不说，也没有多少闲时间，一天只能看一二十页。一本书常常得一个星期才能看完。

但无论如何，这使他无比艰辛的生活有了一个安慰。书把他从沉重的生活中拉出来，使他的精神不致被劳动压得麻木不仁。通过不断地读书，少平认识到，只有一个人对世界了解得更广大，对人生看得更深刻，那么，他才有可能对自己所处的艰难和困苦有更高意义的理解；甚至也会心平气静地对待欢乐和幸福。

孙少平现在迷上了一些传记文学。他已经读完了《马克思传》、《斯大林传》、《居里夫人传》和世界上一些作家的传记。他读这些书，并不是指望自己也成为伟人。但他从这些书中体会到，连伟人的一生都充满了那么大的艰辛，一个平凡人吃点苦又算得了什么呢？他一生不可能做出什么惊人业绩，但他要学习伟人们对待生活的态度——这就是他读这些书的最大收获……

随着日月的流逝，街头的树叶在秋风中枯黄了。黄原城周围的山野，也在不知不觉中被大片的黄色所覆盖。古塔山上，有些树叶被秋霜染成深红，如同燃烧起一堆堆大火。天格外高远而深邃，云彩像新棉一般洁白。黄原河不仅涨宽，而且变得清澈如镜，映照出两岸的山色秋光。城市的市场上，瓜果菜蔬骤然间丰裕起来。姑娘们已经穿起了薄毛线衣，街道上再一次呈现出五颜六色的景象。

黄原城地处几条大川道的交叉口，因此风比较大；早晨或晚间，已经充满了浸肤的凉意，孙少平身上的单衣裳开始招架不住了。

这一天下午，少平请了半天假。他先到图书馆还了书，又借出一本新的；然后便溜达着到市中心的商店为自己买了一身绒衣。

买完绒衣后，时间还早，他想到东关邮政局去找金波拉拉话——上次见面后，他还一直没时间去找过他的朋友。

当少平走到黄原河老桥的西头时，突然被一个人拉住了。回头一看，原来是他第一次做活的主家曹书记。

“哈呀，我老远就认出是你！”曹书记胳膊窝里夹着一把新买的切菜刀，一把拉住他说。

“我婶子好着哩？”少平问候。

“好着哩！常念叨你！你怎走了再也不到家里来？你而今在什么地方哩？”

“在地区物资局的工地上做活。”

“来，咱到旁边拉拉话！”曹书记拉着少平的衣袖，把他拉到桥头边上的一个栏杆旁。

“我正打问着找你，想和你商量一件事……”曹书记说着，给少平抽出一根纸烟。

“什么事？”少平点着烟，疑惑地问。

“你成家了没？”书记问他。

这更让人摸不着头脑了。

“没……”少平说。

“订婚了没？”

“啊？……没。”

“如果你单身一人，愿不愿意来我们阳沟落户？”

少平一下怔住了。他想不到书记说的是这么一回事！

“我和你婶子都看你是个好娃娃，我们都想让你到我们这里来落户……”

少平立刻动心了——能在黄原城边落户口，这的确不是一件容易事！他毫不犹豫地说：“我愿意！……就怕你们队的人不接受。”

“我同意了，其他人为难一些，但不会反对！”曹书记权威地说。“只是土地怕一时不好给你分，城边上地缺。不过，先把户口安下再说！长远你不要怕！你先可以像现在一样在城里揽活做……当然，只能落你一个人的户口，家里其他人恐怕不行。”

少平想，只要他先能落下户口，以后慢慢再说。山不转水转。他把根扎牢了，到时其他事说不定都可以解决……

他对书记说：“叔叔，能行！就按你说的来！我乐意到阳沟落户。有你和婶子，我一切方面都放心着哩！”

“那好，你要是不忙，现在就跟我去一趟阳沟，我给你想办法开准迁证。”曹书记看来非常热心给他帮这个忙。

少平想了想，觉得这事太突然，他需要再细细考虑一下，于是就对曹书记说：“我现在要到东关去办点事，过两天我一定去你们家！”

“那也好！我回去把事都弄妥当，你什么时间来都可以拿手续！”

曹书记和他很热情地握了手，就告辞走了。

少平立在原地方半天没挪动脚步。他怎么也反应不过来这件突然冒出的事。曹书记怎对他这个揽工小子关怀到这种程度呢？

其实，曹书记有曹书记的打算。

阳沟的这个精能人只生了两个女儿。他的大女儿菊英已经十八岁，但念不进去书，一直在初中留上一级再留一级；看来只能勉强初中毕业，高中的门是进不去了。少平在他家做活的时候，他老两口一下子就看中了这娃娃。少平离开后，他们商量，想叫这后生将来和他们的菊英成亲，做个上门女婿。他们没生养儿子，有个女婿在身边，老了就有人照顾了。因此，多少天来，曹书记跑着在各处的工地上打问他未来的“女婿”，却想不到今天无意中在街上碰见了孙少平……

少平对这一切当然毫无所知。他现在立在黄原河桥头，只是对曹书记的一片好心充满了感激。他真想不到他生活中出现了这样的转机。他想，这大概就是人们所说的“命运”吧？

现在，这个突然被命运之神宠爱的青年，怀着激动的心情走过了黄原河大桥，去找他的朋友金波。路过东关桥头的时候，他不由瞥了一眼他那个亲切的“王国”——那里永远躺着、坐着、站着许许多多等待劳动机会的同伴……

他在邮政局找到金波，还没来得及说他的高兴事，金波就给他拿出了一封家信，说：“我父亲前几天就捎来了。我到处打问找不见你。你快拆开看看！是不是家里有什么紧事……”

少平认出信封上是二爸的字体。他的手忍不住微微发着抖，拆开了那封信——他们家的信大概不会给他带来什么好消息。

信很简单——

少平儿：

自从你离家以后，一直没有音讯，全家人都很想念你。家里有些事，需要你很快回来一下。请你收到信马上反（返）回来。

家里一切都好，不要挂念。

父亲

虽然信上没有具体说家里出了什么事，但少平心里还是有些忐忑不安。

“没什么事吧？”金波观察着他的脸色。

“没什么……家里让我回去一下。”

“那你什么时间走，你可以搭我父亲的邮车。”

“我得收拾两天。”

金波和上次一样，先不再说什么，赶紧出去做饭——他知道少平最需要的首先是好好吃一顿饭。

两个人吃完大半脸盆揪白面片后，少平就把曹书记要他落户到阳沟的事，给金波细说了一遍。

金波不假思索地说：“啊呀，这是好事！在城边上当个庄稼人，也比一辈子呆在双水村强！旁的不说，看个电影也方便！这样，你实际上就生活在城市里了。”

金波这么一说，少平再一次兴奋起来。

两个好朋友高兴的是，他们又要生活在同一个地方，有个什么事，互相也可以照应。谁知世事今后还会怎样变化！黄原是个大地方，只要他们有能耐，尽可以在这个天地里扬胳膊伸腿！

这样，孙少平就下了决心，准备将自己的户口迁到黄原来了。他想，过几年他闹好了，还可以把父母的户口也迁过来。世界这么大，哪里也可以活人！另外，从发展的眼光看，城边上当个农民，闹腾家业的出路也多。好，他应该当机立断，马上行动，千万不敢失去这个一生难逢的好机会！

告别金波后的当天晚上，少平就找了工头，说他家里有事，要结算工钱，不准备再上这工了。

工头看来非常遗憾失去了一个好小工。结算完工钱后，工头破例把他带到厨房，让做饭的亲戚给少平切了一碗肥猪肉片子，算是对他曾经卖命干活表示一点犒劳。

一碗猪肉下肚，少平嘴一抹，就去了阳沟。

曹书记一家人热情地接待了他。这次见面，双方已经不是当初那种主仆关系，而像是亲朋好友一般。

曹书记立刻出去为他办准迁证。书记的老婆就及时抓住机会，让少平给女儿菊英补习中学语文课。在少平开始为菊英补习功课的时候，菊英她妈推说到邻居家取东西，溜出去半天没有回来。

十八岁的菊英完全是城市姑娘的打扮。白净的脸蛋，弯弯的眉毛，一对清澈活泼的眼睛，很崇拜地听少平头头是道地讲解课文。她看起来很聪敏，但学习实在迟笨；少平说半天，她都理解不了。她只是惊讶地看着他，带着一脸的疑问：你这么能行，为什么要揽工呢？当然，这女孩子也并不知道，这个她难以理解的乡下后生，已经被父母“内定”为她的女婿……

在曹书记家愉快地逗留了几个小时，少平就怀揣着那张准迁证，回到了他做工的地方。

第二天，他从头到脚换上了新衣服，然后到街上去给家里人买东西。他身上现在破天荒揣着二百多元钱，像个财主似的在商店里阔视。他给全家每个人都买了一件衣服，又买了许多吃食。那个烂黄提包显然不能再提回去，于是又买了一个很大的新帆布提包。他要在一切方面向家里和村里人显示，他在门外干得不错！

买完东西后，身上还有一百多元钱。走在黄原街上，他心里充实而自豪。

一切办理好以后，他到理发馆去理了个发。

现在，他完全换成了另外一个人。身上的伤痕被簇新的衣服包裹了起来；脸干干净净，头发整整齐齐，俨然是一副工作人的派头！

晚上，他把所有的东西都带上，来到了金波住的地方——在这里过一夜，明天早晨就搭邮车回双水村。

第二天天还不明，他就爬起来，把那卷行李和装烂衣服的破提包都交代给金波——这说明他还要回到这个城市来。然后他就提着那个鼓囊囊的新提包先一步出了门，走到城外的公路边上等金俊海的邮车。邮车按规定不准捎坐人，因此不敢在城里上车。

不一会，他就坐在邮车驾驶楼助手的位置上，离开了夜色还没有褪尽的黄原城。

在回家的路上，少平心中思绪万千。从春天离家以后，一晃就半年了。半年来，他感到比以往他度过的所有日月都要漫长。酸甜苦辣，一切都无法用语言表述。不论怎样，他没有退缩，也没有倒下。现在，他并不是两手空空回来了——这也不只是说他赚了几个钱，买了点东西；不，他半年的收获决不仅仅是这些！

现在他才感到，他离家的时间也的确不短了。这期间，他也没给家里人写信。谁知家里成了什么样子？父亲写信让他“马上返回”——出了什么紧急事呢？如果是好事，他会在信上写明的；看来家里一定有什么不幸了，父亲怕他着急，才用了这么含糊的口气给他写信。

但是，他的心脏也开始健强了一些，心想，就是天塌下来，也按塌下来处理，熬煎也没有用！

汽车过了分水岭，少平的心忍不住“怦怦”地跳起来。公路两边熟悉的山山峁峁都亲切地出现在视野之内。他看见，东拉河两岸的沟道和山头，庄稼再不像往年一样大片大片都是同一种类。现在，各种作物一块块互相连接而又各自独成一家。每一块地都淋漓尽致地表现出了主人的个性。个把地块庄稼长得不好，你就知道它的主人肯定不是个勤快人。

村庄里，有的秋庄稼已经上了禾场。金黄的颗粒被赤膊的庄稼人一锨锨扬向蔚蓝的天空；碎雨似的五谷落下来，撒在嬉闹的孩子们的身上。山野的小路上，农妇们颤动着肥大的乳房，挑着送饭罐悠悠闲闲地走着。沟道里，牛、羊、驴、马，成群结队的很少；往往三三两两，被一些大孩子放牧着——少平知道，这些孩子都是刚刚退学的。各个村庄里，看来没有什么人闲呆着。新的生活和劳动是平静的，但少平又很清楚，对于每个家庭来说，那一天中的节奏充满了忙乱和紧张……

亲爱的双水村就在眼前了。少平透过车窗，远远地望见他家的窑顶上飘曳着一柱灰白的柴烟；一股说不出的温暖和甜蜜刹那间涌上他的心头，使他忍不住鼻子一酸，几乎要哭了。

哦，家乡，永远叫人依恋和动情的家乡呀！

……

第三十三章

在我们这个星球上，每天都要发生许多变化。有人倒霉了，有人走运了；有人在创造历史，历史也在成全或抛弃某些人。每一分钟都有新的生命欣喜地降生到这个世界，同时也把另一些人送进坟墓。这边万里无云，阳光灿烂；那边就可能风云骤起，地裂山崩。世界没有一天是平静的。

可是对大多数人来说，生活的变化是缓慢的。今天和昨天似乎没有什么不同；明天也可能和今天一样。也许人一生仅仅有那么一两个辉煌的瞬间——甚至一生都可能在平淡无奇中度过……

不过，细想过来，每个人的生活同样也是一个世界。即使最平凡的人，也得要为他那个世界的存在而战斗。从这个意义上说，在这些平凡的世界里，也没有一天是平静的。因此，大多数普通人不会像飘飘欲仙的老庄，时常把自己看做是一粒尘埃——尽管地球在浩渺的宇宙中也只不过是一粒尘埃罢了。幸亏人们没有都去信奉“庄子主义”，否则这世界就会到处充斥着这些看破红尘而又自命不凡的家伙。

普通人时刻都在为具体的生活而伤神费力——尽管在某些超凡脱俗的雅士看来，这些芸芸众生的努力是那么不值一提……

不必隐瞒，孙少平每天竭尽全力，首先是为了赚回那两块五毛钱。他要用这钱来维持一个漂泊者的起码生活。更重要的是，他要用这钱帮助年迈的老人和供养妹妹上学。

他在工地上拼命干活，以此证明他是个好小工。他完全做到了这一点——现在拿的是小工行里的最高工钱。

去年和“萝卜花”一块上那个工时，他曾装得一个字也不识。现在他又装成了个文盲。一般说来，包工头不喜欢要上过学的农村青年。念书人的吃苦精神总是令人怀疑的。

孙少平已经适应了这个底层社会的生活。尽管他有香皂和牙具，也不往出拿；不洗脸，不洗脚，更不要说刷牙了。吃饭和别人一样，端着老碗往地上一蹲，有声有响地往嘴里扒拉。说话是粗鲁的。走路拱着腰，手背抄起或筒在袖口里；两条腿故意弄成罗圈形。吐痰像子弹出膛一般；大便完和其他工匠一样拿土圪塔当手纸。没有人看出他是个识字人，并且还当过“先生”呢。

虽然少平看起来成了一个地道的、外出谋生的庄稼人，但有一点他却没能做到，就是在晚上睡觉时常常失眠——这是文化人典型的毛病。好在别人一躺下就拉起了呼噜，谁知道他在黑暗中大睁着眼睛呢？如果大伙知道有一个人晚上睡不着觉，就像对一个不吃肥肉的人一样会感到不可思议。

是的,劳筋损骨熬苦一天以后,孙少平也常常难以入眠,而且在静静的夜晚,一躺进黑暗中,他的思绪反而更活跃了。有时候他也想一些具体的事;但大多数情况下思想是漫无边际的,像没有河床的洪水在泛滥;又像五光十色的光环交叉重叠在一起——这些散乱的思绪一直要带进他的梦中。

当然,不踏实的睡眠并不影响他第二天的劳动;他终究年轻,体力像拉圆的弓弦那般饱满……

转眼间一个月过去了。

清明之前,天气转暖,大地差不多完全解冻。黄原河岸边的柳枝,已经萌生起招惹人的绿意。周围山野里向阳的坡坬上,青草的嫩芽顶破潮润的地皮,准备出头露面了。

在工艺厂的工地上,干活的人已经穿不住棉衣,一上工便脱下撂在了一边。现在,宿舍楼起了第一层;楼板安好后,开始砌第二层的屋墙。少平的工作是把浇过水的湿砖用手一块块往二层上扔——这需要多么大的臂力和耐力啊!这无疑是小工行里最苦的活;可是他应该干这活,因为他拿的是这一行的"高工资"。

这工地站场监工的是包工头胡永州的一个侄子,他年龄不大,倒跟上他叔叔学得有模有样,嘴里叼根黑棒卷烟,四处转悠着,从早到晚不离工地,指手画脚,吆吆喝喝。胡永州本人一般每天只来转一转,就不见了踪影——他同时包好几个工程,要四下里跑着指挥。晚上他是回这里来住的。胡永州和他侄子分别住在工地旁厂方腾出来的闲窑里。紧挨着的是灶房。做饭的除过那个雇来的小女孩,还有一位六十多岁的老汉,也是胡永州的亲戚;这老汉和胡永州的侄子住在了一孔窑里,那个小女孩晚上就单独在灶房里睡觉。其他工匠在这里吃完晚饭,就回到坡下那个垃圾堆旁的窑洞里去了。

工程大忙以后,需要的人也多了。胡永州陆续从东关大桥头又招回一些工匠;同时也打发了几个干活不行的人。

人手一多，一老一小两个做饭的就应付不过来。他们光做饭还可以，但那个老汉还兼管采买，大筐的土豆和白菜，五十斤一袋的面粉，老汉一个人拿不动。胡永州突然决定由少平帮助老汉出去采买东西。对于工匠们来说，这是个轻松活，人人巴不得去干。但胡永州念少平是一个县的老乡，把这好差事交给了他。

少平就像被“提拔”了一样高兴。他现在每天只在工地上干半天活，另外半天就和做饭的老汉一块到街上去采买东西；一天下来，感觉当然比过去轻松多了。

活路稍微一轻松，他突然渴望能看点什么书——算一算，他又很长时间没见书的面了。正月里返回黄原到现在，他也没有去找田晓霞借书，因为他一直装个文盲，借回来书也没办法看。再说，他口袋里空空如也，想专心干活积攒一点钱，好给家里和县城的妹妹寄，根本没心思想其他的事。

就是现在，他也不能暴露他的“文盲”身份。正因为他是个只会卖力气的“文盲”，包工头才信任他，让他去干采购工作。要是胡永州知道他是个学生出身的人，又在他这里清闲得看起了书，说不定马上会把他打发走。他舍不得离开这个工程啊！一天赚两块半工钱不说，现在还不要像其他工匠一天顶到头地出死力。

但读书的愿望一下子变得如此强烈，使他简直无法克制。他思谋：能不能找个办法既能读书又不让人发现呢？

只有一个途径较为可靠，那就是他晚上能单独睡在一个地方。

主意终于有了。他准备和胡永州说一说，让包工头同意自己住在刚盖起的那一层楼房里。虽然那楼房还正在施工，新起的一层既没安门窗，更不可能生火，但现在天气已经转暖，可以凑合；就是冷一些也不要紧，只要一个人住着能看书就行了。

胡永州并不反对他挪地方住——只要你小子不怕冷，就是愿意住在野场地里也和我胡永州球不相干！

孙少平搬到没门窗的楼房后，才想起这里晚上没灯。他就在外出采购东西的时候，捎带着给自己买了一些蜡烛。

条件一具备，他就打算到晓霞那里去借几本书回来。

过罢清明节，少平在一个星期六的傍晚，破例拿出牙具和香皂，偷偷到小南河里洗刷了一番，又换上自己的那身“礼服”，就蛮有精神地去地委找田晓霞。

在地委田福军的办公室和晓霞相会后，她又高兴又抱怨地问他为什么这么长时间不来找她。

少平吞吞吐吐解释了半天。

一段时间没见晓霞，少平吃惊地发现她的个码似乎蹿高了一大截——他一时粗心，没有留意她换了一双高跟鞋。

两个人像往常那样，一块吃了晓霞从大灶上买回来的饭菜，接着热烈地议论了许多话题。

临走时，晓霞给他借了一本艾特玛托夫的《白轮船》。她告诉他，这是她很喜欢的一本书，是前几年内部发行的；父亲买回来后，她看完就偷偷地占为己有了。

少平打开书，见书前有“任犊”写的一篇批判性序言。晓霞说，那“畜生”全是胡说八道，不值得理睬。

少平很快和晓霞告辞了——既然这本书他的“导师”如此推崇，他就迫不及待地想读它。

回到“新居”以后，他点亮蜡烛，就躺在墙角麦秸草上的那一堆破被褥里，马上开始读这本小说。周围一片寂静，人们都已经沉沉地入睡了。带着凉意的晚风从洞开的窗户中吹进来，摇曳着豆粒般的烛光。

孙少平一开始就被这本书吸引住了。那个被父母抛弃的小男孩的忧伤的童年；那个善良而屡遭厄运的莫蒙爷爷；那个凶残丑恶而又冥顽不化的阿洛斯古尔；以及美丽的长角鹿母和古老而富有传奇色彩的吉尔吉斯人的生活……这一切都使少平的心剧烈地颤动着。当最后那孩子一颗晶莹的心被现实中的丑恶所摧毁，像鱼一样永远地消失在冰冷的河水中之后，泪水已经模糊了他的眼睛；他用哽咽的音调喃喃地念完了作者在最后所说的那些沉痛而感人肺腑的话……

这时，天已经微微地亮出了白色。他吹灭蜡烛，出了这个没安门窗的房子。

他站在院子里一堆乱七八糟的建筑材料上，肿胀的眼睛张望着依然在熟睡中的城市。各种建筑物模糊的轮廓隐匿在一片广漠的寂寥之中。他突然感到了一片荒凉的孤独；他希望天能快些大亮，太阳快快从古塔山后面露出少女般的笑脸；大街上重新挤满了人……他很想立刻能找到田晓霞，和她说些什么。总之，他澎湃的心潮一时难以平静下来……

本来，这本书他准备在一个星期内看完，想不到一个晚上就看完了。他只能等到星期六才可以找晓霞——平时她不回家来。

星期六好不容易到了。

这天下午他耐到收工，就匆忙地拿了那本《白轮船》，到地委去找她。

他见到晓霞后，一时倒不想说什么了。他本来急切地想和她谈论看过的书，但他又感到自己很难说清楚。这本书更多的是引起了他情绪上的大波动——一个人是很难把自己的情绪说明白的。真的，这是一种无法用语言表述的感受，因为它太巨大太复杂了！

田晓霞看出了这本书给孙少平带来的震动；她自己也曾被它强烈地感染过。她高兴的是，少平和她一样理解并喜欢这本书。

吃完下午饭，晓霞突然提议他们一块去爬一次麻雀山。

这正合少平的心意。

于是，两个人一同相跟着出了地委大门，向麻雀山走去。

走在路上的时候，少平才有点拘束起来。和晓霞一块呆在房子里说话，他觉得很自然；可是，两个人一块相跟到野外去蹓跶，他就感到情调有点太温馨——不过，这种温馨是任何一个青年男子都不会反感的！

麻雀山就在地委的后面。他们顺着一道缓坡慢慢向山上走。快到山顶时，晓霞顽皮地离开路径，专意在一些荒地里行走；少平就愉快地迁就她的任性，紧撵着她在没有路的地方向上攀行。

一道土塄坎挡住了去路。少平敏捷地一扑就跳上去了。晓霞立在塄坎下，笑着摇了摇头；然后向他伸出一只手，要让他拉她。少平顿时有点慌乱，脸红得像水萝卜一样。晓霞被他的窘态逗得大笑，手却固执地伸着，非让他拉不行。

少平只好伸出一只颤抖的手，把她拉上了土塄坎。这是他第一次拉一个姑娘的手。他感到自己的那条胳膊僵硬得像条棍子；手掌如同被烧红的铁烫过一般。

到山顶了。两个人在一个地畔上坐下来。

黄原城就在他们眼皮底下。街道上熙熙攘攘的行人像忙碌的蚁群。他们的背后，太阳正在沉落。对面的九级古塔在夕阳中闪耀着光辉，看起来似乎像发射架上的一枚巨型火箭，格外雄伟。初春蓝色的黄原河将城市分割成两半后，弯弯曲曲地流向远方的群山深谷之中……

两个人先顾不上说话，惊奇而兴奋地观赏夕阳晚照中的大自然景象。

城市渐渐沉浸在阴暗中，景物开始模糊起来。黄原河上新老两座大桥首先亮起了灯火；紧接着，全城的灯火一批跟着一批亮了。

这时候，晓霞才转过脸，问少平看过《白轮船》后，有什么感想。

少平断断续续、结结巴巴说了一些，好像也没能把自己的感受充分表达出来。

说实话吧，这会儿他思想不能集中起来！是呀，黄昏中，在一个荒山野地里，单独和一个姑娘呆在一块，使他浑身的血液由不得沸沸扬扬……

内心的骚动让他坐立不安，他索性仰面躺在一片枯草上，两只手垫在脑后，茫然地望着暮色中的天空。天空已经亮出几颗星星。晓霞也就不再出声，静静地坐在离他不远的地方，两只手抱着膝头，凝望着远方的山峦。这是一个美妙的时光。小树林中，归窠的鸟雀扇动着扑棱棱的羽翅。没有风，空气中流布着微微的温暖。春天的黄昏呀，使人产生无尽的遐思和深远的联想，也常常叫人感到一种无以名状的忧伤！

躺在地上的孙少平，不知为什么突然眼里涌满了泪水。他深深地向夜空中吐出一声叹息，嘴里竟然喃喃地念起了《白轮船》中吉尔吉斯人的那首古歌——

有没有比你更宽阔的河流，爱耐塞，
有没有比你更亲切的土地，爱耐塞。
有没有比你更深重的苦难，爱耐塞，
有没有比你更自由的意志，爱耐塞。

晓霞仍然保持着她那雕像似的凝望远山的姿势，接着他轻轻地念道——

没有比你更宽阔的河流，爱耐塞，
没有比你更亲切的土地，爱耐塞。
没有比你更深重的苦难，爱耐塞，
没有比你更自由的意志，爱耐塞。

少平猛一下从地上坐起来。一种强烈的冲动，使他真想伸开双臂，把田晓霞紧紧地抱住！

山下的大街上传来一声刺耳的汽车喇叭的鸣叫。孙少平叹了一口气，抬起软绵绵的胳膊，用手掌揩掉额头的一层冷汗，对田晓霞说："咱们回去吧……"

晓霞没有说话，对他点点头。两个人就沉默地起身下山。山下，繁密灿烂的灯火，组成了一个无比辉煌的世界。

孙少平在南关的大街上和田晓霞分了手，胳膊窝里夹着一本新借来的《简·爱》，就回他那个门户洞开的住处去了。

导 读

《平凡的世界》是路遥的"生命之作"。这部百万字巨著的出版和被接受的过程是一个奇迹。一方面，它在1986年出版之初遭到文坛和评论界的冷遇；另一方面，它却一直在普通读者中默默流传，成为一部“现实主义长销书”。

现实主义作品的基本魅力之一，就是以扎实可信的细节创造逼真的现实感。从读者调查的情况来看，《平凡的世界》深受欢迎的主要原因是，作品中大量对农村贫困生活的细节描写在相同经历者中引起极大的情感共鸣，主人公不屈服于命运的奋斗精神也给予读者极大的精神鼓励。以“血统农民”的身份塑造出从中国农村底层走出来的个人奋斗的“当代英雄”，这是路遥对当代文学的独特贡献。

《平凡的世界》里那套扎扎实实的现实描写背后有一种非常光明乐观的信仰：聪明、勤劳、善良的人最终会丰衣足食、出人头地、光宗耀祖。书中一个个推动故事发展的情节安排（孙少安、孙少平不断遇到善人帮助、得到贵人赏识、获得美丽善良的高干女儿们“七仙女式的爱情”）都是基于这种信仰，这给了读者极大的心理满足和阅读快感。

《平凡的世界》写的虽然是1975—1985年间北方农村的变迁史，却酝酿创作于1982—1988年——这段时间应该说是农村发展的“黄金时代”，土地所有制改革刚刚实行，在饥饿线上挣扎了多年的农民有望过上丰衣足食的好日子。民间伦理重新确立，勤劳者致富，懒惰者受穷，被农村户口束缚了多年的“能人”“精人”们也有了寻求别的生活机会的可能，又没有开始大规模的“民工潮”。正是这样一个特定历史时期的生活基础，奠定了路遥创作所追求的朴素信仰：社会虽然有很多不完善与不公正，但通过不屈不挠的艰苦奋斗终能获得成功和幸福。

《平凡的世界》多年来魅力不减，不只是因为可从中看到20世纪七八十年代农村变革的真实图景，更在于当年孙少平面临的生存困境至今在很大程度上仍是底层青年面临的困境，但今天的作家很难像路遥那样真诚地渴望在现实的改革中通过励志去改变个人命运，读者们仍然需要从这部30多年前的作品中获得温暖和抚慰。

对现实主义写作原则的恪守，既是《平凡的世界》成功的原因，也是它当年遭到文坛和评论界冷遇的原因。20 世纪 80 年代中期，文学界的审美倾向发生了变化，先前一直位居文坛主流的现实主义文学逐渐让位于现代主义新潮。路遥十分不满于当时理论界“一窝蜂”地“趋新”的风潮，他虽承认对西方现代派文学技巧的借鉴对中国文学的发展有积极意义，但严厉指责文艺理论界对这类作品创作实绩的过分夸大，乃至贬低、排斥其他文学表现形式。对于他来说，运用一种被宣布为过时的创作手法结构这部长篇巨著，不是出于一种文学观念上的无知或文学技巧上的无奈，而是一种“清醒状态”之下的坚定选择。

路遥的上述观点见于他在生命最后一段时间内完成的长达数万字的《早晨从中午开始——〈平凡的世界〉创作随笔》，可阅读参考。不过，也有文学研究者至今仍然认为这部作品文学价值不高，这些观点也值得参考。

思考题：

1. 这部作品名为《平凡的世界》，主人公孙少平一直没有摆脱“底层劳动者”的身份，但他却一直在平凡的生活中寻找着生活的意义。结合选文，谈谈你对“平凡”与“不凡”的理解。

2. 结合作品，分析现实主义叙事是如何打动读者、引发情感共鸣的。

第十五章　陈忠实

陈忠实(1942—2016),陕西西安人。农民家庭出身,当过农村小学和中学老师、文化馆副馆长等职,对农村生活非常熟悉。1982 年开始文学创作,主要写小说,也写散文。30 多年的笔耕,著有短篇小说《日子》《李十三推磨》,中篇小说《康家小院》,长篇小说《白鹿原》,散文《原下的日子》,报告文学《渭北高原,关于一个人的记忆》等 70 多部作品。有多部作品获奖。曾任陕西省作家协会主席、中国作家协会副主席。

代表作《白鹿原》是一部非常大气的史诗性的长篇小说,其思想深度和艺术技巧都达到了现代中国小说艺术的高峰,曾获第四届茅盾文学奖。

本文选自《白鹿原》第五章。

白鹿原(节选)[①]

二月里一个平淡宁静的早晨,春寒料峭,街巷里又响起卖罐罐馍的梆子声。马驹和骡驹听见梆子声就欢叫起来,拽着奶奶的衣襟从上房里屋走出来。白赵氏被两个孙子拽得趔趔趄趄,脸上却洋溢着慈祥温厚的笑容,两只手在衣襟下掏着铜子和麻钱。嘉轩跷出厦屋门坎,在院庭里挡住

① 陈忠实. 白鹿原[M]. 北京:人民文学出版社,1993.

了婆孙三人的去路:“妈,从今日往后,给他俩的偏食断了去。”白赵氏慈祥的脸顿时沉阴下来,瞅着儿子,显然是意料不及而愣住了。嘉轩解释说:“不该再吃偏食了,他俩大了。人说‘财东家惯骡马,穷汉家惯娃娃’。咱们家是骡马娃娃都不兴娇惯。”白赵氏似有所悟,脸上泛出活色来,低头看看偎贴在腰上的两颗可爱的脑袋,扬起脸对儿子说:“今个算是尾巴巴一回。”嘉轩仍然不改口:“当断就断。算了,就从今个断起。”白赵氏把已经码到手心的铜子和麻钱又塞进大襟底下的口袋,愠怒地转过身去:“你的心真硬!”马驹和骡驹窝火委屈得哭丧着脸,被奶奶拽着手怏怏地往上房里屋走去。

街巷里的梆子声更加频繁地敲响,干散清脆的吆喝声也愈加洪亮:“罐罐儿馍——兔儿馍——石榴儿馍——卖咧——”仙草从织布机上转过头说:“你去把那个卖馍客撵走,甭叫他对着门楼子吆喝了,引逗得娃们尽哭。”嘉轩反而笑说:“人家在街巷里吆喝,又没有钻到咱们院子里来吆喝,凭啥撵人家?吆喝着好,吆喝得马驹骡驹听见卖馍卖糖的梆铃鼓响,就跟见卖辣子的吆喝一样就好了。”仙草咬着嘴唇重复一遍婆婆的话:“你真心硬!”

两个孩子已经长到该当入学的年龄。这两个儿子长得十分相像,像是一个木模里倒出一个窑里烧制的两块砖头;虽然年龄相差一岁,弟弟骡驹比哥哥马驹不仅显不出低矮,而且比哥哥还要粗壮浑实。他们都像父亲嘉轩,也像死去的爷爷秉德,整个面部器官都努力鼓出来,鼓出的鼻梁儿,鼓出的嘴巴,鼓出的眼球以及鼓出的眉骨,尽管年纪小小却已显出那种以鼓出为表征的雏形底坯。随着年龄的增长,这种鼓出的脸部特征将愈来愈加突出。

白嘉轩太喜欢这两个儿子了。他往往在孩子不留意的时候专注地瞅着那器官鼓出的脸,却说不出亲热的话也做不出疼爱亲昵的表示。孩子和奶奶形影不离,日夜厮守,他几乎没有背过抱过他们,更不会像一般庄稼汉把儿子架在脖子上逛会看戏了。现在,看看儿子已经该当读书了,他就不能再撒手由奶奶给他们讲猫儿狗儿了。白嘉轩正在谋划确定给白鹿村创办一座学堂。白鹿村百余户人家,历来都是送孩子到七八里地的神禾村去念书,白嘉轩就是在那里早出晚归读了五年书。他想创办学堂不全是为了两个儿子就读方便,只是觉得现在应该由他来促成此举。学堂就设在祠堂里。那座祠堂年久失修,虽是祭祀祖宗的神圣的地方,却毕竟又是公众的官物没有谁操心,五间大厅和六间厦屋的瓦沟里落叶积垢,绿苔绣织,瓦松草长得足有二尺高;椽眼里成为麻雀产卵孵雏的理想窝巢;墙壁的泥皮剥落掉渣儿;铺地的方砖底下被老鼠掏空,砖块下陷。白嘉轩想出面把苍老的祠堂彻底翻修一新,然后在这里创办起本村的学堂来。他的名字将与祠堂和学堂一样不朽。

祠堂和村庄的历史一样悠久,却没有任何竹册片纸的典籍保存下来。搞不清这里从何年起始有人迹,说不清第一位来到这原坡挖凿头一孔窑洞或搭置第一座茅屋的始祖是谁。频频发生的灾祸不下百次把这个村庄毁灭殆尽,后来的人或许是原有的幸存者重新聚合继续繁衍。灾祸摧毁村庄摧毁历史也摧毁记忆,只有荒诞不经的传说经久不衰。泛滥的滋水河把村庄从河川一步一步推移到原坡根下,直到逼上原坡。相传有一场毁灭性的洪水发生在夜间,有幸逃到高坡上的人光着屁股坐到天亮,从红苕地里扯一把蔓子缠到腰际,遮住男女最隐秘的部位,在一片黄汤中搜摸沉入淤泥里的铁锨镢头和斧头;祠堂里那幅记载着列祖列宗显考显妣的宽大的神轴和椽子檩条,一齐被洪水冲得无影无踪,村庄的历史便形成断裂。

传说又一年三伏天降流火,大如铜盆小如豆粒的火团火球倾泻下来,房屋焚为灰烬;人和牛马猪羊鸡犬全被烧焦,无法搭救无计逃遁自然无一幸免;祠堂里的神轴和椽子檩条又一齐化为灰烬,村庄的历史又一次成为空白。至于蝗虫成精,疫疠滋漫,已经成为小灾小祸而不值一谈了。活在今天的白鹿村的老者平静地说,这个村子的住户永远超不过二百,人口冒不过一千,如果超出便有灾祸降临。

这个村庄后来出了一位很有思想的族长，他提议把原来的侯家村（有胡家村一说）改为白鹿村，同时决定换姓。侯家（或胡家）老兄弟两个要占尽白鹿的全部吉祥，商定族长老大那一条蔓的人统归白姓，老二这一系列的子子孙孙统归鹿姓；白鹿两姓合祭一个祠堂的规矩，一直把同根同种的血缘维系到现在。据说白鹿原当时掀起了一个改换村庄名称的风潮，鹿前村、鹿后村、鹿回头村、鹿鸣村、鹿卧村、鹿噙草村、鹿角村、鹿蹄村，不一而足。一位继任的县官初来乍到，被这些以鹿命名的村庄搞得脑袋发胀，命令一律恢复原来的村名，只允许保留白鹿村和白鹿镇两个与鹿有关的名字，白鹿村的村民感到风光，更加珍视自己的村名。

改为白姓的老大和改为鹿姓的老二在修建祠堂的当初就立下规矩，族长由长门白姓的子孙承袭下传。原是仿效宫廷里皇帝传位的铁的法则，属天经地义不容置疑。老族长白秉德死后，白嘉轩顺理成章继任族长是法定的事。父亲过世后的头几年里，每逢祭日，白嘉轩跪在主祭坛位上祭祀祖宗的时候，总是由不得心里发慌尻子发松；当第七房女人仙草顺利生下头胎儿子以后，那种两头发慌发松的病症不治自愈。现在，白嘉轩怀里揣着一个修复祠堂的详细周密的计划走进了鹿子霖家的院子。

这是白鹿村乃至整个白鹿原最漂亮的一座四合院。它是鹿子霖的老太爷的杰作。那位老太爷过烂了光景讨吃要喝流逛到了西安城里，在一家饭铺先是挑水拉风箱，后来竟学成了一手烹饪绝技。一位南巡的大官路经西安吃了他烧的葫芦鸡，满心欢喜脱口赞叹："天下第一勺。"于是就发了财，于是就在白鹿村置买田地，于是就修建起白鹿原第一流的四合院。他的巨大成功启发着诱惑着一茬又一茬庄稼汉的后人，撂下镢头犁杖操起铁勺锅铲，由此掀起的学炊热历经一个世纪，白鹿原以出勺勺客闻名省城内外。然而自老太爷之后，到鹿子霖的四辈人当中，鹿家却再没有一个男人执勺弄铲，外人万万料想不到"天下第一勺"谢世时，竟然留下这样的遗嘱："我一辈子都是伺候人，顶没出息。争一口气，让人伺候你才荣耀祖宗。中一个秀才到我坟头放一串草炮，中了举人放雷子炮，中了进士……放三声铳子。”鹿子霖的老爷爷、爷爷、父亲和他本人都没有实现老太爷的遗愿，除了雇来长工做务庄稼，均未成为让人伺候的人；尽管一代一代狗推磨儿似的居心专意供给子弟读书，却终究连在老太爷坟头放一串草炮的机运也不曾有过。老太爷的尸骨肯定早已化作泥土，他的遗言却似窖藏的烧酒愈久愈鲜。鹿子霖在儿子刚交七岁的那年正月就送他到神禾村学堂去启蒙，翻查了一夜字典才选定兆鹏作为儿子的学名，那寓意是十分殷切，也十分明朗的。二儿子兆海这年正月刚送去学堂，两个儿子每天麻麻亮就被他吼喊起来去上学。兆鹏兆海的脸破了，手脚冻得淌黄水。做娘的抱怨孩子太小上学太早，鹿子霖毫不动摇地鼓着劲说：“我等着到老太爷的坟地放铳子哩！”

鹿子霖在厢房里听见一阵陌生的脚步声就走到庭院，看见白嘉轩进来，便忙拱手问候。白嘉轩停住脚步说：“我找大叔说件事。”鹿子霖回到厢房就有些被轻贱被压低了的不自在。白嘉轩走进上房的屏风门就叫了一声：“叔哎！”鹿泰恒从上房里屋踱出来时左手端着一只黄铜水烟壶，右手捏着一节冒烟的火纸，摆一下手礼让白嘉轩坐到客厅的雕花椅子上。鹿泰恒坐在方桌另一边的椅子上，细长的手指在烟壶里灵巧地捻着金黄绵柔的烟丝，动作很优雅。白嘉轩说：“大叔，咱们的祠堂该翻修了。”鹿泰恒吹着了火纸，愣怔了一下，燃起火焰的火纸迅速烧出一节纸灰。鹿泰恒很快从愣怔里恢复过来，优雅地把火纸按到烟嘴上，优雅地吸起来，水烟壶里的水的响声也十分优雅，直到“噗”的一声吹掉烟筒里的白色烟灰，说：“早都该翻修了。”白嘉轩听了当即就品出了三种味道：应该翻修祠堂；祠堂早应该翻修而没有翻修是老族长白秉德的失职；新族长忙着娶媳妇埋死人现在才腾出手来翻修祠堂咧！白嘉轩不好解释，只是装作不大在乎，就说起翻修工程的具体方案和筹集粮款的办法。鹿泰恒听了几句就打断他的话说：“这事你和子霖承办吧！我已经老了。”白嘉轩忙解释：“跑腿自然有我和子霖。您老得出面啊！”鹿泰恒说：“你爸在世时，啥事不都是俺俩搭手弄的？现在该着你们弟兄搭手共事了。”随之一声唤，叫来了鹿子霖：“嘉轩说要翻修祠堂了，你们弟兄俩商量着办吧。”

整个一个漫长的春天里，白鹿村洋溢着一种友好和谐欢乐的气氛。翻修祠堂的工程已经拉开。白嘉轩请来了第五房女人的父亲卫木匠和他的徒弟。整个工程由白嘉轩和鹿子霖分头负责。鹿子霖负责工程，每天按户派工。白嘉轩组织后勤。祠堂外的场院里临时搭起席棚，盘了锅台支了案板。除了给工匠管饭，凡是轮流派来做小工打下手的人，也一律在官灶上吃饭。厨师是本村里最干净最利落的几个女人。男人们一边围在地摊上吃饭一边和锅台边的女人调笑打诨，欢悦喜庆的气氛把白鹿两姓的人融合到一起了。

白嘉轩提出的一个大胆的方案得到了鹿子霖爽快的响应：凡是在祠堂里敬香火的白姓或鹿姓的人家，凭自己的家当随意捐赠，一升不少，一石不拒，实在拿不出一升一文的人家也不责怪。修复祠堂的宗旨要充分体现县令亲置在院里石碑上的“仁义白鹿村”的精神。不管捐赠多少，修复祠堂所需的粮款的不足部分，全由他和鹿子霖包下。白嘉轩把每家每户捐赠的粮食记了账，用红纸抄写出花名单公布于祠堂外的围墙上，每天记下花销的粮食和钱款的数字，心里总亮着一条戒尺：不能给祖宗弄下一摊糊涂账。整个预算下来，全体村民踊跃捐赠的粮食只抵全部所需的三分之二，白嘉轩和鹿子霖两家合包了三分之一。

整个工程竣工揭幕的那天，请来了南原上麻子红的戏班子，唱了三天三夜。川原上下的人都拥到白鹿村来看戏，来瞻仰白鹿村修造一新的祠堂，来观光县令亲置在祠堂院子里的石碑，来认一认白鹿村继任的族长白嘉轩。那个曾经创造下白鹿原娶妻最高纪录的白嘉轩原本没长什么狗毬毒钩，而是一位贵人，一般福薄命浅的女人怎能浮得住这样的深水呢？

这年夏收之后，学堂开学了。五间正厅供奉着白鹿两姓列祖列宗显考显妣的神位，每个死掉的男人和女人都占了指头宽的一格，整个神位占满了五间大厅的正面墙壁。西边三间厦屋，作为学堂，待日后学生人数发展多了装不下了，再移到五间正厅里去。东边三间厦屋居中用土坯隔开来，一边作为先生的寝室，一边作为族里官人议事的官房。

白嘉轩被推举为学董，鹿子霖被推为学监。两人商定一块去白鹿书院找朱先生，让他给推荐一位知识和品德都好的先生。朱先生见了妻弟白嘉轩和鹿子霖，竟然打躬作揖到地："二位贤弟请受愚兄一拜。"两人吃了一惊，面面相觑忙拉朱先生站起，几乎同声问："先生这是怎么了？"朱先生突然热泪盈眶："二位贤弟做下了功德无量的事啊！"竟然感慨万端，慷慨激昂起来："你们翻修祠堂是善事，可那仅仅是个小小的善事；你们兴办学堂才是大善事，无量功德的大善事。祖宗该敬该祭，不敬不祭是为不孝；敬了祭了也仅只尽了一份孝心，兴办学堂才是万代子孙的大事；往后的世事靠活人不靠死人呀。靠那些还在吃奶的学步的穿烂裆裤的娃儿，得教他们识字念书晓以礼义，不定那里头有治国安邦的栋梁之材呢。你们为白鹿原的子孙办了这大的善事，我替那些有机会念书的子弟向你们一拜。"白嘉轩也被姐夫感染得热泪涌流，鹿子霖也大声谦和地说："朱先生看事深远。俺俩当初只是觉得本村娃娃上学方便……"

朱先生的同窗学友遍及关中，推荐一位先生来白鹿村执教自然不难，于是就近推荐了白鹿原东边徐家园的徐秀才。徐秀才和朱先生同窗同庚，学识渊博却屡试不中，在家一边种地一边读书，淡泊了仕途功利，只为陶冶情性。两人拿着朱先生亲笔写的信找到徐家园，徐秀才欣然出马到白鹿村坐馆执教了。

辟作学馆的西边三间厦屋里，摆满了学生从自家屋里抬来的方桌、条桌、长凳和独凳。白嘉轩的两个儿子也都起了学名，马驹叫白孝文，骡驹叫白孝武，他们自然坐在里边。鹿子霖的两个儿子鹿兆鹏和鹿兆海也从神禾村转回本村学堂。男人们无论有没有子弟就学，却一齐都参加了学堂开馆典礼。

典礼隆重而又简朴。至圣先师孔老先生的石刻拓片侧身像贴在南山墙上，祭桌上供奉着时令水果，一盘沙果、一盘迟桃、一盘点心、一盘油炸馃子。两支红蜡由白嘉轩点亮，祠堂院庭里的鞭炮便爆响起来，他点了香就磕头。孩子们全都跪伏在桌凳之间的空地上，拥在祠堂院子里的男人们也都跪伏下来。鹿子霖和徐先生依次敬了香跪了拜，就侍立在祭台两边，关照新入学的孩子一个接一个敬香叩头，最后是村民们敬香叩首。祭祀孔子的程序完毕，白嘉轩把早已备好的一条红绸披到徐先生肩上，鞭炮又响起来。徐先生抚着从肩头斜过胸膛在腋下系住的红绸，只说了一句话作为答辞："我到白鹿村来只想教好俩字就尽职尽心了，就是院子里石碑上刻的'仁义白鹿村'里的'仁义'俩字。"

按预定的程序本该结束，院里走进了两位老汉，手里托着一只红色漆盘，盘里盘着两条红绸。俩老汉走上祭台，把一条红绸披到白嘉轩肩上，把另一条披到鹿子霖肩头。老者说："这是民意。"

傍晚，白嘉轩脱了参加学堂开馆典礼时穿的青色长袍，连长袖衫和长裤也脱了，穿着短袖衫和半截裤，一身清爽地走进了暮色四合的马号，晚饭前必须给牲畜铡好青草。鹿三用独轮小推车从晒土场往牲畜圈里推土垫圈，脸上眉毛上扑落着黄土尘屑，他见白嘉轩走来，忙扔下小推车揭起了铡刀。白嘉轩在铡墩前蹲下来，把青草一把一把扯过来，在膝头下捋码整齐再塞到铡口里去。鹿三双手按着铡把，猫腰往下一压，"咔嚓"一声，被铡断的细草散落下来，铡刀刃上和铡口的铁皮上都染上一层青草的绿汁。"应该让娃娃去念书。"白嘉轩说。"那当然。念书是正路嘛！"鹿三说。"我说黑娃应该去念书。"白嘉轩说。"哦！你说的是黑娃？"鹿三说，"快续草！甭只顾了说话手下停了续草。"白嘉轩续进青草说："叫黑娃明早上就去上学。给徐先生的五升麦子由我这儿灌。先生的饭也由我管了。桌子不用搬，跟马驹骡驹伙一张方桌，带上一个独凳儿就行了。"鹿三嘲笑说："那个慌慌鬼！生就的庄稼坯子，念啥书哩！""穷汉生状元，富家多纨绔。你可不要把娃娃料就了，我看黑娃倒很灵聪哩！"白嘉轩笑着说，"日后黑娃真的把书念成了，弄个七品五品的，我也脸上光彩哩！"鹿三说："黑娃上了学，谁来割草呢？""你割我割，咱俩谁能腾出手谁去割。先让黑娃去上学。”白嘉轩说:“秋后把坡上不成庄稼的‘和’字地种上苜蓿,明年就不用割草了。”

黑娃天不明又被父亲吼起来,他正要挎笼提镰去割青草,却听鹿三说:“把草镰和草笼撂下,掮上板凳上学去。”黑娃愣在院子里,似乎不大情愿地丢下笼和镰说:“拿啥念哩?没有书,没有笔,也没有纸。”鹿三说:“你先到学堂盘一盘你的野性子。笔咧纸咧书咧缓两天再买。你要是盘不下性子,还是窝不住的野鹁鸽,花钱买书买纸我就白撂钱了。”

黑娃把一只独凳掮上肩膀,走进祠堂大门。徐先生穿着褐色长袍背抄着手在院子里踱步,他看见徐先生就不知所措。鹿三拉住儿子的手说:“给先生行礼。”黑娃弯腰低头鞠躬时,肩上的凳子摔了下来,正好砸了徐先生的脚背。鹿三顺手抽了黑娃一个抹脖子,骂道:“我把你这慌慌鬼……”徐先生忍着疼不在意地说:“送进去。嘉轩给我说过了。”鹿三拉着儿子进入学堂,找到马驹和骡驹的方桌,在一侧放下凳子。马驹把一摞仿纸、一根毛笔递给黑娃:“俺爸叫我给你。”鹿三竟然心头一热,鼻腔酸酸的,又狠狠地说:“黑娃你要是再不好好念书,我把你狗日……”

黑娃捉着那支毛笔,拔下笔帽,紫红的笔头使他想到了狐狸火红的皮毛。在山坡上割草记不清多少次撞见狐狸,有一次他猛然甩出手里的草镰,偏巧挂住了狐狸的后腿。那狐狸有一条火焰似的蓬松的粗尾巴。他拼命追赶,却眼看着它从崖坎里一条狭缝中跑掉了。他总是惦念着那只狐狸的跛腿好了没好?现在,他突然想到要是抓住那只狐狸,能栽多少毛笔呀!他的左手染着青草的绿汁,指头肚儿变成紫黑色,捏着光滑的笔杆和绵软的黄色仿纸总觉得怯怯的。徐先生进来,领着学生念书。黑娃没有书本,就跟着徐先生愣念:“人—之—初,性—本—善。”

学堂里坐的全是本村的娃娃,没有同学间的陌生,只有对于念书生活的新鲜。三五天后,随着新鲜感的消失,黑娃就觉得念书不再是幸事而是活受罪。母亲几乎天天晚上都要给他敲一次警钟:“黑娃,你要是不贪念书光贪耍,甭说对不住你大你妈,单是你白家叔叔的好心都……”黑娃不耐烦地说:“干脆还是叫我去割草。”

平日在村子里割草砍柴、浮水、掏雀蛋时建立的友谊,很快又在学堂里重现,孩子们自然地围拢到猴王黑娃的周围。黑娃对这种崇拜已经没有兴趣而且失掉自信,原因是他自己也崇拜起另一个人来,那是鹿兆鹏。鹿兆鹏是从神禾村转回本村学堂的,他年龄不算最大,书却读得最高。徐先生把他叫到自己的寝室单个儿面授,已经是《中庸》了。他很随和,一双深眼睛上罩着很长很黑的眼睫毛,使人感到亲近。他的弟弟鹿兆海也是这种深眼睛和长睫毛。他爸鹿子霖,他爷鹿泰恒都是这种长条脸深眼窝长睫毛。鹿兆鹏自小在神禾村念书,黑娃难得和他接触,现在坐到相邻的两个方桌跟前,他就无法摆脱那个深眼窝里溢出的魅力。黑娃不由得在心里将鹿兆鹏兄弟和白孝文兄弟进行比较,鹿兆鹏鹿兆海兄弟使人感到亲切,甚至他们的父亲鹿子霖也使人感到亲切。鹿子霖常常在街巷里猛不防揪住黑娃头上的毛盖儿,另一只手就抓住了他裆里的那个东西,哈哈大笑着胁逼他叫叔:“黑娃你崽娃子叫叔不叫?我把你这碎牛牛拔了去喂猫!”而白嘉轩大叔却总是一副凛然正经八百的神情,鼓出的眼泡皮儿总是使人联想到庙里的神像。黑娃知道白家对自家好却总是怯惧,他每天早晨和后晌割两笼青草,匆匆背进白家马号倒在铡墩旁边又匆匆离去,总怕看见白嘉轩那张神像似的脸。他坐在白家兄弟的方桌上,看着孝文孝武的脸还是联想到庙里那尊神像旁的小神童的脸,一副时刻准备着接受别人叩拜的正经相。孝文孝武念书写仿很用功,人也很灵聪,背书流利得一个栗子也不磕巴,照影格描写的大字满纸都被徐先生画上了红圈儿。黑娃已经取下一个文雅的学名叫鹿兆谦,名字是父亲求白嘉轩给取的。父亲说这娃儿野,又骚(顽皮),让他改改。白嘉轩说:“他养成了谦逊的品行,就不野也不骚了。谦谦君子嘛!他在鹿姓里属兆字辈,就叫兆谦,叫起来也顺口着哩!”徐先生点名鹿兆谦背书时,黑娃竟然毫无反应,惹得娃子们哄然大笑。学生们仍然叫他黑娃,兆鹏也叫他黑娃,只有孝文孝武记住了他爸起下的名字，每唤必是兆谦。每听到孝文孝武称呼的兆谦，黑娃就觉得增加了一分对白家兄弟的敬重，正像他惧怕白嘉轩而仍不失尊敬他一样。他终于耐不住白家兄弟方桌上的寂寞，把自己的独凳挪到鹿家兄弟的方桌边去了。

他一扬手接住鹿兆鹏扔过来的东西，以为是石子，看也不看就要丢掉。鹿兆鹏喊："甭撂甭撂！"他看见一块白生生的东西，完全像沙滩上白色的石子，放在手心凉冰冰的。他问："啥东西？"鹿兆鹏说："冰糖。"黑娃捏着冰糖问："冰糖做啥用？"鹿兆鹏笑说："吃呀！"随之伸出舌头上正在含化的冰糖块儿。黑娃把冰糖丢进嘴里，呆呆地站住连动也不敢动了，那是怎样美妙的一种感觉啊！无可比拟的甜滋滋的味道使他浑身颤抖起来，竟然哇的一声哭了。鹿兆鹏吓得扭住黑娃的腮帮子，担心冰糖可能卡住了喉咙。黑娃悲哀地扭开脸，忽然跳起来说："我将来挣下钱，先买狗日的一口袋冰糖。"

隔了几天鹿兆鹏又把一块点心小心翼翼地放到黑娃的手心里说："水晶饼。比冰糖比平常的点心都好吃。"黑娃瞅着手心里的圆圆的水晶饼，酥松的白得像雪似的皮儿上缀着五个红色的俏花点儿，手心里已经落着松散的皮屑。他觉得身上又开始颤栗，而且迅速传导到全身。他咬一咬牙却把那水晶饼扔到路边的草丛里去了。鹿兆鹏惊呆了，水晶饼在他也是稀罕的吃食儿，他省下一个来让给黑娃，却遭到如此野蛮的回报。他一把揪住黑娃的衣襟："黑娃，你狗日的给我拣回来！"黑娃一伸手也揪住兆鹏的领口："财东娃，你要是每天都能拿一块水晶饼一块冰糖来孝敬我，我就给你拣起来吃了。"他随之突然气馁了瓦解了："我再也不吃你的什么饼儿什么糖了，免得我夜里做梦都在吃，醒来流一摊涎水……"鹿兆鹏松了手，似乎也颤栗了一下，就把一只手搭到黑娃肩头拥着走了。

冰糖给黑娃留下了难以磨灭的美好而又痛苦的向往和记忆，他愈来愈明晰，只有实践了他"挣钱先买一口袋冰糖"的狂言才能解除其痛苦。后来他果真得到了一个大洋铁桶装着的雪白晶亮的冰糖，那是他和他的弟兄们打劫一家杂货铺时搜到手的。弟兄们用手抓着冰糖往嘴里填往袋里装的时候，他猛然颤栗了一下，喝道："掏出来，掏出来！把吞到嘴的吐出来！"他解开裤带掏出生殖器，往那装满冰糖的洋铁桶里浇了一泡尿。

除了兆鹏的冰糖，还有徐先生抽的一顿板子也给他留下了记忆。背不过书写错了字挨徐先生的板子已不算什么耻辱，学堂里几乎找不出一个侥幸者，兆鹏兄弟孝文兄弟虽然全是好学生，也照样被板子抽打手掌，只不过次数少些而已。那天后晌，徐先生指派黑娃到河滩柳林里去砍一根柳树股儿。黑娃能被徐先生委以重任心里觉得很荣耀，又可以到柳絮吐黄的河滩里畅快一番。他看见兆鹏朝他挤眼儿，就向徐先生提出："让兆鹏一块去给我搭马架儿，柳树太高爬不上去。"徐先生应允了。他忽然觉得也应该让孝文分享一下这种幸运，就说："俺屋没有斧头，孝文家有一把，快得跟剃头刀一样。"徐先生又点头默许了。三个伙伴走出白鹿村村口，看见独庄庄场里围着一堆人，黑娃说："那儿给牛打犊给马配驹，看看热闹去。"

他们从围墙破缺的塌口看见，一头皮毛油光乌亮的黑驴正和一匹枣红马咬仗，咬脖子咬尻咬嘴又不像是真咬，红马和黑驴都张着嘴露出宽扁的牙齿，又吊下一串串黏稠的涎水。庄场的主人白兴儿，伸出可笑的手把枣红马拽进围栏，拴住了缰绳，黑驴跟过来钻进围栏的敞口，就跳上了枣红马的脊背。三个人都瞪圆了眼睛，屏住了呼吸，胸膛里开始发憋发闷。黑驴的前蹄踏在红马的背上，张口咬住了红马脖子上的长鬃。白兴儿伸手托起黑驴后里的一条二三尺长的黑黢黢的家伙，随之就消失了，红马浑身颤抖着咴儿咴儿叫起来。孝文惊奇地说："看看那只手！"黑娃用眼睛禁斥了孝文一下。

白兴儿的手指，像鸭子的脚掌一样，由一层薄皮连结在一起。白兴儿的爷爷是这种手，他的儿子生下来还是这种手，人叫白连指儿。据说这连指儿最适宜做牲畜配种的事。

三个人默默地离开庄场朝河滩走去，谁也不说话。黑娃突然伸出手在兆鹏裆里抓了一把:"噢呀! 硬得跟驴毬一样!"兆鹏红了脸也在黑娃裆里报复了一下:"你也一样!"他们不好意思动手试探孝文,孝文比他们都小,只是逼问:"孝文你自个说实话,硬不硬?"孝文哇的一声哭了:"硬得好难受!"

他们轻而易举地砍了一根柳树股儿,又折了一堆柔软的柳条儿,捋下皮来,用白生生的柳枝编织蚂蚱笼儿,把黑驴压着红马的令人不舒服的事忘记了。回到学堂,已经放学,徐先生又让黑娃把那根柳木棍儿用斧头削平刮光,然后接到手掂了掂说:"你三个跪下,把手伸出来!"徐先生不偏不倚,一人一板,从左边挨个儿打到右边,再从右边挨个儿打到左边。三个人谁也不招认在去河滩以前曾经到庄场看过黑驴和红马配驹儿的事,黑娃因此佩服孝文也是个硬头货。徐先生打了每人十个板子,说:"你们啥时候说了实话再起来。"就背抄着手在庭院里悠悠然踱着方步。三个人偷偷交换一下眼色,黑娃悄悄说:"咋么也没想到砍柳树股儿是为做板子。"天擦黑时,三个人的家长不约而同找到学堂,看见了一排溜儿跪在祠堂台阶下的儿子。刚直不阿的徐先生背抄着手冷着脸说:"问问你们的娃子到啥场合去了!"白鹿村三个最珍爱面子最要脸皮的人一下子气得脸孔蜡黄,手直哆嗦。随和可亲的鹿子霖率先抽了兆鹏一记耳光。这完全出乎黑娃的意料,他想绝对应该是火暴脾气的父亲先动手揍他,或者是令人敬畏的白嘉轩大叔先教训孝文……继兆鹏被连续几个耳光击倒之后,黑娃觉得自己屁股上挨了重不可负的一击就狗吃屎似的趴下了,眼前霎时一片金光又一片黑暗。

当他醒来时,已经是一个温馨的早晨,睁开眼看见了白嘉轩大叔的脸,和蔼地笑着。这是黑娃第一次看到白嘉轩大叔的笑颜,不禁奇怪起来,这张脸原来也会笑,笑起来也十分动人。母亲破例给他煮了三个荷包蛋,催他吃下。白嘉轩笑着说:"黑娃,夹上书上学去。"父亲在旁边说:"算了算了,这东西不成器不说,倒把孝文给引坏了!"白嘉轩收了笑容说:"我说让他弄个五品七品是说笑,念些书扎到肚子里却是实情,你该明白'知书达理'这话? 知书以后才能达理。"说着就抓住黑娃的手,拽着走了。黑娃无法拒绝那只粗硬有力的手，一直把他拽进学堂。那只手给他留下了复杂的难忘的记忆。

这年冬天，兆鹏兆海兄弟俩离开白鹿村，到朱先生坐馆的白鹿书院念书去了，刘谋儿赶着青骡拉着的木轮大车，车上装着被卷和一口袋面粉，鹿子霖坐在车厢里亲自送儿子去高等学馆。徐先生也来送行。兆鹏兆海恭恭敬敬地向徐先生作揖鞠躬。兆鹏跑过来抓住黑娃的手捏了捏，就上车去了。黑娃又感到一阵痛苦的颤栗，兆鹏把一块冰糖留在他的手心里了。两年之后，孝文孝武兄弟俩也坐上父亲鹿三赶着的黄牛拽着的大车到白鹿书院去了，车上照样装着铺盖卷和一口袋面粉。他送他们上路以后，就从学堂里提着独凳走出来，同徐先生深深地鞠躬，很诚恳地说："先生啥时候要砍柳树股儿，给我捎一句话就行了。"徐先生嘴巴两边的肌肉扭动了两下，没有说话。黑娃扛起独凳就走出了祠堂的大门。

导 读

《白鹿原》开头引用巴尔扎克的话——小说被认为是一个民族的秘史。陈忠实努力践行写"秘史"的创作目标，以史诗般的雄大笔触，讲述中国北方黄土地上的家族故事，以一个家族的兴衰见证20世纪中国民主革命和社会革命曲折而触目惊心的历史变迁。小说写到大革命、日寇入侵、解放战争，白鹿原王旗变幻，翻云覆雨，家仇国恨，纠结交错，冤冤相报，周而复始，展现了中国北方农村社会悲凉多难的历史画卷。作者在时代变迁的大背景中刻画各种人物的命运，如白嘉轩、鹿子霖、鹿三、朱先生等，都是令人印象深刻的很有个性的人物，又都从不同侧面展示了深刻历史文化内涵。作者在塑造人物和叙说命运时，渗入了对于民族文化精神的思考与批判。阅读《白鹿原》这部现实主义杰作时，除了关注历史变迁给人们带来的各种命运遭际外，还会被其中传奇甚至魔幻的写法所吸引。比如白嘉轩六娶六丧，直到把出现过白鹿的一块地买回，才时来运转；鹿三杀死被他视为荡妇的儿媳田小娥，被鬼魂附体，还引起一场瘟疫；革命者白灵牺牲后，托梦给她的亲人等，都是现实与虚幻相交织。一方面，这是农村生活的写照——传说与魔幻是传统农村生活的有机部分；另一方面，这种现实中不缺传奇与魔幻的写法，如同"野史"，也给阅读带来丰富的想象。

这里选收的是《白鹿原》第五章。写的是主人公白嘉轩的基业逐步殷实，两个儿子也到了该上学的年龄时，白嘉轩利用他做族长的权力，策划了一件重要的事情，就是翻修祠堂，在祠堂中创建家族学堂。翻修祠堂是希望重整家族体制，而在祠堂中建立学堂，又意味着传统的以家族为纽带的子女教育的式微和现代教育体制（学堂）的建立。这是发生在乡土中国的微妙的时代变迁。小说中所写人们的家族记忆、对修祠堂敬祖宗的热诚与"孝心"、对新学堂所寄托的仍然属于小农社会耕读继世的期望，以及学堂开馆所追崇的"仁义"宗旨，全都透露出时代变化新旧参半的影像。阅读时注意从这些细节描写中去感受和思考其文化含义。

关于祠堂和村庄历史的那几段描写，也是传说与现实相交织，透露着对于历史兴衰的感叹，表达了对历史的独特感悟。这一基调也是贯穿全书的。最好能通读《白鹿原》全书，可以更全面地领略这部巨著的艺术魅力。

思考题：

1. 读过一遍之后，回头梳理一下，看作者是怎样写修祠堂这件事情的，重点写什么，如何处理细节，从中能看到作者是什么态度。其实这也是小说常用的方法之一。

2. 一个个家族都有各自的历史，兴衰交替，生生不息。作品中白氏家族和祠堂兴衰的那几段描写，是否也引起了你对自己家族历史的想象？和家长讨论一下这个问题，也许能追根溯源，写点儿有关自己家族或者亲人的故事。

第十六章 海 子

海子(1964—1989),20 世纪 80 年代“后朦胧”诗歌代表诗人。原名查海生,生于安徽怀宁县高河查湾村。1979 年考入北京大学法律系,1983 年毕业,任中国政法大学哲学教师。1989 年 3 月,在山海关附近卧轨自杀,年仅 25 岁。

在 1982 年至 1989 年短短的 7 年创作之中,海子共留下了近 300 首完整的抒情诗,其中创作于 1984 年的《亚洲铜》《阿尔的太阳》是其成名作,比较有名的抒情诗还有《面朝大海,春暖花开》《祖国(或以梦为马)》《麦地》等。创作后期有《河流》《传说》《但是水、水》等长诗,一部包含 7 篇长诗的诗剧《太阳》,一部幻想、仪式剧《弑》。除此以外,海子还留有大量未及展开的断章、札记。

海子是后朦胧诗人的代表。相对于北岛等朦胧诗人对“五四”文学传统的继承、对知识分子精神立场的坚守,后朦胧诗人更注重对个人心灵的探寻,并深受西方现代主义文学影响。海子总是从哲学的意义上来确认诗歌的价值。他相信有一种“伟大的诗歌”,如雅斯贝斯所说的,“毁灭自己于深渊之中,毁灭自己于作品之中”。这是一种“生命本体论”的诗学观,要求将伟大文本与伟大生命人格实践合而为一。诗歌之所以伟大,正是因为诗人的疯狂气质与悲剧的命运。为了“伟大的诗歌”这一理想,海子付出了生命的代价。这里选收的是海子的《祖国(或以梦为马)》。

祖国（或以梦为马）[①]

我要做远方的忠诚的儿子
和物质的短暂情人
和所有以梦为马的诗人一样
我不得不和烈士和小丑走在同一道路上

万人都要将火熄灭　我一人独将此火高高举起
此火为大　开花落英于神圣的祖国
和所有以梦为马的诗人一样
我借此火得度一生的茫茫黑夜

此火为大　祖国的语言和乱石投筑的梁山城寨
以梦为上的敦煌——那七月也会寒冷的骨骼
如雪白的柴和坚硬的条条白雪　横放在众神之山
和所有以梦为马的诗人一样
我投入此火　这三者是囚禁我的灯盏　吐出光辉

万人都要从我刀口走过　去建筑祖国的语言
我甘愿一切从头开始
和所有以梦为马的诗人一样
我也愿将牢底坐穿

众神创造物中只有我最易朽　带着不可抗拒的死亡的速度
只有粮食是我珍爱　我将她紧紧抱住　抱住她在故乡生儿育女
和所有以梦为马的诗人一样
我也愿将自己埋葬在四周高高的山上　守望平静的家园

---

① 海子.海子的诗[M].北京：人民文学出版社，2005.

面对大河我无限惭愧
我年华虚度　空有一身疲倦
和所有以梦为马的诗人一样
岁月易逝　一滴不剩　水滴中有一匹马儿一命归天

千年后如若我再生于祖国的河岸
千年后我再次拥有中国的稻田　和周天子的雪山　天马踢踏
和所有以梦为马的诗人一样
我选择永恒的事业

我的事业　就是要成为太阳的一生
他从古至今——“日”——他无比辉煌无比光明
和所有以梦为马的诗人一样
最后我被黄昏的众神抬入不朽的太阳

太阳是我的名字
太阳是我的一生
太阳的山顶埋葬　诗歌的尸体——千年王国和我
骑着五千年凤凰和名字叫“马”的龙——我必将失败
但诗歌本身以太阳必将胜利

导　读

海子的诗歌道路可划分为两个阶段：抒情短诗阶段与史诗阶段。他的短诗单纯、简洁、流畅、想象力充沛，构造了一个充满“母性”与“水质的爱”的浪漫世界，常用“大地”“麦子”“少女”“村庄”等带有“原型”意味的意象。后期致力于“史诗”“大诗”的写作，特别突出“太阳”的意象。从抒情短诗出发，经由叙事，抵达“史诗”，是海子的诗歌创作历程。

写于 1987 年的《祖国（或以梦为马）》是海子最重要的抒情诗之一，明确地传达出海子的诗歌抱负，也可以说是理解海子的入门诗。诗歌中的情境，可以设想为海子在梦中巡游祖国大地，或者是以梦的方式，对一切友人和读者完成一次“明志”。海子所热爱的只有诗歌和它所承载的真理，他决心以生命来实践这种理想。

我们可以通过海子常用的意象来进入这首诗歌。“土地”与“太阳”是海子抒情的两个基本对象。在他的诗歌中，太阳是“父本”的象征，标志着文明、认知、理想；而大地则是“母本”的象征，意味着原始的世界，象征着孕育、收藏、诞生与死亡等原始存在。同时，太阳又是海子自己的化身，是他对自己的诗化想象；大地既是存在的本源，也是存在的本体和表象；“故乡”“土地”“麦地”“村庄”都是其不同的化身。诗中的“祖国”不能仅仅理解为现实时空中的祖国，更应当理解为“诗歌的国度”“母语和自由”，甚至理解为“最终的母体”“安息的归宿”。海子是一个为诗歌而生的人——“我要做远方的忠诚的儿子/和物质的短暂情人”，他不仅想要回归大地母体——“我甘愿一切从头开始”，也想要抵达终极——“太阳是我的名字/太阳是我的一生”。

诗中的诗人就是海子精神世界的自我形象，他深陷于重重不得度的黑夜之中，却愿独自举起太阳的火焰，“此火为大”，是他在黑暗中的唯一慰藉，是在上帝消失后的世界中仅存的神性光辉。身处海德格尔所谓的“贫瘠的时代”，海子睿智地找到了通向神性的途径，这就是土地上最原始的存在：“大地”这一壮丽语境之中的生命、爱、统治、循环等最基本的母体，也是诗中的祖国。海子是一个诗歌的理想主义者，同时也是一个人生的悲观主义者，他的作品中透出一种智慧与高贵、孤独与愤激。他把诗歌看作现代漂泊者的灵魂居所，专注于对存在本质的追寻与生命意义的探究，一往情深地追寻精神家园，梦想着能够创造一种“民族和人类的结合，诗和真理合一的大诗”。

思考题：

1. 反复诵读此诗，寻找并体会海子对“伟大的诗歌”的追求，以及支撑这种追求的精神世界。

2.《祖国（或以梦为马）》这首诗的中心意象是什么？如何理解诗人的“以梦为马”？

第十七章　贾平凹

高中语文课中已经学过贾平凹的散文《秦腔》，这里再阅读长篇小说《秦腔》。

贾平凹（1952—），当代著名作家，以乡土小说创作为主，也写有大量散文。第七届茅盾文学奖获得者。陕西丹凤人，1972 年进入西北大学中文系学习，并开始发表作品，毕业后曾任陕西人民出版社文艺编辑、《长安》文学月刊编辑，此后一直在西安生活、写作。1978 年获全国优秀短篇小说奖（《满月儿》）；1984 年获全国优秀中篇小说奖（《腊月·正月》）；1987 年获美国美孚飞马文学奖（长篇小说《浮躁》）；1993 年长篇小说《废都》出版，引起巨大争议；2005 年以《贾平凹长篇散文精选》获鲁迅文学奖；2008 年以《秦腔》获第七届茅盾文学奖。从 20 世纪 70 年代至今，贾平凹一直保持着旺盛的创作力，是当代最畅销作家之一。

贾平凹是一位富有地域文化特色、具有传统文人趣味的作家，被公认为“陕军作家”的代表。他以陕西的自然和人文景观为作品底色，刻画了陕西传统农村社会在大的历史变迁中发生的社会秩序、价值观和人生方式上的变化，他的作品中也包含了一些与当地民俗相关的神秘现象。1993 年出版的《废都》是其少有的写都市题材的作品。此后，贾平凹再度把笔触转向农村题材，力求原汁原味地表现当代农村“原生态”的生活，长篇小说《秦腔》是这一脉创作的代表作。

《秦腔》写的是中国进入新世纪以后，西北农村发生巨大结构变化后的现实图景。清风街有白家和夏家两大户，生得美貌又会唱秦腔的白雪嫁给了夏家长子夏风。小说的叙述者“我”名叫引生，是个没人关心的傻子。他爱恋着白雪，甚至为了白雪阉割了自己。选段讲述的是引生跟着白雪的剧团到竹林关镇演出，村民来看的不是秦腔而是白雪。白雪因怀孕而不能演出后剧团和村民爆发了冲突。引生看管的秦腔脸谱马勺也被村民偷走，引生因此被赶出了剧团。清风街上已经没有了大悲痛与大欢乐，秦腔艺术无人问津，只剩下一地琐碎的鸡毛。

秦腔（节选）①

这天下午，君亭就睡在了夏天智家。他是心松了下来又多喝了酒，一进夏天智家就醉睡不苏醒。老两口拖他到炕上，盖了被单，出去到地里转了一圈，回来君亭还在睡着，而炕下吐了一堆东西。四婶一边清除，一边骂君亭，但君亭还是没醒，直睡了两天两夜。

你有没有这样的经验：当你在山上，再高的山，山上什么也没有，可你只要一屙屎，苍蝇就出现了。你挖一个水塘，什么也不放，只放水，水在塘里只有半年水里就生出鱼了。我终于背着行李要去县剧团，恰走时想见见君亭，因为我觉得我这一去，说不准就从此脱下了农民这张皮，不受君亭领导了。但君亭在夏天智家醉睡不起，我在夏天智家的院墙外转了转，没敢进去。夏天智家的西隔壁是水牛家，水牛他奶八十岁了，坐在墙根梳头，白头发掉下来她绕成一个小团往墙缝里塞，我突然产生了一个怪念头，就脱下褂子捉虱子，夏季里虱子少，毕竟还捉住了一只，便也塞进了墙缝里，还用土糊了糊缝口儿。虱子是最古老的虫子，我想把我的虫子留下来。

① 贾平凹. 秦腔[M]. 北京：人民文学出版社，2013.

我到了县剧团，夏中星他没有失信，就让我跟随他们去巡回下乡，负责保管和展览秦腔脸谱马勺。但他对我的要求十分严格：下乡期间，我不离马勺，马勺不离我，保证马勺不得损坏和丢失。我说："马勺是我爷，我是它孙子，行了吧！"中星梳他的头发，就那稀稀几根，在头顶上抹过来粘过去，说："头发少了。"我说："灵人不顶重发。"他快乐起来了，唱："王朝马汉一声叫，你把老爷×咬了？"唱完了，想起我是没那个的，就抱歉地笑笑。我不在乎这些，我关心的是另一件事，我说："我跟剧团下乡，白雪知道不？"中星说："知道。"我说："她没说啥吧？"中星说："没说啥呀！"我说："哇！"夏中星说："你咋啦？"我说："没啥，没啥。"

第一站我们去的是竹林关镇，出发时，我看见白雪上了那辆大卡车，我也往大卡车上爬，中星却把我拉下来，让我坐到一辆拖拉机上。拖拉机上装着戏箱和那些脸谱马勺。拖拉机在山路上摇摇晃晃走了大半天，我突然想到我塞在墙缝里的那只虱子，虱一定是饥瘪了，但瘪了的虱即便成麦麸子一样，见风就飘，飘到人的身上就咬住吸人血，飘到猪的身上就咬住吸猪血。我一路都在指挥着我的虱，先去咬了丁霸槽，这是要向他显示，再去咬了白恩杰，还是向他显示，最后去咬夏天智，夏天智觉得脖子上痒，手一摸，捉住了，说："虱子？我身上生了虱子？！"他用两个指甲要挤死虱子，一股风把虱子却吹跑了。

到了竹林关镇，镇上有个骡马会馆，是清朝年间这一带骡马商队修的祭祀神灵的地方，也是来往歇脚点。骡马会馆现在是破烂不堪了，只剩下一个戏楼和一个后殿。戏就在戏楼上演，马勺的展览布置在后殿。我和白雪见面不多，他们排戏和休息在镇上的一个大仓库里，我要看管马勺，就只能一个人睡在后殿。

剧团是白天演一场，晚上演一场。每次演出前，中星都要上台，都要讲秦腔是国粹，是优秀的民族文化传统，我们就要热爱它、拥护它，都来看秦腔；秦腔振兴了，我们的精气神就雄起了。再要讲这次演出是在县委、县政府的正确领导和无微不至的关怀下，剧团全体人员经过精心排练，推出的最有代表性的秦腔戏，是把最好的艺术奉献给大家。当然，他还讲了为配合这次秦腔巡回演出，专门组织了一个秦腔脸谱展览，也希望大家能踊跃去参观。他的这些话，像君亭在清风寺里念报纸和文件一样，念者慷慨激昂，听者却无动于衷，戏台下人来得并不多，来的人又都不喝彩，不鼓掌。中星最后说“谢谢”，自己就走下台了。

看戏的人不多，参观脸谱马勺的人就更少，原本我也该讲讲秦腔的历史以及这些脸谱的含义和特点，但这些我却说不出来。我能介绍的只是这些脸谱是清风街一位退休老校长画的，夏天智是谁，是剧团里白雪的公公。来人听到白雪，他们就来兴趣了，说白雪的戏唱得好，一听她唱戏把人听得骨骨节节都酥了，说白雪吃什么喝什么了，咋就长得那么亲，是不是干净得不屙不尿连屁都没有？我可以这么说，他们不能这样说，他们好比是从花园子边路过，看见一朵玫瑰花，称赞过这花好，就要用手去摘它，或者突然怨恨了，向花撇一把土，吐一口痰。我当然就发怒了，把他们往出赶，几次差点儿打起来。这么着，参观的人就更少了。但一连三次来过一个人，人长得怪难看的，说话都咬文嚼字，口袋上插了个钢笔，他是每次看完戏又来参观，听说脸谱马勺是白雪的公公画的，而我又同白雪是一个村的，就不停地打问白雪的事。我警惕了，问：“你干啥的？”他说：“我是白雪的戏迷。”他这号人竟然也是白雪的戏迷，我就得考察他是迷了戏还是迷了人？没想他竟说他看过白雪所有的戏，还为白雪写了诗赞。我说：“你写诗赞？你念念！”他真的张口就念了，他念得的确好，从此我就把这诗赞永远记住，没人时就自己念诵了。

这诗赞是这么说的：州河岸县剧团，近十年间一名旦。白雪著美名，年纪未弱冠。态惊鸿，貌落雁，月作眉，雪呈靥，杨柳腰，芙蓉面，颜色赛过桃花瓣。笑容儿可掬，愁容儿堪羡，背影儿难描，侧身儿好看，似牡丹带雨开，似芍药迎风绽。似水仙凌清波，似梨花笼月淡。似嫦娥降下蕊珠宫，似杨妃醉倒沉香畔。两泪娇啼，似薛女哭开红杜鹃。双跷缓步，似潘妃踏碎金莲瓣。看妙舞翩翩，似春风摇绿线。听清音袅袅，似黄莺鸣歌院。玉树曲愧煞张丽华，掌中影羞却赵飞燕。任你有描鸾刺凤手，画不出倾国倾城面。任你是铁打钢铸心，也要成多愁多病汉。得手戏先说一遍：《梅绛雪》笑得好看，《黄逼宫》死得可怜。《串龙珠》的公主，《玉虎坠》的王娟。《飞彦彪》的忽生忽旦，《双合印》的裹脚一绽。更有那出神处，《二返安》一出把魂钩散，见狄青愁容儿一盼——怨；库宝刀轻手儿一按——慢；系罗帕情眼儿微倦——干；抱孩子笑庞儿忽换——艳。看得人神也昏，望得人目也眩，挣出一身风流汗。把这喜怒哀乐，七情毕现且莫算，武兰儿熟且练。《姬家山》把夫换，《撮合山》把诗看。穆桂英《破洪州》，孙二娘《打店》。纤手儿接枪，能干；一指儿搅刀，罕见。回风的一条鞭，拨月的两根剑。一骑桃花如掣电，脚步儿不乱；三尺青锋如匹练，眼睛儿不眩。筋斗云凌空现，心儿里不跳，口儿里不颤。鹁鸽窠当场旋，两脚儿不停，一色儿不变。听说白雪把戏扮，人心慌了一大半，作文的先生抛了笔砚，老板的顾不得把账看。担水的遗桶担，缝衣的搁针线，老道士懒回八仙庵，小和尚离了七宝殿。还有那吃烟的把烟卷儿叨反，患病的忘了喝水，药片干咽。真个是不分贵贱，不论回汉，看得人废寝忘食，这才是乐而忘倦，劳而不怨，人人说好真可赞。

有了这长篇诗赞，我就在后殿里反复朗诵，来参观脸谱的人都疑惑惑地看我，他们看我，我也看他们，继续朗诵，他们就说：“这人脑子有病！”趔趄着脚往出走。中星来批评我，说：“叫你展览脸谱的，你来这儿练嘴皮啦？”我说：“我宣传白雪么！”中星说：“白雪用得着你宣传？你的职责是展出脸谱，你就得给人多讲脸谱的事！”我说：“这我不懂。”中星说：“你鼻子下的嘴呢，不会请教演员？”请教谁呀？我当然第一个想到去请教白雪，但我不敢，只好去请教演《拾玉镯》的王老师。我也知道还有个邱老师比王老师知识更多，邱老师却是男的，请教王老师其实还是为了容易接触白雪。但是，每次我去找王老师，旁边的白雪就走开了。一次吃饭，我明明看见白雪和几个演员拿着碗去伙房，我就鼓了勇气迎面朝她走，而白雪看见了我，却折身又回到仓库的宿舍去。演员们喊：“白雪，你还吃不？”白雪说:“你们先去吧,我过会儿来。”我知道她又在避我,只好打了一碗菜,筷子插了两个蒸馍回到后殿去。后殿里没有一个人,听得见老鼠在什么地方跑动和啃东西。顿顿脚,响声停了,脚一停,响声又起。我放下碗坐在那里吸纸烟,听起远处隐隐的人笑。

我只有在晚上演出时才能睁大了眼睛看白雪。她在台上演《藏舟》,唱道:“耳听得樵楼上三更四点,小舟内难坏了胡氏凤莲,哭了声老爹爹儿难得见,要相逢除非是南柯梦间。”台上演的是更深静夜,台下正好也是弯月当空,我想,一只小船儿浮漂在江心,船上一个女人唱着歌诉她的哀伤,我的眼泪就下来了。这时候,有人在拍我的肩,回过头来是王老师。她说:“你哭啦?”我说:“白雪在船上一唱我眼泪就止不住了。”她说:“是胡凤莲在船上唱。”我说:“噢,是胡凤莲。”她说:“你不知道吧,这段唱腔是我设计的,胡凤莲因爹死后十分悲痛,但她是在船上,又处在复杂的心理状态下,再加上夏公子还在身边,所以设计的唱腔节奏平稳,旋律和缓,才符合她的身份。你这一哭,正是我想要的效果!”她是在夸耀她哩,我就不哭了,擦眼泪,可眼泪越擦越多,最后竟哭出了声。戏台子上,白雪还在划船,她走起了碎步,像水上漂,漂过来漂过去,我觉得满台上都是水,水从台子上溢下来,戏台子下面就全是水了。突然,白雪是身子一个趔趄,她捂住了嘴,几乎要倒下去呀,最后还是站住,锣鼓点子就乱了。这是严重的失场,别人看不出来,王老师看得出来,她“啊”了一下。我说:“锣鼓咋敲的?”她说:“白雪怀了孕,她犯恶心了。”我说:“唵?白雪怀孕了?!”王老师踢了我一脚,说:“喊啥哩!”

白雪真的是怀孕了。这消息其实在剧团里不是秘密,原本彩排时她就给中星说过,但白雪是台柱子,中星要求她继续上戏,到了实在坚持不下去了再说。这次失场后,白雪就再没出演A角,只在别的戏里跑跑龙套。对于白雪怀孕,我心里怪怪的,说高兴我高兴不起来,说难过也算不上是难过。已经有几次,我远远地留神过她,她蹲在那里呕吐,呕吐又呕吐不出来什么东西,然后就坐在那里不停地唾唾沫。她离开了,我走过去，那块地方被她唾得像落了一层雨，我就可怜起了她。但我能给她做些什么呢？第二天的晚上戏演完后，我瞧见她和另一个女演员去镇街口买烧鸡，另一个女演员买了一块酱鸡肉，她却要买辣鸡肉，说："口寡得很，啥都不想吃，就馋辣鸡肉。"另一个女演员说："酸男辣女，你要生个女娃呀！"她说："那就来个'贵妃'！"我还糊涂她怎么说"贵妃"？她买了一个鸡腿一个鸡翅高高兴兴走了，我才明白鸡腿是"跪"，鸡翅是"飞"。我就过去对卖烧鸡的小贩交待，叫他每晚戏毕后提了盒子到仓库宿舍那儿去卖。

白雪不出演A角了，看戏的人越发少，急得中星嘴上起了火泡，要求晚上演出前两个小时就得"吵台"。来参观脸谱的就更少，我虽然从王老师那儿学到了一些秦腔的知识，但仍是不够，我说："王老师，你给我写个什么东西，我把它抄了贴在墙上，可能来参观的人就会多的。"王老师说："你想了个美！我怎么给你写这些，就是我给你写，我有时间吗?!"她伤了我，我就再不愿提说了。可是到了午饭前，她却主动来给我说，她同意给我写的，我就买了一个烧鸡腿谢她。午饭后，演员们都休息了，我睡不着，到村边的小河里去洗澡，我没有想到小河边的树阴下坐着白雪，白雪趴在石头上写什么。我几次都要走近去，抬了脚又收回了脚，我怕我过去了白雪肯定要走的，不如她就坐在那里能让我好好地看着她。她低了头写，头发扑撒在面前，头发是那么黑，衬得脸是那么的白，写着写着写不下去了，抬了头，太阳从乌云里露出来了，嘴角咬起笔杆。笔杆前世是啥变的呀，这样有福！她又开始唾唾沫了，一口一口往河里唾，河里的鱼都是红鱼，向那里游，河里就红了一片。我就这么一眼一眼看她，她怎么抬手，怎么拧身，我说不出来，但我全装在眼里，等她已经离开走了，我眼前还是她坐着写字的神情模样！到了下午，王老师交给了我一份关于秦腔的介绍材料，字写得并不好，但清晰整洁。我说："我给你买鸡腿！"王老师说："得买一只整鸡！"可我把材料拿到后殿，在一张大红纸上抄写的时候我闻见了材料上的气味，这气味和先前我偷白雪的胸罩上的气味一样，我明白了这材料是白雪写的。王老师，你哄我，你哪儿肯写材料，你哪儿又能写了材料，你有这气味吗，一个老太婆了有这么香的气味吗？

材料上是这样介绍着秦腔：秦腔，又名秦声，是我国最早形成于秦地的一种梆子声腔剧种，它发端于明代，是明清以来广泛流行的南昆、北弋、东柳、西梆四大声腔之一。唱腔以梆子腔板腔体为主，除有“慢板”“二六板”“带板”“滚板”“箭板”“二倒板”等基本板式，还有“麻鞋底”等彩腔腔调十余种。板路和彩腔均有欢音、苦音之分，苦音腔最能代表特色，深沉哀婉，欢音腔刚健有力。凡属板式唱腔，均用真嗓，凡属彩腔，均用假嗓。伴奏曲牌分丝弦曲牌和管乐曲牌，数目甚丰，常用也有一百余首，如“小开门”“紫南风”“朝天子”“雁儿落”“柳生芽”“步步高”等。锣鼓经名目繁多，有慢、中、快、散四种类型，依其作用又有开场、动作、板头、曲牌锣鼓四种之别。乐队分文、武场，文场以胡琴为主奏，武场以鼓板为主奏。表演均以我国传统的戏曲虚实结合、且以写意为主，并采用虚拟的表现手法，有四功五法和一整套的程式，再加上世代的艺人的智慧运作和多方创造，形成众多“绝活”。角色有三大行十三小行，三大行为生、旦和花脸。十三小行是胡子生、老生、小生、武生、正旦、花旦、小旦、老旦、彩旦、武旦、大花脸、二花脸和三花脸。现存传统剧目三千多种，多为历史故事戏，剧中主要人物也多系帝王将相、忠臣义士、英雄豪杰和才子佳人。最擅长搬演袍带戏、扎靠戏和“光棍戏”。组班制统“四梁四柱”，“四梁”为头道胡子生、大花脸、正旦和小旦。“四柱”为二道胡子生、二花脸、小生和丑。这些行当要求唱念做打俱精，且有各自的绝招和拿手好戏。脸谱旦角多用墨绉纱包头、贴片子。丑角有梅花、蝙蝠、铜钱和全白脸等，净脸谱色块大，起窍高，面窄额宽，图纹多变，可分为花脸、白脸、黑脸、红脸和净脸。勾黑脸表示人物铁面无私，刚正不阿，如《铡美案》中的包拯。曹操、潘仁美因其骄横、霸道和奸诈，则勾白脸。勾红脸则表示人物有忠贞英武的性格特征，如关羽。还有特殊的脸谱勾法如旦角净扮，净角俊扮，生角净扮。

我感动着白雪为我写这么长的文字，也感叹她知道的这么多，明白她不离开剧团去省城，实在是她为了演戏而生的，我说：白雪，白雪，你真伟大！却就担心起她的身体了。她妊娠反应是越来越厉害，不出演了A角，看戏的人越发地少，少到有些寒碜。剧团又演了一个晚上，又演了一个晚上，戏毕吃宵夜，是一人一碗白菜豆腐汤和一个大蒸馍，大家就地坐了一圈吃喝，中星便喊我也坐过去吃。中星问："今日到你那儿看的人多少？"我说："四个人。两个老汉，一个婆娘，婆娘怀里抱了个娃。"一个演员就对我说："引生，你现在看见了吧，我们像不像个要饭的，背个铺盖四处流浪！"中星就训道："你怎么说这话！"那个演员说："好，好，为了振兴秦腔我们光屁股撵狼哩，不怕死也不知羞！这样说行吧？"我笑了笑，赶忙岔话，说："在竹林关镇还要演几天？"中星说："再演两场，就转到过云楼乡去，那里条件好哩。"另一个演员说："我佩服咱团长的革命乐观主义精神！来这儿前你说条件多好多好，可一场戏，咱挣死挣活地演哩，能有几个人看？"中星说："正因为人少，我才让镇上包场哩。"那演员说："一场包四五百元，还不够咱的枉累钱！即便吃亏赔本也行，你总得有人来看呀，中午加演的那一场，我现在脸还红哩。"我说："你们做演员的还有脸红的？"那演员说："演员总该长了脸吧？中午演到最后，我往台下一看，只剩下一个观众了！可那个观众却叫喊他把钱丢了，说是我拿了他的钱，我说我在台上演戏哩，你在台下看戏哩，我怎么会拿了你的钱？他竟然说我在台下看戏哩，你在台上演戏哩，一共咱两个人，我的钱不见了不是你拿走的还能是谁拿走的？"中兴黑了脸，说："我告诉你，你再这么编段子作践剧团，我就开除了你！"他站起来，对我说："走，不听他胡说八道了，我跟你到后殿说话去！"

到了后殿，中星说："演员里边有些人文化低，素质差，只算经济账不算政治账！"我说："这儿没人，你给我说实话，你也是当了一段时间的团长了，你说说这秦腔还有没有前途？"中星说："这话怎么说呢？"我说："恐怕有一天，剧团就散伙了。"中星说："剧团毕竟是一批人吃饭的地方么。"还要说什么，忽然听到一阵吵闹，就有人跑来找中星，说剧团收拾舞台的那些人和村人吵起来了，村人说戏台上是他们三户人家放麦草的地方，为演戏才腾了出来，应该给他们三户人家付腾场费。中星说：“镇上包了场，还给他们什么钱？让后勤科老王去处理吧。”那人走了，中星说：“咱整天说传承民族文化，秦腔就是民族文化的精粹啊，振兴秦腔应该是文艺工作者的责任。再说，如果没有了秦腔，群众文化生活就只有喝酒搓麻将？”我说：“问题是没人看秦腔么，真不如演歌舞，你知道不，清风街有个陈星，歌儿唱得好。”又有人跑来说：“团长，老王处理不了，双方打起来啦！”中星说：“好好说，打啥哩？别见风就是雨，让剧务科老张去，他能镇住！”那人走了，中星说：“你说唱流行歌，把剧团变成卡拉OK厅？！”我说：“陈星一唱歌，清风街的年轻人都去了，翠翠就是因为他能唱歌才和他好的。”又有人跑来了，说：“团长，老张毬不顶，打出血来了，你再不去就出人命啊！”中星说：“那快去叫派出所呀！”那人跑去了，中星说：“翠翠？是雷庆的小女儿……真要出人命呀？我得看看去！”

这个晚上，人命是没出，但事情闹大了，它牵连了我，不但失去了继续跟着剧团巡回演出的机会，更让我在白雪面前丢尽了脸面！事情是这样的：中星走后，我先一直在后殿里，而中星去了戏楼，剧团里的一些演员已经和竹林关镇的村人打成了一锅灰，当然是中星把演员们都撤回了仓库宿舍，宣布关上仓库大门，一律不准出外，要大便的先憋着，要小便的，男演员从北边墙角的那个窗口往外尿，女演员在隔开的那边门下往出尿。但村人的怒气并没有消，他们又撵来在仓库外叫骂，骂得很难听，甚至有了石头和瓦块打在了铁门上。我本来乖乖地呆在后殿，可我那时却操心起了白雪，我想双方打闹起来，白雪会不会也去现场了呢？即便她不会参与打架，但别人会不会撞了她呢？她可是有身孕的人，提着鸡蛋篮子过街，不怕咱挤人就怕人挤咱啊！还又一想，如果谁撞一下白雪也好，不要撞得太重，最好让我看见，我就会豁出命去扑上去和那人打，我打坏了他，我英雄，他打坏了我，白雪就会心痛我。这么一想，我就往仓库那边跑，竟没有关后殿的灯，门也没锁。等我跑到仓库，仓库大门前黑黝黝站了一伙人，石头瓦块往大门上砸，我偷偷溜到仓库背后的窗下，轻声喊：“喂，喂！”

仓库里静悄悄的,没人回答。前门的打砸声、叫骂声渐渐平息了,我又轻声喊:“团长,团长!”没人时我叫中星是中星哥,当着演员面我叫他夏团长。中星应了声,说:“谁?”我说:“走了走了。”中星趴在窗口说:“走了?”我说:“你们没事吧?”中星在仓库里说:“走了,走了。”话刚落点,电灯却灭了。仓库里一阵骚动,中星在说:“不许出去!电线铰断了就铰断吧,闭上眼睛都是个黑么!”仓库里又静下来,我听见有人放了一个很大的屁。这时候,远远的地方传来卖烧鸡的声音,说:“烧鸡——谁买烧鸡——”我对窗缝又叫:“夏团长,团长!”中星说:“你快回去睡去!”我说:“没事吧?”中星说:“没事。”我问的是白雪有事没事,但我不能提说白雪的名,又说:“真的没事?有卖烧鸡的。”中星就躁了,骂道:“你回去!”

我回到了后殿,打老远看见后殿的门敞开着,觉得奇怪:刚才我没锁门?心里就紧了!一进殿果然,殿里乱七八糟,有三个脸谱马勺被砸成了碎片,有四个断了勺把,我的被子上被浇了水,那一只碗在门口,是三瓣。狗日的,他们没有砸开仓库铁门,来我这里发泄怨恨了!我清理了一下脸谱马勺,一百二十个脸谱马勺,毁了七只,丢失八只。我一下子火冒了三丈,提了个条凳就冲出了后殿,跑到戏楼前,戏楼前没人,又跑到街口,街口没人,我狼一样地喊:“人呢,狗日的人呢?我日你娘了你打砸抢脸谱马勺?!”没人回应我,我抡起条凳往一个碌碡上砸,条凳的四个腿儿就全飞了。我扑沓在黑地上号啕大哭。

到了天明,剧团里有两个演员收拾了铺盖离团回县了,他们是早已联系了南方的一个演出班,因中星没允许才留下来,现在一走,大家心就乱了。中星挽留那两个演员没挽留住,却当着所有演员的面开始骂我,骂我没有保护好脸谱马勺:“你咋不死呢?你被打死了我给你申报个烈士,可你好好的你把马勺让打砸抢啦,你让我怎么给四叔交待?!”我说:“我给四叔赔!”中星说:“你拿啥赔?你拿毬赔呀,你还没毬哩!”骂我可以,他中星揭我的短我就生气了,何况当场还有白雪,而剧团人压根不知道我是自残过的。我说:“你当团长哩你这么粗野?”中星说:“你惹下乱子了我再给你笑？你滚！你给我滚！”我就这么离开了剧团。我在剧团里的失败，完全是一种天意，我是真不该保管和展览夏天智的秦腔脸谱的。在我走出了十米远，我回过头来，中星以为我要报复他，他说：“你要干啥？”我拿眼在人群里寻白雪，白雪就站在女演员中间，她头上别着一枚发卡，太阳把发卡照得像一颗星星，光芒乍长乍短。我深深地弯下了腰，鞠了一躬，头上的草帽就掉下去，我没有拾，我觉得整个脑袋都掉下去了。他们被我的举动惊呆了，全都鸦雀无声。但我终于再次扭转了身，迅速地跑开，眼泪就雨一样地洒了一地。

导　读

《秦腔》发表于2005年。在后记里，贾平凹说：“我决心以这本书为故乡树起一块碑子。”这部作品为在现代化过程中农村的变迁与传统式微提供了一幅全景图。

在《秦腔》中，代表着一种传统文化、一种民族象征的秦腔已处于几乎无人问津的边缘位置。而清风街上，也不再有完整的故事，只剩下一地鸡毛般琐碎而无趣的俚俗生活。贾平凹早期作品中对民间文化未来的乐观态度已不复存在，取而代之的是一种悲观情绪与乡俗文化在当代生活中的失位。

这是现实的变化导致了贾平凹叙述方式的变化，也构成了《秦腔》最鲜明的艺术特点。作者不再以“民间智慧代言人”自居，也主动放弃了知识分子阐释和言说的权利，叙述人从作家夏风变成了半癫的“我”(引生)。在整体架构上，不设定一个清晰的线条和明确的核心，而是采取所谓“密实的流年式的叙写”，“无序而来，苍茫而去，汤汤水水又黏黏糊糊”，以此来呈现乡村生活的“原汁原味”。这一作者承自明清“世情小说”的写作方式，在《秦腔》的描写中达到极致。精细的写实，栩栩如生的细节，行文状物都是地道的口语，令有西北农村生活经验的读者感到格外真实亲切，但也可能让其他读者略感生涩。

叙述者引生是清风街的孤儿，也是一个傻子。引生喜欢白雪不仅仅是因为她的美貌，还因为她会唱秦腔。秦腔这一古老的民间艺术在清风街慢慢地流失，因此引生对白雪的爱便不仅仅是简单的男女之爱，而是对某种文化或文化传承者的一往情深。夏风是清风街的知识分子，是见过“外面的新世界”的人，他与白雪的结合，产下了一个“怪胎”，白雪也因此难逃被抛弃的宿命。白雪和夏风各自代表了两个世界，白雪的被抛弃，不仅仅是个人命运，也有其象征意义。秦腔在小说中并没有占据很大的篇幅，而是处在若隐若现的边缘位置，并且常常受到清风街居民的冷落。清风街不再是过去的清风街，传统文化正在消失。

思考题：

1. 感受和体味《秦腔》独特的语言特色，试加分析。

2. 我们在高中语文课中学过贾平凹的散文《秦腔》，现在又读他的小说《秦腔》。结合这两篇作品的阅读感受，想一想，作者对秦腔这样的传统民间艺术的流失，持怎样的态度？《秦腔》同名散文和小说的表现有哪些异同？

第十八章　莫　言

莫言(1955—),原名管谟业,山东高密人,中国当代著名作家。小学五年级时因“文革”辍学回家务农。18岁时,到县棉花加工厂工作。1976年参军,先后任战士、政治教员、宣传干事。1981年发表处女作《春夜雨霏霏》。曾先后在解放军艺术学院文学系(1984—1986)和北京师范大学鲁迅文学院研究生班(1988—1991)学习。

1985年发表中篇小说《透明的红萝卜》,开始引起文坛注意。1986年发表中篇小说《红高粱》,反响强烈,据其改编的同名电影获第38届柏林电影节金熊奖。莫言因其早期乡土作品充满着“怀乡”以及“怨乡”的复杂情感,被归类为“寻根文学”作家。2011年8月,以长篇小说《蛙》获第八届茅盾文学奖。2012年10月11日,以《红高粱家族》《丰乳肥臀》《酒国》《生死疲劳》等作品获得诺贝尔文学奖。

莫言自1981年开始发表作品以来,已出版《红高粱家族》《天堂蒜薹之歌》《酒国》《檀香刑》《四十一炮》《生死疲劳》《蛙》等长篇小说;《透明的红萝卜》《爆炸》《金发婴儿》《欢乐》《怀抱鲜花的女人》《牛》《三十年前的一场长跑比赛》等中篇小说;《枯河》《秋水》《白狗秋千架》《冰雪美人》等短篇小说。

莫言的写作思维新颖独特,能够将古老文明的深厚积淀与现代性文学手法结合起来。他的创作深受拉美魔幻现实主义影响,构造出意象丰富的主观感觉世界,天马行空的叙述、激情奔放的文字,带有较强的“先锋”色彩。他笔下的“高密东北乡”,是一个现实而又神秘的文学“小世界”。阅读莫言作品时,尤其要注意他作品中的主观意象与现实世界的关系,才能理解看似轻飘神秘,实则扎根深远的文字内蕴。

这里选收《透明的红萝卜》。全文共六节,讲述的是一个顶着大脑袋的孤儿黑孩在生产队里饱受折磨却对此仿佛不知不觉,仍对美丽而神奇的生命充满向往的故事。片段选自第三节,讲述的是黑孩与小石匠、小铁匠、菊子姑娘、老铁匠一起吃萝卜、地瓜时,黑孩被透明的红萝卜所吸引的场景。第一、二节交代故事背景,小石匠带着黑孩去参加公社加厚滞洪闸的任务,黑孩被派在铁匠炉拉风箱,和小铁匠、老铁匠一起工作。小石匠与菊子姑娘经常关照黑孩。第四、五、六节讲述了小铁匠因嫉妒菊子姑娘与小石匠的爱情,捉弄小石匠,在与小石匠斗殴时失手弄瞎了菊子姑娘的眼睛。小石匠与菊子姑娘因此离开了公社生产队。而黑孩又一次被小铁匠逼着偷萝卜时,为了寻找透明的红萝卜而拔出了半园萝卜后,被看园人抓住。这里选的是第三节。

透明的红萝卜(节选)[①]

三

夜里,莫名其妙地下了一场雷阵雨。清晨上工时,人们看到工地上的石头子儿被洗得干干净净,沙地被拍打得平平整整。闸下水槽里的水增了两拃,水面蓝汪汪地映出天上残余的乌云。天气仿佛一下子冷了,秋风从桥洞里穿过来,和着海洋一样的黄麻地里的綷䌨之声,使人感到从心里往外冷。老铁匠穿上了他那件亮甲似的棉袄,棉袄的扣子全掉光了,只好

① 莫言.透明的红萝卜[M].北京:作家出版社,1986.收入本书时略有字句删改。

把两扇襟儿交错着掩起来，拦腰捆上一根红色胶皮电线。黑孩还是只穿一条大裤头子，光背赤足，但也看不出他有半点瑟缩。他原来扎腰的那根布条儿不知是扔了还是藏了，他腰里现在也扎着一节红胶皮电线。他的头发这几天像发疯一样地长，已经有二寸长，头发根根竖起，像刺猬的硬毛。民工们看着他赤脚踩着石头上积存的雨水走过工地，脸上都表现出怜悯加敬佩的表情来。

“冷不冷?”老铁匠低声问。

黑孩惶惑地望着老铁匠，好像根本不理解他问话的意思。“问你哩！冷吗?”老铁匠提高了声音。惶惑的神色从他眼里消失了，他垂下头，开始生火。他左手轻拉风箱，右手持煤铲，眼睛望着燃烧的麦秸草。老铁匠从草铺上拿起一件油腻腻的褂子给黑孩披上。黑孩扭动着身体，显出非常难受的样子。老铁匠一离开，他就把褂子脱下来，放回到铺上去。老铁匠摇摇头，蹲下去抽烟。

“黑孩，怪不得你死活不离开铁匠炉，原来是图着烤火暖和哩，妈的，人小心眼儿不少。”小铁匠打了一个百无聊赖的呵欠，说。

工地上响起哨子声，刘副主任说，全体集合。民工们集合到闸前向阳的地方，男人抱着膀子，女人纳着鞋底子。黑孩偷觑着第七个桥墩上的石缝，心里忐忑不安。刘副主任说，天就要冷，因此必须加班赶，争取结冰前浇完混凝土底槽。从今天起每晚七点到十点为加班时间，每人发给半斤粮，两毛钱。谁也没提什么意见。二百多张脸上各有表情。黑孩看到小石匠的白脸发红发紫、姑娘的红脸发灰发白。

当天晚上，滞洪闸工地上点亮了三盏气灯。气灯发着白炽刺眼的光，一盏照耀石匠们的工场，一盏照着妇女们砸石子儿的地方。妇女们多数有孩子和家务，半斤粮食两毛钱只好不挣。灯下只围着十几个姑娘。她们都离村较远，大着胆子挤在一个桥洞里睡觉，桥洞两头都堵上了闸板，只在正面留了个洞，钻进钻出。菊儿姑娘有时钻桥洞，有时去村里睡（村里有她一个姨表姐，丈夫在县城当临时工，有时晚上不回家睡，表姐就约她去作伴)。第三盏气灯放在铁匠炉的桥洞里,照着老年青年和少年。石匠工场上锤声丁当,钢钻子啃着石头,不时迸出红色的火星。石匠们干得还算卖劲,小石匠脱掉夹克衫,大红运动衣像火炬一样燃烧着。姑娘们围灯坐着,产生许多美妙联想。有时嘎嘎大笑,在时窃窃私语,砸石子的声音零零落落。在她们发出的各种声音的间隙里,充填着河上的流水声。菊儿放下锤子,悄悄站起来,向河边走去。灯光把她的影子长长地投在沙地上。"当心被光棍子把你捉去。"一个姑娘在菊儿身后说。菊儿很快走出灯光的圈子。这时她看到的灯光像几个白亮亮的小刺球,球刺儿伸到她面前停住了,刺尖儿是红的、软的。后来她又迎着灯光走上去。她忽然想去看看黑孩儿在干什么,便躲避着灯光,闪到第一个桥墩的暗影里。

她看到黑孩儿像个小精灵一样活动着,雪亮的灯光照着他赤裸的身体,像涂了一层釉彩。仿佛这皮肤是刷着铜色的陶瓷橡皮,既有弹性又有韧性,撕不烂也扎不透。黑孩似乎胖了一点点,肋条和皮肤之间疏远了一些。也难怪么,每天中午她都从伙房里给他捎来好吃的。黑孩很少回家吃饭,只是晚上回家睡觉,有时候可能连家也不回——姑娘有天早晨发现他从桥洞里钻出来,头发上顶着麦秸草。黑孩双手拉着风箱,动作轻柔舒展,好像不是他拉着风箱而是风箱拉着他。他的身体前倾后仰,脑袋像在舒缓的河水中漂动着的西瓜,两只黑眼睛里有两个亮点上下起伏着,如萤火虫幽雅地飞动。

小铁匠在铁砧子旁边以他一贯的姿势立着,双手拄着锤柄,头歪着,眼睛瞪着,像一只深思熟虑的小公鸡。

老铁匠从炉子里把一支烧熟的大钢钻夹了出来,黑孩把另一支坏钻子捅到大钢钻腾出的位置上。烧透的钢钻白里透着绿。老铁匠把大钢钻放到铁砧上,用小叫锤敲敲砧子边,小铁匠懒洋洋地抄起大锤,像抡麻秆一样抡起来,大锤轻飘飘地落在钢钻子上,钢花立刻光彩夺目地向四面八方飞溅。钢花碰到石壁上,破碎成更多的小钢花落地,钢花碰到黑孩微微凸起的肚皮,软绵绵地弹回去,在空中画出一个个漂亮的半圆弧,坠落下去。钢花与黑孩肚皮相撞以及反弹后在空中飞行时，空气摩擦发热发声。打过第一锤，小铁匠如同梦中猛醒一般绷紧肌肉，他的动作越来越快，姑娘看到石壁上一个怪影在跳跃，耳边响彻“咣咣咣咣”的钢铁声。小铁匠塑铁成形的技术已经十分高超，老铁匠右手的小叫锤只剩下干敲砧子边的份儿。至于该打钢钻的什么地方，小铁匠是一目了然。老铁匠翻动钢钻，眼睛和意念刚刚到了钢钻的某个需要锻打的部位，小铁匠的重锤就敲上去了，甚至比他想的还要快。

姑娘目瞪口呆地欣赏着小铁匠的好手段，同时也忘不了看着黑孩和老铁匠。打得最精彩的时候，是黑孩最麻木的时候（他连眼睛都闭上了，呼吸和风箱同步），也是老铁匠最悲哀的时候，仿佛小铁匠不是打钢钻而是打他的尊严。

钢钻锻打成形，老铁匠背过身去淬火，他意味深长地看了小铁匠一眼，两个嘴角轻蔑地往下撇了撇。小铁匠直勾勾地看着师傅的动作。姑娘看到老铁匠伸出手试试桶里的水，把钻子举起来看了看，然后身体弯着像对虾，眼瞅着桶里的水，把钻子尖儿轻轻地，试试探探地触及水面，桶里水“嗞嗞”地响着，一股很细的蒸气窜上来，笼罩住老铁匠的红鼻子。一会儿，老铁匠把钢钻提起来举到眼前，像穿针引线一样瞄着钻子尖，好像那上边有美妙的画图，老头脸上神采飞扬，每条皱纹里都溢出欣悦。他好像得出一个满意答案似的点点头，把钻子全淹到水里，蒸气轰然上升，桥洞里形成一个小小的蘑菇烟云。气灯光变得红殷殷的，一切全都朦胧晃动。雾气散尽，桥洞里恢复平静，依然是黑孩梦幻般拉风箱，依然是小铁匠公鸡般冥思苦想，依然是老铁匠如枣者脸如漆者眼如屎克螂者臂上疤痕。

老铁匠又提出一支烧熟的钢钻，下面是重复刚才的一切，一直到老铁匠要淬火时，情况才发生了一些变化。老铁匠伸手试水温。加凉水。满意神色。正当老铁匠要为手中的钻子淬火时，小铁匠耸身一跳到了桶边，非常迅速地把右手伸进了水桶。老铁匠连想都没想，就把钢钻戳到小伙子的右小臂上。一股烧焦皮肉的腥臭味儿从桥洞里飞出来，钻进姑娘的鼻孔。

小铁匠"嗷"地号叫一声，他直起腰，对着老铁匠恶狠狠地笑着，大声喊："师傅，三年啦！"

老铁匠把钢钻扔在桶里，桶里翻滚着热浪头，蒸气又一次弥漫桥洞。姑娘看不清他们的脸子，只听到老铁匠在雾中说："记住吧！"

没等烟雾散尽她就跑了，她使劲捂住嘴，有一股苦涩的味儿在她胃里翻腾着。坐在石堆前，旁边一个姑娘调皮地问她："菊儿，这一大会儿才回去，是跟着大青年钻黄麻地了吧？"她没有回腔，听凭着那个姑娘奚落。她用两个手指捏着喉咙，极力不让自己发出声音。

收工的哨声响了。三个钟头里姑娘恍惚在梦幻中。"想汉子了吗？菊儿？""走吧，菊儿。"她们招呼着她。她坐着不动，看着灯光下憧憧的人影。

"菊子，"小石匠板板整整地站在她身后说，"你表姐让我捎信给你，让你今夜去作伴，咱们一道走吗？"

"走吗？你问谁呢？"

"你怎么啦？是不是冻病啦？"

"你说谁冻病啦？"

"说你哩！"

"别说我。"

"走吗？"

"走。"

石桥下水声响亮，她站住了。小石匠离她只有一步远。她回过头去，看到滞洪闸西边第一个桥洞还是灯火通明，其他两盏气灯已经熄灭。她朝滞洪闸工地走去。

"找黑孩吗？"

"看看他。"

"我们一块去吧，这小混蛋，别迷迷糊糊掉下桥。"

菊子感觉到小石匠离自己很近了，似乎能听到他"砰砰"的心跳声。

走着，走着。她的头一倾斜，立刻就碰到小石匠结实的肩膀，她又把身子往后一仰，一只粗壮的胳膊便把她揽住了。小石匠把自己一只大手捂在姑娘窝窝头一样的乳房上，轻轻地按摩着，她的心在乳房下像鸽子一样乱扑棱。脚不停地朝着闸下走，走进亮圈前，她把他的手从自己胸前移开。他通情达理地松开了她。

“黑孩！”她叫。

“黑孩！”他也叫。

小铁匠用只眼看着她和他，腮帮子抽动一下。老铁匠坐在自己的草铺上，双手端着烟袋，像端着一杆盒子炮。他打量了一下深红色的菊子和淡黄色的小石匠，疲惫而宽厚地说：“坐下等吧，他一会儿就来。”

……黑孩提着一只空水桶，沿着河堤往上爬。收工后，小铁匠伸着懒腰说：“饿死啦。黑孩，提上桶，去北边扒点地瓜，拔几个萝卜来，我们开夜餐。”

黑孩睡眼迷蒙地看看老铁匠。老铁匠坐在草铺上，像只羽毛凌乱的败阵公鸡。

“瞅什么？狗小子，老子让你去你尽管去。”小铁匠腰挺得笔直，脖子一抻一抻地说。他用眼扫了一下瘫坐在铺上的师傅。胳膊上的烫伤很痛，但手上愉快的感觉完全压倒了臂上的伤痛，那个温度可是绝对的舒适绝对的妙。

黑孩拎起一只空水桶，踢踢踏踏往外走。走出桥洞，仿佛“忽通”一声掉下了井，四周黑得使他的眼睛里不时迸出闪电一样的虚光，他胆怯地蹲下去，闭了一会眼睛。当他睁开眼睛时，天色变淡了，天空中的星光暖暖地照着他，也照着瓦灰色的大地……

河堤上的紫穗槐枝条交叉伸展着，他用一只手分拨着枝条，仄着肩膀往上走。他的手捋着湿漉漉的枝条和枝条顶端一串串结实饱满的树籽，微带苦涩的槐枝味儿直往他面上扑。他的脚忽然碰到一个软绵绵热乎乎的东西，脚下响起一声“唧喳”，没及他想起这是只花脸鹌，这只花脸鹌就懵头转向地飞起来，像一块黑石头一样落到堤外的黄麻地里。他惋惜地用脚去摸花脸鹌适才趴窝的地方，那儿很干燥，有一簇干草，草上还留着鸟儿的体温。站在河堤上，他听到姑娘和小石匠喊他。他拍了一下铁桶，姑娘和小石匠不叫了。这时他听到了前边的河水明亮地向前流动着，村子里不知哪棵树上有只猫头鹰凄厉地叫了一声。后娘一怕天打雷，二怕猫头鹰叫。他希望天天打雷，夜夜有猫头鹰在后娘窗前啼叫。槐枝上的露水把他的胳膊濡湿了，他在裤头上擦擦胳膊。穿过河堤上的路走下堤去。这时他的眼睛适应了黑暗，看东西非常清楚，连咖啡色的泥土和紫色的地瓜叶儿的细微色调差异也能分辨。他在地里蹲下，用手扒开瓜垅儿，把地瓜撕下来，“丁丁当当”地扔到桶里。扒了一会儿，他的手指上有什么东西掉下，打得地瓜叶儿哆嗦着响了一声。他用右手摸摸左手，才知道那个被打碎的指甲盖儿整个儿脱落了。水桶已经很重，他提着水桶往北走。在萝卜地里，他一个挨一个地拔了六个萝卜，把缨儿拧掉扔在地上，萝卜装进水桶……

“你把黑孩弄到哪儿去了？”小石匠焦急地问小铁匠。

“你急什么？又不是你儿子！”小铁匠说。

“黑孩呢？”姑娘两只眼盯着小铁匠一只眼问。

“等等，他扒地瓜去了。你别走，等着吃烤地瓜。”小铁匠温和地说。

“你让他去偷？”

“什么叫偷？只要不拿回家去就不算偷！”小铁匠理直气壮地说。

“你怎么不去扒？”

“我是他师傅。”

“狗屁！”

“狗屁就狗屁吧！”小铁匠眼睛一亮，对着桥洞外骂道：“黑孩，你去哪里扒地瓜？是不是到了阿尔巴尼亚？”

黑孩歪着肩膀，双手提着桶鼻子，趔趔趄趄地走进桥洞，他浑身沾满了泥土，像在地里打过滚一样。

“哟，我的儿！真够下狠的了，让你去扒几个，你扒来一桶！”小铁匠高声地埋怨着黑孩，说，“去，把萝卜拿到池子里洗洗泥。”

“算了，你别指使他了。”姑娘说，“你拉火烤地瓜，我去洗萝卜。”

小铁匠把地瓜转着圈子垒在炉火旁，轻松地拉着火。菊子把萝卜提回来，放在一块干净石头上。一个小萝卜滚下来，沾了一身铁屑停在小石匠脚前，他弯腰把它捡起来。

“拿来，我再去洗洗。”

“算了，光那五个大萝卜就尽够吃了。”小石匠说着，顺手把那个小萝卜放在铁砧子上。

黑孩走到风箱前，从小铁匠手里把风箱拉杆接过来。小铁匠看了姑娘一眼，对黑孩说：“让你歇歇哩，闲着手痒痒？好吧，给你，这可不怨我，慢着点拉，越慢越好，要不就烤糊了。”

小石匠和菊子并肩坐在桥洞的西边石壁前。小铁匠坐在黑孩后边。老铁匠面南坐在北边铺上，烟锅里的烟早烧透了，但他还是双手捧烟袋，双肘支在膝盖上。

夜已经很深了，黑孩温柔地拉着风箱，风箱吹出的风犹如婴孩的鼾声。河上传来的水声越加明亮起来，似乎它既有形状又有颜色，不但可闻，而且可见。河滩上影影绰绰，如有小兽在追逐，尖细的趾爪踩在细沙上，声音细微如同毳毛纤毫毕现，有一根根又细又长的银丝儿，刺透河的明亮音乐穿过来。闸北边的黄麻地里，“泼刺刺”一声响，麻秆儿碰撞着，摇晃着，好久才平静。全工地上只剩下这盏气灯了，开初在那两盏气灯周围寻找过光明的飞虫们，经过短暂的迷惘之后，一齐麇集到铁匠炉边来，为了追求光明，把气灯的玻璃罩子撞得“哔哔啪啪”响。小石匠走到气灯前，捏着气杆，“噗唧噗唧”打气。气灯玻璃罩破了一个洞，一只蝼蛄猛地撞进去，炽亮的石棉纱罩撞掉了，桥洞里一团黑暗。待了一会儿，才能彼此看清嘴脸。黑孩的风箱把炉火吹得如几片柔软的红绸布在抖动，桥洞里充溢着地瓜熟了的香味。小铁匠用铁钳把地瓜挨个翻动一遍。香味越来越浓，终于，他们手持地瓜红萝卜吃起来。扒掉皮的地瓜白气袅袅，他们一口凉，一口热，急一口，慢一口，咯咯吱吱，唏唏溜溜，鼻尖上吃出汗珠。小铁匠比别人多吃了一个萝卜两个地瓜。老铁匠一点也没吃，坐在那儿如同石雕。

“黑孩，回家吗？”姑娘问。

黑孩伸出舌头，舔掉唇上残留的地瓜渣儿，他的小肚子鼓鼓的。

“你后娘能给你留门吗？”小石匠说，“钻麦秸窝儿吗？”

黑孩咳嗽了一声。把一块地瓜皮扔到炉火里，拉了几下风箱，地瓜皮卷曲，燃烧，桥洞里一股焦糊味。

“烧什么你？小杂种，”小铁匠说，“别回家，我收你当个干儿吧，又是干儿又是徒弟，跟着我闯荡江湖，保你吃香的喝辣的。”

小铁匠一语未了，桥洞里响起凄凉亢奋的歌唱声。小石匠浑身立时爆起一层幸福的鸡皮疙瘩，这歌词或是戏文他那天听过一个开头。

恋着你刀马娴熟，通晓诗书，少年英武，跟着你闯荡江湖，风餐露宿，受尽了世上千般苦——

老头子把脊梁靠在闸板上，从板缝里吹进来的黄麻地里的风掠过他的头顶，他头顶上几根花白的毛发随着炉里跳动不止的煤火轻轻颤动。他的脸无限感慨，腮上很细的两根咬肌像两条蚯蚓一样蠕动着，双眼恰似两粒燃烧的炭火。

……你全不念三载共枕，如云如雨，一片恩情，当作粪土。奴为你夏夜打扇，冬夜暖足，怀中的香瓜，腹中的火炉……你骏马高官，良田千亩，丢弃奴家招赘相府，我我我我是苦命的奴呀……

姑娘的心高高悬着，嘴巴半张开，睫毛也不眨动一下地瞅着老铁匠微微仰起的表情无限丰富的脸和他细长的脖颈上那个像水银珠一样灵活地上下移动着的喉结。凄婉艾怨的旋律如同秋雨抽打着她心中的田地，她正要哭出来时，那旋律又变得昂扬壮丽浩渺无边，她的心像风中的柳条一样飘荡着，同时，有一种麻酥酥的感觉从脊椎里直冲到头顶，于是她的身体非常自然地歪在小石匠肩上，双手把玩着小石匠那只厚茧重重的大手，眼里泪光点点，身心沉浸在老铁匠的歌里，意里。老铁匠的瘦脸上焕发出夺目的光彩，她仿佛从那儿发现了自己像歌声一样的未来……

小石匠怜爱地用胳膊揽住姑娘，那只大手又轻轻地按在姑娘硬邦邦的乳房上。小铁匠坐在黑孩背后，但很快他就坐不住了，他听到老铁匠像头老驴一样叫着，声音刺耳，难听。一会儿，他连驴叫声也听不到了。他半蹲起来，歪着头，左眼几乎竖了起来，目光像一只爪子，在姑娘的脸上撕着，抓着。小石匠温存地把手按到姑娘胸脯上时，小铁匠的肚子里燃起了火，火苗子直冲到喉咙，又从鼻孔里、嘴巴里喷出来。他感到自己蹲在一根压缩的弹簧上，稍一松神就会被弹射到空中，与滞洪闸半米厚的钢筋混凝土桥面相撞，他忍着，咬着牙。

黑孩双手扶着风箱杆儿，炉中的火已经很弱了，一绺蓝色火苗和一绺黄色火苗在煤结上跳跃着，有时，火苗儿被气流托起来，离开炉面很高，在空中浮动着，人影一晃动，两个火苗又落下去。孩子目中无人，他试图用一只眼睛盯住一个火苗，让一只眼黄一只眼蓝，可总也办不到，他没法把双眼视线分开。于是他懊丧地从火上把目光移开，左右巡睃着，忽然定在了炉前的铁砧上。铁砧踞伏着，像只巨兽。他的嘴第一次大张着，发出一声感叹（感叹声淹没在老铁匠高亢的歌声里）。黑孩的眼睛原本大而亮，这时更变得如同电光源。他看到了一幅奇特美丽的图画：光滑的铁砧子，泛着青幽幽蓝幽幽的光。泛着青蓝幽幽光的铁砧子上，有一个金色的红萝卜。红萝卜的形状和大小都像一个大个阳梨，还拖着一条长尾巴，尾巴上的根根须须像金色的羊毛。红萝卜晶莹透明，玲珑剔透。透明的、金色的外壳里苞孕着活泼的银色液体。红萝卜的线条流畅优美，从美丽的弧线上泛出一圈金色的光芒。光芒有长有短，长的如麦芒，短的如睫毛，全是金色，……老铁匠的歌唱被推出去很远很远，像一个小蝇子的嗡嗡声。他像个影子一样飘过风箱，站在铁砧前，伸出了沾满泥土煤屑、挨过砸伤烫伤的小手，小手抖抖索索……当黑孩的手就要捉住小萝卜时，小铁匠猛地窜起来，他踢翻了一个水桶，水汩汩地流着，渍湿了老铁匠的草铺。他一把将那个萝卜抢过来，那只独眼充着血："你也配吃萝卜？老子肚里着火，嗓里冒烟，正要它解渴！"小铁匠张开牙齿焦黑的大嘴就要啃那个萝卜。黑孩以少有的敏捷跳起来，两只细胳膊插进小铁匠的臂弯里，身体悬空一挂，又嘟噜滑下来，萝卜落到了地上。小铁匠对准黑孩的屁股踢了一脚，黑孩一头扎到姑娘怀里，小石匠大手一翻，稳稳地托住了他。

老铁匠停下了嘶哑的歌喉，慢慢地站起来。姑娘和小石匠也站起来。六只眼睛一起瞪着小铁匠。黑孩头很晕，眼前的一切都在转动。使劲晃晃头，他看到小铁匠又拿着萝卜往嘴里塞。他抓起一块煤渣投过去，煤渣擦着小铁匠腮边飞过，碰到闸板上，落在老铁匠铺上。

"看我打死你！"小铁匠咆哮着。

小石匠跨前一步，说："你要欺负孩子？"

"把萝卜还给他！"姑娘说。

"还给他？老子偏不。"小铁匠冲出桥洞，扬起胳膊猛力一甩，萝卜带着飕飕的风声向前飞去，很久，河里传来了水面的破裂声。

黑孩的眼前出现了一道金色的长虹，他的身体软软地倒在小石匠和姑娘中间。

导　读

发表在 1985 年《中国作家》第二期上的中篇小说《透明的红萝卜》是莫言的成名作。情节与叙事并不复杂，乡土故事配合魔幻现实主义的写作风格初现端倪，日后成为莫言作品的主要特征。

《透明的红萝卜》虽然篇幅不长，但拥有多个人物。除了主角黑孩外，一干配角都堪称"典型人物"。故事的主要角色都没有自己的名字，"小石匠""小铁匠""菊子姑娘"等称谓代表的是那个时代的一类人，映照出那个时代不同类型人物的欲望。阅读时注意体会时代氛围，体会故事中个人的命运与时代命运的关系。

理解小说人物要注意关注人物的寻常与失常，作家真正想表达的内容往往隐藏在人物的失常之中。黑孩无疑是一个悲剧角色，铁炉的火星烧伤他的身体，指甲被铁锤砸碎，他却没有表现出痛苦的样态。这当然不是因为他的麻木，更应该注意到在这些痛苦中黑孩见到透明的红萝卜时偶然爆发出来的惊人的生命力与激情，去领会生命的美丽。黑孩是一个没爹没娘的苦孩子，但那一刻得到了真切的幸福。至于其他角色也都不能片面化地去理解，应该抛却善恶对立的简单二元论。小铁匠看似凶蛮，却也会把未上身的新衣服送给黑孩；起初关心黑孩的小石匠与菊子姑娘，也曾沉溺于黄麻地里的快乐而顾不上黑孩；老铁匠既有“护手艺”的自私的一面，也有善良可怜的一面……

莫言极擅长在乡土背景下加入魔幻色彩，在现实主义基调下，奇幻想象明显是莫言用力之处，不能简单地视为普通的形容性描写，而要去理解其“艺术地夸张”。黑孩能够听见头发落地的声音，能看到湖面上的气体，能感受到星光的温暖，能看见透明的红萝卜，这些奇异之处展现的是黑孩敏锐的观察力与对生命的热爱。虽然他经常挨打，仿佛感受不到疼痛，但其实却比任何一个人都要敏感。他清澈如许的眼睛看见的不是人间的苦难，而是那些只看见苦难的人永远注意不到的神奇景象。在那样悲苦的境况下仍怀抱着对美的向往，这才是莫言想要告诉我们的。

莫言富有创造力的文字在当代作家中别开生面，以极具民族气质及地域特色的叙述表现了人类所思考的共同问题。“高密东北乡”是莫言很多作品文学想象的源泉，充满激情与血性的人物与这样一片混杂着狂躁、酒气和血气的土地纠缠在一起。在莫言对充满野性活力土地上有关“先人”奔放生命的叙述中，隐含了当代人在生存上感受到的压抑、人性的扭曲与迷茫的思考。他天马行空、不受拘束却不免日趋“疲劳”的叙述方式，既受到赞赏，也引发争议。理解莫言的魔幻现实主义，可以试着去阅读莫言的其他作品，最好能对莫言构造的“高密东北乡”世界有一个整体的把握，这样有助于理解每一部作品的特色之处。

思考题：

1.“透明的红萝卜”在小说中象征着什么？

2. 阅读全文，试着分析小说中几类典型人物的特征。

下 编

基本知识

▶▶▶“五四”新文化运动和文学革命

1917年初发生的文学革命，在中国文学史上树起一座鲜明的界碑，标志着古典文学的结束和现代文学的起始。1917年《新青年》迁京，集结了一批推进新文化和新文学运动的先驱人物，大力倡导民主与科学精神，重新评判孔子，抨击文化专制主义，倡导思想自由，希望打破专制主义的思想统治，争得普遍的精神解放。在《新青年》的带动下，激进的知识分子们纷纷以“重新估定一切价值”的批判的眼光，围绕许多社会问题展开一系列的讨论，从而在社会上形成广泛的文化批评和讨论的氛围。

新文化运动直接促成了文学革命，而文学革命又成为新文化运动最重要、最有实绩的一部分，文学革命的性质与导向、成就与局限，都与新文化运动息息相关。

1917年1月，胡适在《新青年》上发表了《文学改良刍议》，从文学进化论角度认为文言文作为一种文学工具已经丧失活力，中国文学要适应现代社会，就必须进行语体革新，废文言而倡白话。紧接着，在同年2月号《新青年》上，陈独秀发表了措辞强烈的《文学革命论》，表明了更坚定的文学革命的立场。胡适、陈独秀的“文学革命”主张得到钱玄同、刘半农等人的响应。1918年12月，周作人发表《人的文学》，提出以人道主义为文学之本，试图将19世纪欧洲文学发展中起过重大作用的人道主义直接移用于中国新文学，使文学革命内容更加具体化。

文学革命虽然也遭到旧文学势力的一些抵抗，但相对而言，文化保守主义的声音是比较微弱的。文学革命很快便形成规模和声势，产生广泛的社会效应，取得了重大的实绩。

首先是白话文的全面推广。文学革命促成了言文合一的“国语运动”，又为新文学的语体变革拓展了广阔的天地，并迅速扩大了新文学的影响。1924 年出版的中学语文课本，已经收录有一些新文学作家的作品。

其次是外国文学思潮的广泛涌入。在“五四”后短短的几年内，西方文艺复兴以来各种文学思潮及相关思潮先后涌入中国。当然，新文学先驱者中大多数人对西方的思潮、理论也并不是盲目地照搬，他们力求做到从时代、社会和新文学发展的需要出发去检验和选择外来的东西，并注入新的因素。西方思潮的涌入如冰河开封，促成了中西文化的交汇与撞击，促进了思想大解放，新文学倡导者、参与者以一种全新的眼光来观照本民族的生活，同时在艺术创造上获得了广阔的天地。

许多觉醒了的青年和文学创作者纷纷选择运用西方的各种文学样式和创作手法，倾吐自己内心的苦闷和愿望，表现“五四”时代叛逆、自由、创造的精神，成为新文学的第一代作家。《新青年》《新潮》《学灯》等报刊上陆续推出一些新文学作家及其作品。这些作品大都是 1919—1922 年间发表的，虽不够圆熟，却都充溢着个性解放、民族解放的精神，从内容到形式都追求现代性品格，给文坛带来了青春气息。

受不同文艺思潮和艺术方法影响的不同创作倾向的作家群，又各自聚集为文学社团。新文学运动已从初期少数先驱者侧重破坏旧文学，转向大批文学生力军致力建设新文学了。在众多新文学社团中，文学研究会和创造社成立得最早，影响和贡献最大，也最有代表性。

文学革命是我国历史上前所未有的一次伟大而彻底的文学革新运动，它所带来的是文学观念、内容形式全方位的大革新、大解放。在文学观念上，将“文以载道”、游戏消遣等种种传统的文学思想作为封建制度及其思想体系的产物加以否定，表现人生、反映时代的积极的文学思想，成为一般新文学作者的共同倾向。在文学内容上体现着现代民主主义、人道主义思想，充溢着觉醒的时代精神。在语言和形式上，摒除了文言文和僵化的传统文学格式，用白话写作，广泛吸收运用外国多样化的文学样式、手法，促使文学语言和形式更加适于表现现代生活，接近人民大众，创造了既与世界文学发展相联结，又具有民族特色的崭新的现代文学语言与文学形式，从而把中国文学推进到一个崭新的阶段。

初期新文学社团和流派

“五四”新文化运动期间，受到蜂拥而入的各种文艺思潮和艺术方法的影响，作家们显示出不同的创作倾向。文学理念相近的作家聚集成文学社团，举行文学活动，创办文艺刊物。据统计，1921—1923 年，全国各地的大小文学社团有 40 多个，出版文艺刊物 50 余种。到 1925 年，新文学社团和刊物的数量已达到 100 多个。新文学社团的出现和扩展，标志着新文学开始摆脱以旧文学为假想敌的萌芽阶段，从少数先驱者的提倡转向了集体性的参与和建设的新时期。

在众多新文学社团中，文学研究会和创造社影响最大，也最具有代表性。文学研究会于 1921 年 1 月在北京成立，发起人有周作人、郑振铎、沈雁冰、王统照、许地山、叶绍钧、孙伏园等 12 人，后来发展成员达 170 多人。文学研究会的宗旨是“研究介绍世界文学，整理中国旧文学，创造新文学”。针对当时风行的“礼拜六派”将文学当作消遣和游戏的观念，文学研究会提出“文学应当反映社会的现象，表现并且讨论人生的一般问题”，倡导“为人生”的写实主义，关注现实生活，批判社会黑暗。文学研究会以经过革新的《小说月报》为会刊，发表了大量的现实主义作品，引领了新文学的创作潮流，产生了较大的影响。

创造社于 1921 年 6 月在日本东京成立，最初的成员有郭沫若、郁达夫、成仿吾、张资平、田汉、穆木天等人，都是当时在日本的留学生。他们先后创办了《创造》季刊、《创造周报》、《创造日》、《洪水》等刊物。文学研究会受到俄国和欧洲现实主义文学思潮的影响，而创造社则更倾向于欧洲浪漫主义文学思潮，主张“为艺术而艺术”，认为文学要忠实于作者“内心的要求”，讲求文学的“全”和“美”，推崇文学创作中的直觉与灵感，强调文学的审美功能。创造社成员的代表作品，如郁达夫的小说、郭沫若的诗歌、田汉的戏剧，大多侧重于自我表现，以直抒胸臆的抒情为主要手法，带有浓厚的浪漫主义色彩。

除了文学研究会和创造社之外，“五四”时期的文学社团还有新月社、语丝社、未名社、莽原社、浅草社、沉钟社、南国社、弥洒社、湖畔诗社等。这些文学社团的创作大多具有鲜明的流派特点，推动了现实主义、浪漫主义、现代主义等不同文学风格的形成和传播，对现代文学的发展产生了深远而持久的影响。

▶▶▶ 初期的新文学创作

受到“五四”新文化运动的影响，这一时期的文学创作呈现出非常独特的品格。新旧思想的融汇和交锋，在文学作品中得到了最直接的体现。外来文学思潮的涌入和外国文学作品的翻译，与中国传统文学观念之间产生了冲突，产生了纷繁多变的文学现象。由白话文的提倡带来的写作方式的变革，也对作家们提出了挑战。这些因素的共同作用，使得“五四”时期的文学创作形成了既不同于传统文学又区别于现代文学其他时期的特质与取向。

其一，“五四”时期的文学具有强烈的理性精神和批判色彩。近现代文学的发生和发展与救亡图存的忧患意识紧密相关，新文化运动的先驱者将文学视为开启民智、改造社会的重要手段。因此，这一时期的文学创作大都关注现实人生，探索社会生活问题，重新审视传统思想和文化，倡导个性解放、婚姻自由、家庭革命等新思想与新道德。鲁迅的《呐喊》《彷徨》两部小说集中的作品，深刻揭示了社会的种种弊端和国民思想的劣根性，“意思是在揭出病苦，引起疗救的注意”。在1921年的“问题小说”热中，作家们试图用小说提出问题，并探索解决问题的答案。之后出现的乡土小说创作潮流则将关注重心转向了乡土和民间，“将乡间的生死、泥土的气息，移到纸上”，加强了新文学与中国社会现实的联系。此外，如冰心和宗白华等人的“小诗”、鲁迅的散文诗集《野草》、《新青年》“随感录”作家群的杂文，都表现出鲜明的问题意识和哲理色彩。

其二，“五四”时期的文学具有感伤和沉郁的情感基调。“五四”新文化运动的思想启蒙促成了个人的觉醒，但与黑暗的社会现实的冲突又让人感到孤独和彷徨，这使得这个时期的文学创作弥漫着感伤的氛围。如冰心的小说《超人》表现“五四”新文化运动退潮之后青年人的苦闷，庐隐的小说《海滨故人》探讨知识女性的情感困境，郁达夫的《沉沦》表达知识分子在自我与家国之间的矛盾与挣扎，笔调中都不乏感伤和忧郁。此外，如徐志摩的诗歌、田汉的戏剧也都带有感伤的味道。这种感伤情调体现了受新思想影响的知识分子艰难的精神成长过程，是所谓“血的蒸气，醒过来的人的真声音”。

其三，“五四”时期的文学具有鲜明的个性色彩。个人的发现是“五四”精神最重要的体现，个性自由是整个时代的口号，表现自我也成为新文学的自觉意识。尽管这一时期的新文学还处在探索阶段，各种文体的发展还不成熟，但作家们大多形成了独具特色的个人风格。如鲁迅小说的冷峻犀利、周作人小品文的冲淡自然、郭沫若诗歌的飞扬雄奇、冰心小说和诗歌的婉约秀美以及徐志摩的空灵剔透、废名的古朴晦涩、郁达夫的伤感自恋等，都显示出鲜明的创作个性。

从整体上而言，“五四”时期的创作处在新文学的初期阶段，还存在作品的题材范围较为狭窄、艺术性较为薄弱、情感过于泛滥等不足之处，但

“五四”新文化运动倡导的民主和科学思想借助新文学得到了发扬，“人的文学”和“平民文学”等新的文学观念得以确立，为此后现当代文学的发展开辟了一条崭新的道路。

左翼文学

左翼文学是20世纪30年代出现的具有无产阶级革命倾向的文学潮流。

早在1923年，共产党人萧楚女、邓中夏、恽代英、沈泽民等人就提出过无产阶级文学的主张。1924年出现了具有明显革命倾向的文学社团春雷社，1925年“五卅”反帝运动后，沈雁冰尝试运用马克思主义阶级论分析文学现象。1927年国共分裂致使大革命失败后，中国共产党开始在政治上单独领导革命，与此相应，一些曾参加国民革命的作家文人流落到上海，还有一批从日本回国的激进青年，受到当时苏联和日本的无产阶级文学运动和理论的影响，后期创造社曾留学日本的左翼文艺青年李初梨、彭康和冯乃超，曾留学苏联并在1928年发起成立太阳社的蒋光慈和钱杏邨等人，再次提出了无产阶级革命文学的口号和主张，并错误地对鲁迅进行了批判，指责鲁迅的思想和革命是过时的、不能适应无产阶级革命时代的“封建余孽”。在与创造社和太阳社的论争中，鲁迅比较系统地了解和学习了马克思主义文艺理论，双方对无产阶级革命和左翼文学的认识渐趋一致。于是，在上海的中共地下党的思想和组织领导下，1930年3月2日成立了中国左翼作家联盟（简称“左联”），并在此基础上先后成立了包括戏剧、电影、美术、音乐等方面的隶属于“左联”的多个文艺团体，参与革命文学论争的左翼作家和文化人求大同存小异，抱着共同的目标参加了各个左翼文艺团体，革命文学联合体性质的左翼文学阵营就此建立并且取得了积极的发展。后来随着日本帝国主义对东北的殖民侵略以及淞沪战争和接连不断的民族危机,民族救亡和全民族共同抗日成为压倒性任务,“左联”内部也产生了“民族革命战争的大众文学”和“国防文学”两个口号的论争,在阶级性与民族性、民族抗战文学与阶级性文学存在的合法性等问题上产生认识分歧。按照共产国际和中共中央为适应形势的需要而提出的建立抗日民族统一战线的指示,“左联”在1937年全面抗战爆发前停止了组织活动。

左翼文学创作也基本经历了两个阶段。1928年太阳社的蒋光慈在提出革命文学的口号和主张后,也创作了实践其文学主张的作品,如《少年漂泊者》《田野的风》《冲出云围的月亮》等。这些作品反映国民革命前后小资产阶级知识青年的命运遭际和革命失败后曾经参加革命的知识革命者的苦闷与挣扎突围,寻找出路,或者反映大革命前后农村和农民革命。受蒋光慈思想和文学的影响,一些激进的或具有左翼倾向的青年作家如丁玲、胡也频等人,也纷纷写作反映在革命和历史转折关头,革命青年在革命与爱情之间的人生困惑和道路抉择,被文学史称为“革命加恋爱”小说,被茅盾等人称为“光慈式的陷阱”,也受到鲁迅的讥讽和批评。在“左联”成立前后,这种带有小资产阶级罗曼蒂克革命幻想和缺乏实际革命经验的文学遭到批评和清算后退场,“左联”在理论和创作上引导左翼文学表现反帝反殖民主义侵略、农村农民生活、革命和城市题材的写作,涌现出东北作家群的反帝抗日题材、叶紫和吴组缃等人的左翼农村题材、沙汀和艾芜及周文的四川西南和川康农村边塞与旧军队题材、张天翼的市民题材,以及蒋牧良的矿工题材和其他作家的旧军队与军旅题材、茅盾的都市和农村题材等大批作品,还有戏剧、话剧、电影与诗歌,显示了左翼文学的巨大实绩,成为最能代表20世纪30年代中国文学成就和特色的文学,也在世界性“红色三十年代”文学的大潮中显示出中国左翼文学的存在。

此外,以“左联”为标志的左翼文学阵营还在翻译介绍马克思主义文艺理论、推广文艺大众化运动、培养造就大批文学新人、进行积极的文艺批评、翻译介绍外国文学、进行反文化“围剿”、向世界介绍中国无产阶级革命文学和与世界革命文学组织或团体建立联系等方面，都取得了突出的成就。在尚未掌握国家政治与军事权力且面临白色恐怖的时代，中国共产党通过“左联”和左翼文学实际掌握了文化领导权，创造了世界革命文学史上的一个奇迹。

“左联”和左翼文学阵营虽然在全面抗战爆发前解体了，但左翼代表的红色文学却没有退场。全面抗战以后，随着大批左翼作家文人进入中国共产党领导的各抗日根据地和解放区，他们结合特定历史环境和时代要求，继承了左翼文学的血脉，并使这一传统在 1949 年后的“十七年文学”中得到发扬。

▶▶▶ 京派与海派

京派与海派是指 20 世纪 30 年代出现的两种文学流派。

京派文学的作家多善于书写乡土文学题材，创作内容并不局限于北京，也包括对乡土生活的描写。代表性作家及作品有沈从文及其《边城》《湘西》，废名及其《竹林的故事》《桃园》，凌淑华及其《花之寺》《女人》，萧乾及其《篱下集》《栗子》等。海派文学的书写内容以 20 世纪 30 年代的上海为中心，展现现代都市文明生活图景，揭示都市“文明病”。代表性作家作品有施蛰存及其《将军底头》《梅雨之夕》，穆时英及其《南北极》《公墓》，刘呐鸥及其《都市风景线》等。

京派作家大多为高等学校的师生，具有隐逸气息，较少追求功利性，多倾向于思想独立。在写作方法上，多以融古入今的方法，秉承艺术为人生的思想理念，从文化反思的高度重塑中国大众的民族性格，将原始古朴的东方情调融入对传统乡土生活的诗意描绘中，风格闲适而温婉，个别作品又不乏对宗法文化劣根性的批判，注重道德与文化意义上的健康与完善，颇富纯文学色彩。海派作家则深受西方心理分析哲学和日本新感觉派小说的影响，多利用精神分析的理论和幻觉、变形、错觉等现代派手法展现现代都市人的躁动迷惘心态，内容多为现代大工业城市中的畸形文明带来的病态人生。对都市文明既留念又充满幻灭感的矛盾心理，使他们更热衷于西方现代派艺术，从文学理念上说，多趋向于先锋艺术，追求“变”与“新”。作品叙事方式多变，尤为擅长对人物心理分析上的自我叙述，语言叙述节奏快速，场景变换迅捷，呈现出不同于京派乡土叙事的都市色彩。

20 世纪 30 年代的文学创作

1928 年到 1937 年，随着城市文明和资本主义工业文明的发展，城乡冲突和阶级矛盾加剧，中国社会的整体氛围从“五四”时期的思想革命转向了社会革命，“中国社会向何处去”成为时代的核心问题。作家的组成结构也相应地发生了变化，来自更广泛社会阶层的“新人”进入作家队伍。文学的关注面也有了较大拓展，突破了“五四”时期的个人主义和知识分子题材的局限，将视线投向了更为广阔的社会生活。这使得 20 世纪 30 年代文学整体上显示出厚重深广的特色。由于思想意识和文学观念的差异，这一时期比较明显地区分出“左翼”“京派”“海派”三大文学派别，文学主潮也主要表现为左翼文学观和自由主义文学观的对峙。受此影响，“五四”所开启的相对自由的氛围变得空前政治化。不同倾向文学观的博弈和竞争，也为 20 世纪 30 年代文学创作的丰富性和多样性开拓了空间。

其一，在文学创作的题材和表现角度上，20 世纪 30 年代文学有了较大的拓展。这首先表现在文学对变化中城乡生活进行的多方面展示，开拓了相对独立的文学乡土空间。如沈从文的湘西、废名的黄梅、萧红的呼兰河、师陀的果园城、汪曾祺的高邮等，都突破了“五四”乡土文学单一的启蒙视野，而成为作家呈现地域文化精神、审视中国社会的窗口。随着上海等现代城市的发展，城市也第一次成为现代文学的表现对象，“城与人”的关系在以穆时英和施蛰存为代表的“新感觉派”小说中有最突出的体现。其次，左翼文学阵营开启的“革命加恋爱”的创作模式，将“五四”时期借恋爱问题探讨个人与家庭伦理的冲突，转向了觉醒的个人如何走向社会、参与革命等更重大的问题。从乡村到都市，从政治到文化，从重大历史事件到小人物的平凡生活，20 世纪 30 年代文学有着丰富的题材空间。

其二，文学题材的丰富也带来了表现方式的变化。“五四”时期的抒情主调转变为 20 世纪 30 年代以叙事为主的基调。长篇小说在质和量上都得到了较大的提升，茅盾的《子夜》、巴金的《家》、老舍的《骆驼祥子》、李劼人的《死水微澜》等长篇小说，都具有相当高的艺术水准，是足以代表一个时代的杰作。此外，以曹禺的《雷雨》《日出》《原野》为代表，话剧创作也得到了较为迅速的发展。

其三，文学创作显示出更加鲜明的个人化风格。随着艺术功力的日趋成熟，这一时期的作家大多形成了具有个人特色的创作风格，构建了属于自己的文学世界。例如茅盾笔下的都市生活、老舍小说中的老北京、巴金的青年世界、丁玲的知识女性系列都呈现出清晰的个人色彩。此外，周作人、林语堂的散文和戴望舒、卞之琳的诗歌创作，也都体现了个人化的审美倾向。

丰富多元的题材空间、广阔的社会历史内容、具有深度的思想内涵以及个人化的审美风格，这些因素共同构成了 20 世纪 30 年代文学的整体特质，也标志着中国现代文学开始走向成熟。

▶▶▶ 抗战时期的文学创作

1931 年 9 月 18 日，“九一八”事变爆发。1937 年 7 月 7 日，卢沟桥事变爆发，同年8月13日，淞沪会战打响，由此，中日战争全面爆发。8月25日，因战争而停刊的《文学》《丛林》《中流》《译文》四个文学刊物联合起来，在上海创办《呐喊》杂志。在杂志“献词”《站上各自的岗位上》中，提出：“大时代已经到了！……在民族总动员的今日，我们应做的事，也还是离不开文化——不过是和民族独立自由的神圣战争紧密地配合起来的文化工作；我们的武器是一支笔。”我们把这个刊物看作是抗战时期中国文学创作开始的标志。

1938年3月27日，中华全国文艺界抗敌协会（“文协”）在武汉成立，郭沫若、茅盾、冯乃超、夏衍、胡风、田汉、丁玲、老舍、巴金、郑振铎、朱自清、郁达夫、朱光潜、张道藩、姚蓬子、陈西滢、王平陵等45人为理事，周恩来、孙科、陈立夫当选为名誉理事，老舍为总务部主任，主持日常工作。“文协”成立后提出“文章下乡，文章入伍”的口号，出版了会刊《抗战文艺》。“文协”的成立标志着20世纪30年代无产阶级革命文学、自由主义文学、国民党民族主义文学等几种文学运动的汇流，组成了文学界的抗日民族统一战线。“文协”的会刊《抗战文艺》，作为文艺界抗日民族统一战线和抗战文学阵地上的旗帜，是抗战时期唯一的抗战文学刊物，自1938年5月4日创刊，共出版71期。1946年5月，《抗战文艺》停刊，标志着抗战文学落下帷幕。

抗战时期的文学创作，从共时性角度看具有大叙事、现实性、反形式化三大特点；从历时性角度而言，则在创作发展中能够不断挖掘战时的社会现实与人心。受政治和战争的影响，抗战时期的文学创作分为国统区文学、沦陷区文学、孤岛文学与解放区文学。抗战初期，“救亡”成为文学作品的灵魂，各派作家以“救亡”为纽带，焕发出巨大的民族凝聚力、向心力，在民族解放的理念中实现统一；进入战争相持阶段后，创作则转为正视战争的艰难，直面现实的残酷，挖掘题材时，更是深入民族生活的底蕴，文学创作追求史诗格调；从抗战后期到解放战争时期，文学与民主运动结合，讽刺文学成为主要基调，许多创作都富有喜剧性的批判色彩。抗战时期的文学创作，普遍从具体的生活出发，力求展示广阔丰厚的社会生活内容，主题不乏对黑暗的控诉与对腐朽的现实政治的否定，具有非常鲜明的时代烙印。从文体上看，报告文学、通讯成了抗战时期文学创作最热门的体裁，各种诗歌体形式向广场艺术的方向发展；长篇小说、多幕剧、长篇叙事诗和抒情诗成为这一时期最重要的文学形式。从内容上看，首先是爱国主义主题的扩展与深入，一方面，有的作家转向历史，总结历史经验和教训，由此形成了以郭沫若《屈原》为代表的历史剧创作热潮；有的作家从普通人生活的再现中考量民族文化传统与民族性格的优劣得失，《呼兰河传》(萧红)、《四世同堂》(老舍)、《家》(巴金)等作品是其中的代表作。另一方面，转向自我与现实，描写爱国知识分子的苦难历程，探讨知识分子的历史道路，小说《财主底儿女们》(路翎)、《困兽记》(沙汀)、《春寒》(夏衍)，戏剧《法西斯细菌》(夏衍)、《岁寒图》(陈白尘)、《万世师表》(袁俊)，长诗《火把》(艾青)等，是其中的代表作。

抗战文学是中国近代以来反侵略战争文学的集大成者和新发展，也是世界反法西斯战争文学的有机组成部分，具有重要的文学史价值。

新感觉派

中国现代文学在20世纪30年代出现了世界性的左翼文学思潮，同时也出现了现代主义的诗歌与小说思潮及其创作。新感觉派就是活跃于20世纪20年代末至30年代前半期的具有现代主义征候的小说流派，是海派文学的一支。新感觉派的主要阵地是《无轨列车》《新文艺》和《现代》等刊物，主要作家是施蛰存、穆时英、刘呐鸥，此外还有黑婴、禾金和徐霞村等。

新感觉派原是日本现代文学中一个侧重于用现代主义艺术手段表现现代人在现代化、都市化追逐与挤压下心理失衡与扭曲的文学派别，代表作家有横光利一、片冈铁兵等人，中国新感觉派作家刘呐鸥曾留学日本，对日本现代文学熟稔，翻译过横光利一等人的作品。此外，中国新感觉派很受法国都市主义作家保尔·穆杭的影响，欧洲在第一次世界大战后出现的对现代性的反思和批判，以及战后的追求感官刺激享受的世纪末颓废主义思潮，对现代主义文学艺术的出现起到了催化剂的作用。而上海作为中国当时最商业化和欧化的都市，急于追赶现代化而又唯恐被时代抛下的焦虑，成为一般市民的普遍心理，人们需要找到艺术和文学的渠道予以表现和宣泄，新感觉派也就顺势登场。作为第二代海派，中国新感觉派冲出了旧文学和旧小说的藩篱，攀上先锋文学的位置。

作为新感觉派代表作家的施蛰存，他的第一部短篇小说集《上元灯》，其中大部分小说都是用怀旧情绪表达少男少女初恋的诗意和小市民的生活；1932 年以写作历史小说《鸠摩罗什》为契机，有意识地运用精神分析学说创作心理分析小说；历史题材的小说如《将军底头》《石秀》《李师师》用精神分析和性意识、潜意识解释历史人物和事件；而现实题材的《梅雨之夕》《春阳》等，则以心理分析手法描写现代男女隐秘的内心欲望及其矛盾的外在行为。施蛰存曾热衷于译介奥地利心理分析小说家施尼茨勒的作品，并努力将心理分析移植到自己的作品中去，形成了独有的心理分析小说的叙事与特点。

穆时英被称为新感觉派的“圣手”，他早期的作品如小说集《南北极》等仍属于写实，从 1932 年起写作和发表了《公墓》《上海的狐步舞》《黑牡丹》《白金的女体塑像》，才显示出他的现代派品格：创造了心理型的小说流行语和特殊的修辞，用有色彩的象征、动态的结构、时空的交错以及充满速率和曲折度的表达方式，来表现畸形的半殖民大都市上海的喧哗与骚动，揭示这座“地狱上的天堂”的光怪陆离。

刘呐鸥的《都市风景线》以现代派手法，形神兼备地描写上海的现代性及其世纪末式的生活，表现都市男女追求享受但又难以摆脱内心的孤独、冷漠和荒凉的生存状态。

作为一个小说流派，新感觉派具有一些共同的特点：侧重展现半殖民地大上海的日常现象和世态人情，从都市独有的空间物象如影戏院、赛马场、舞厅、夜总会等，表现出入其中的水手、舞女、商人、银行家与少爷、姨太太等“黑暗环境”的人物，醉心于乱伦、投机、暗杀和性放纵等病态的生活与人格，一定程度上揭示了建立在广大底层民众痛苦的“地狱”基础上的殖民都市“天堂”的真实面目，也揭示了殖民化、都市化、商业化的环境所造成的罪恶和堕落。

新感觉派小说在艺术表现方面有所创新，以强烈的主观色彩透射于现实的描绘，把主体投诸客体，使客体主体化、感觉化与物化，以通感手法打通主体与客体的界限；以弗洛伊德的性心理分析理论揭示人物的压抑心理和潜意识；借鉴意识流手法和电影的蒙太奇手段，表现时空和人物心理的跳跃腾挪。新感觉派给现代都市文学带来了新的发展和创新，但也存在某些弊端，比如过分地用性心理、潜意识和精神分析法表现人物压抑隐秘的心理意识和乖张的行为，过多地描写和渲染人物性格的二重性和都市生活颓废、享乐的一面，思想倾向容易沦为虚无；艺术上的某些创新也容易造成作品在读者中“水土不服”的现象。新感觉派的一些作家如施蛰存等，后来的创作又都向现实主义回归。

中国新诗派

中国新诗派是指20世纪40年代的一个现代主义诗歌流派，也称九叶诗派。主要是由一群信仰现代诗歌艺术的年轻人自发组成的诗歌流派，因为他们的作品主要发表在《中国新诗》和《诗创造》杂志上，所以也被称为中国新诗派。代表性成员有郑敏、杭约赫、穆旦、辛笛、陈敬容、袁可嘉、唐湜、唐祈等。他们大多有较深厚的学养，熟悉中西现代诗歌，受英美新批评和意象派诗学理念的影响，在熟练掌握和运用中西现代主义诗歌资源的基础上，以严肃的态度、严谨的艺术方式创立了属于中国本土的现代主义诗歌体系。“中国新诗派”在坚持诗歌从思想到艺术本体性的同时，提出“现代诗歌是现实、象征、玄学的综合传统”的诗学理念，强调反映现实与挖掘内心的统一。在具体创作表现上，强调意象论，注重意象在诗歌表现中的核心地位，运用暗示、象征的方式表现诗意，如穆旦的《诗八首》《还原作用》等。受象征主义诗人波德莱尔和艾略特的影响，将“客观对应物”的艺术观念引入创作中，淬炼成语言表现上的“客观性”和“间接性”，如辛笛的《航》、穆旦的《五月》等。在具体手法上，提倡综合的艺术表现方法，借助于戏剧、小说的手法增强诗歌语言的表现力，如郑敏的《树》《荷花》等。善于利用诗歌语句的排列，建构形式上的“雕塑感”，如杜运燮的《井》，郑敏的《马》《雷诺阿的〈少女画像〉》等。

▶▶▶解放区文学

解放区文学的产生，和解放区的创建及发展密不可分。1935 年 10 月，红军长征到达陕北后，开始了根据地的建设。抗日战争时期，以延安所在地——陕甘宁边区为中心，包括晋察冀边区、晋绥边区、晋冀鲁豫边区等在内的“抗日民主根据地”逐渐壮大。抗战胜利后，这些区域与华东解放区、东北解放区和新疆解放区等合称为“解放区”。在这一区域内产生的文学，被统称为解放区文学。解放区政府是全新的“红色政权”，它废除了封建土地制度，推翻地主阶级的统治，在政治、经济、文化方面均发生了翻天覆地的变化。解放区文学正是在这样的历史巨变中应时而生的。

抗日战争爆发后，不少进步作家和知识青年奔赴延安，参与到延安的文化建设工作中。文艺性刊物如《文艺战线》《战地》《诗建设》等纷纷创办，各种文化工作团体如西北战地服务团、抗敌剧社、太行山剧团等也展开了活动。1942 年毛泽东《在延安文艺座谈会上的讲话》(以下简称《讲话》)发表之后，解放区文学进入新的发展阶段，以《讲话》为指导方针，解放区文艺确定了“为工农兵服务”的发展方向。《讲话》在文艺和现实、文艺和人民的关系、文艺对中国民族传统的继承等方面丰富和发展了马克思主义文艺理论。但在强调文艺必须从属于政治、如何看待文艺创作的主体——知识分子等问题上,《讲话》的文艺思想也存在片面化、简单化的问题,并对此后中国文学发展产生过不小的影响。

解放区文学的总体基调是明朗素朴的,这是一种全新的文学现象。解放区文学在作品题材、主题以及人物塑造上都具有鲜明特色。在“农民翻身做主人”的政治思潮背景之下,文学中的主人公也换成一代“新人”,他们是普通的农民、士兵和干部。对新社会和新制度的赞美取代了以往的“批判”,成为解放区文学最常见的文学主题。以赵树理为代表的解放区作家,在其作品中描写新一代农民全新的社会生活,成为解放区文学发展的新方向。

在艺术探索上,解放区文学最大的贡献在于对文学民族化大众化的自觉尝试。解放区作家将中国传统的民间文艺作为重要的文学资源加以吸收,改造了农民喜闻乐见的各类民间文艺形式,形成新的文体,如新评书体小说、新章回体小说、民歌体叙事诗等。马烽、西戎的长篇章回体小说《吕梁英雄传》、李季的长篇民歌体叙事诗《王贵与李香香》等都是这方面有代表性的作品。在其他艺术形式上,解放区文艺同样借鉴民间艺术形式,其中以“新歌剧”的创造最为成功。代表作《白毛女》(贺敬之、丁毅执笔)以“旧社会把人逼成鬼,新社会把鬼变成人”为主题,将西洋歌剧的表演方式如齐唱、重唱、合唱等与中国地方戏曲、秧歌、小调等的旋律和表现手法相结合,极大地迎合了解放区农民观众的欣赏趣味和习惯。此后,解放区涌现出一批新歌剧作品如《赤叶河》(阮章竞)、《不要杀他》(刘佳执笔)、《刘胡兰》(魏风、董小吾、刘莲池执笔)等,形成了新秧歌运动的热潮。

解放区文学继承和超越了“五四”文学传统,其创作实绩和文学理念,都影响到此后当代文学格局的形成和发展。

▶▶▶ 共和国初期的文学

1949 年中华人民共和国成立以后，文学环境发生了整体性的变化。第一次全国文代会(1949 年 7 月)是当代文学的起点，把延安文学确定为当代文学的方向。按照毛泽东的文艺思想，文学是从属于阶级、服务于政治的，这就必然产生对于文学的“规范性”要求。不仅为文学规定了“写什么”，而且规定了“怎么写”。如必须主要写工农兵生活，注重塑造先进人物和英雄典型；必须主要写生活的“光明面”，“以歌颂为主”；必须揭示“历史本质”，表现生活的“客观规律”，乐观主义地展示历史发展的前景；语言、形式必须易懂、明朗，反对朦胧晦涩；文学批评必须坚持“政治标准第一，艺术标准第二”。1958 年又提出“两结合”的创作方法，即“革命现实主义”和“革命浪漫主义”相结合。

第一次文代会还成立了“专管文化艺术部门”的组织机构，即各级文联和作协，它们是党和国家对作家和艺术家进行组织管理的机构。作家协会的主要负责人和作协主要刊物负责人，不仅担负着领导组织工作，同时还是文学创作的引导者。文学创作的主体力量，主要是来自解放区和其他革命根据地的作家，以及共和国培养起来的作家，如赵树理、丁玲、柳青、贺敬之、艾青、何其芳、闻捷、茹志鹃、王蒙、刘宾雁、刘绍棠等。

当代文学的规范也是在频繁的文学批评和批判运动中确立起来的。新中国成立初期最重要的几次批判运动有：对电影《武训传》的批判(1950—1951)，对萧也牧《我们夫妇之间》等小说的批判(1951)，对俞平伯《红楼梦研究》和胡适的批判(1954—1955)，对胡风集团的批判(1955)，文艺界反右运动，对丁玲、冯雪峰“反党集团”的批判。

通过文学规范的确立、文学体制的建立和文学运动的整肃，当代文学逐步形成高度组织化、规范化、一元化的文学形态。无产阶级革命思想成为创作的主旋律，并由此形成独具特色的社会主义形态的文学。共和国初期文学代表性的创作有:政治抒情诗,如郭小川《致青年公民》、贺敬之《雷锋之歌》、李季《玉门诗抄》、闻捷《天山牧歌》等;革命历史小说,如“三红一创”(梁斌《红旗谱》,吴强《红日》,罗广斌、杨益言《红岩》,柳青《创业史》)、《保卫延安》(杜鹏程)、《林海雪原》(曲波)、《青春之歌》(杨沫)等;农村小说,如赵树理和山西“山药蛋派”作家的作品;抗美援朝作品,如小说《洼地上的“战役”》(路翎)、散文《谁是最可爱的人》(魏巍)等。

红色文学经典

“红色文学经典”一词出现于20世纪90年代中期的文学评论,是对80年代文学界提出的“革命历史小说”概念的时尚称谓。“革命历史小说”,特指从中华人民共和国成立到“文革”开始的17年(1949—1966)间出版的一批长篇小说,主要讲述“革命”的起源故事,讲述中国革命在经历了曲折的过程之后,如何最终走向胜利。这些小说有明确的政治目标和写作规范,在既定的意识形态的规限内,讲述既定的历史题材,以达成既定的意识形态。著名的“三红一创,山青保林”(即《红岩》《红日》《红旗谱》《创业史》《山乡巨变》《青春之歌》《保卫延安》《林海雪原》),以及《太阳照在桑干河上》《暴风骤雨》《三家巷》《上海的早晨》等作品,构成了中华人民共和国成立17年“红色文学经典”的主体。

“红色经典”的文学地位自产生以来便波澜起伏:在“文革”期间被打成“毒草”;“文革”后重新恢复名誉;而在20世纪80年代中期“重写文学史”浪潮中,它们的文学价值与文学史地位再度受到质疑;90年代中期以后,在怀旧思潮中又被“唤醒”,经过包装后与大众文化意识形态合流。学者对这些文学作品的态度也褒贬不一。既有学者认为它们作为意识形态宣传品文学价值不高,也有学者认为“红色经典”的文学史地位应当肯定,且“红色经典”体现了革命传统,其高度“政治化”的叙述里也不乏真切的生活描写,满足了特定历史时期的审美需求。

▶▶▶ 新时期文学

1977 年 8 月在北京召开的中国共产党第十一次全国人民代表大会宣布“文革”结束，并把“文革”结束后的中国社会，称为社会主义革命和建设的“新时期”。与社会政治关联密切的文学界，随后也把“文革”后的文学称为“新时期文学”。“新时期文学”的诞生，被看作是 20 世纪中国文学的另一次重大“转折”。

从“文革”结束到 1989 年，中国当代文学被称为“新时期文学”，1989 年以后的文学被称为“后新时期文学”。以 1985 年前后的“八五新潮”为界，“新时期文学”又可分为两个时期，今天人们所说的“新时期文学”更多是指 1985 年以前的文学。在这一时期，文学界和思想界的关注点主要集中在反思“文革”、拨乱反正上。因此，“新时期文学”被看作是“文学复兴”。“复兴”主要是向“五四”的启蒙精神回归，以及对 20 世纪 50—70 年代被当作“异端”批判的文学思潮进行反正。在文学方法上力图恢复“五四”时期倡导的现实主义文学传统，不过在文学范式和叙事方式上依然受到 20 世纪50—70 年代“干预生活”模式的惯性影响。1985 年前后，以现代主义文学为导向的各种“文学新潮”的兴起，正是对这一模式的打破。

“新时期文学”包括“伤痕文学”“反思文学”“改革文学”“知青文学”等几个重要的文学潮流。

短篇小说《班主任》（刘心武，1977 年 11 月）和《伤痕》（卢新华，1978 年 8 月）的发表，掀开了“新时期文学”的序幕，也是“伤痕文学”的开端。“伤痕文学”的提法即与《伤痕》的小说题名有关，是“文革”亲历者对历史创伤提供的证言，揭露“文革”的灾难，描述知青、知识分子、受迫害的“老干部”在“文革”中受到的伤害，以及精神扭曲的内伤。代表作品还有：《神圣的使命》（王亚平）、《铺花的歧路》（冯骥才）、《大墙下的红玉兰》（从维熙)、《枫》(郑义)、《一个冬天的童话》(遇罗锦)、《天云山传奇》(鲁彦周)、《许茂和她的女儿们》(周克芹),等等。

“伤痕文学”是“反思文学”的源头,“反思文学”是“伤痕文学”的深化,“改革文学”则是反思的进一步延伸,也与现实生活中的改革浪潮同步。“反思文学”和“改革文学”都有“五四”时期“问题小说”的特点,前者揭露、思考“文革”对现代化(尤其是人的现代化)的阻滞和压抑,后者则面对“文革”的伤痕和废墟,呼唤、表现在城市和乡村进行的改革。

“反思文学”的代表作品主要有:《内奸》(方之)、《李大顺造屋》(高晓声)、《剪辑错了的故事》(茹志鹃)、《犯人李铜钟的故事》(张一弓)、《芙蓉镇》(古华),等等。

“改革文学”的代表作品主要有:《乔厂长上任记》(蒋子龙)、《沉重的翅膀》(张洁)、《花园街五号》(李国文),等等。

“知青文学”的作者是在“文革”中“上山下乡”的知识青年,这些作品反映“知青”在农村“插队”时的遭遇和后来返城生活的困境,具有一定的“伤痕文学”的色彩,但也有某种“青春无悔”的激情。代表作品主要有:梁晓声的《这是一片神奇的土地》《今夜有暴风雪》《雪城》、孔捷生的《南方的岸》、王安忆的《本次列车终点》、叶辛的《孽债》,以及郭小东的《中国知青部落》、邓贤的《中国知青梦》、陈凯歌的《龙血树》,等等。

在诗歌方面,“归来者”的诗(20 世纪 50 年代在各种政治运动中被迫害的诗人复出后的创作)和“朦胧诗”(北岛、舒婷、顾城等知青一代的创作)也属于“新时期文学”,但通常不被归入“伤痕”“反思”“知青”等文学潮流,显示了诗歌的超越性质。

▶▶▶ 朦胧诗

朦胧诗是 1980 年前后兴起的一种具有文化叛逆性的诗歌潮流。最早的“朦胧诗人”是围绕民间刊物《今天》聚集起来的北京青年诗人，包括芒克、北岛、江河、多多等，他们与“文革”时期的地下诗人群体“白洋淀诗群”有较深的渊源。后来又聚集了杨炼、顾城、舒婷、徐敬亚、王小妮、梁小斌等人，成为“新时期”广受瞩目的诗歌群体。

朦胧诗是20世纪80年代中国最早的“解冻文学”，文学资源主要来自西方现代派文学和中国20世纪二三十年代的现代派诗歌，超前性地提出了小说界“85新潮”后才提出的命题，即思想上的存在主义和艺术上的现代主义。加之语言“拒绝透明”，在当时仍以“政治抒情诗”为主导的主流诗歌界颇显“异质性”。对于这些令人“不胜骇异”的诗歌，很多老诗人都表示“看不懂”。1980年8月，章明在《诗刊》发表《令人气闷的“朦胧”》一文，批评这些诗歌朦胧晦涩。“朦胧诗”因此得名。但也有支持者称赞这些诗是对“权威和传统的神圣性”挑战的艺术革新潮流，是“新的美学原则的崛起”。

朦胧诗在论争中影响迅速扩大，确立了自己在中国当代诗歌转折期的主导地位。1984年以后崛起的更新一代的诗人，被称为“后朦胧诗人”“第三代”“新生代”。

朦胧诗最具代表性的诗人是北岛、舒婷、顾城、江河和杨炼。北岛的诗歌最能代表“朦胧诗”的怀疑、否定精神，代表作有《回答》《宣告》《结局或开始》。舒婷的诗复活了中国新诗中表达内心的脉络，也具有女性特别的敏感和自强意识，代表作有《致橡树》《惠安女子》《神女峰》。顾城被称为“童年诗人”，以一种偏执的任性追求童年般纯粹的诗境，代表作有《一代人》《我是一个任性的孩子》《安慰》。江河和杨炼都具有写民族历史的“史诗”意识，作品多为长诗、组诗。江河的代表作有《祖国啊，祖国》《纪念碑》《太阳和他的反光》，杨炼的代表作有《诺日朗》《大雁塔》《半坡》。

寻根文学

1983—1984年，一些以“知青作家”为主的中青年作家发起“寻根”问题的讨论。1985年“寻根派”正式打出旗号，主要的宣言性文字有：韩少功《文学的“根”》、郑万隆《我的根》、李杭育《理一理我们的“根”》、阿城《文化制约着人类》等。他们认为，中国文学应该建立在广泛而深厚的“文化开掘”之中，开掘这块古老土地的“文化岩层”，用现代意识探寻民族文化的得失，才能获得民族精神自救的能力，与“世界文学”对话。

文学“寻根”的提出，还存在着文学本身的更为直接的动机。迫切“走向世界”的当代作家意识到，追随西方某些作家、流派，即使模仿得再好，也不能成为独创性的艺术创造。在他们看来，以“世界文学”为视镜，从中国文化中寻找有生命力的东西，才是重建中国文学的可行之路。由此提出“越是民族的，越是世界的”这个口号。“寻根”作家的想法，为美国南方作家福克纳和拉丁美洲作家马尔克斯等的文学成就所启发并验证。特别是同属于“第三世界”的马尔克斯1982年获得诺贝尔文学奖，对于充满焦虑并野心勃勃的中国作家产生直接激励作用。

寻根文学作品大都与某一特定地域的文化相关，特别注重发掘偏远地域的民情风俗以及儒家正统文化以外的道家思想和禅宗思想。知青作家大都以插队地区作为“寻根”的落脚点，如韩少功的《爸爸爸》《女女女》以及后来的《马桥词典》，李杭育的“葛川江系列”，郑义的《老井》，阿城的《棋王》《树王》《孩子王》，王安忆的《小鲍庄》。一些以家乡民俗为主要写作题材的作家作品也被纳入“寻根文学”范畴，如汪曾祺的《受戒》《大淖记事》，贾平凹的“商州系列”，邓友梅的《那五》《烟壶》等“京味小说”，冯骥才的《神鞭》《三寸金莲》等“津味小说”。莫言1985年发表的成名作《透明的红萝卜》是“寻根文学”的代表作，此后他的大部分作品都以家乡为背景，有意识地学习福克纳，建构“高密东北乡”的文学世界，2012年成为第一个获得诺贝尔文学奖的中国籍作家。

现代派文学

1985年前后，当代文学创新意识高涨，“现代派小说”和“寻根文学”是首先出现的创新潮流。这一时期，《人民文学》《北京文学》《上海文学》《收获》等刊物先后发表了一批由青年作家创作的“现代派”小说：刘索拉《你别无选择》《蓝天绿海》，徐星《无主题变奏》，陈村《一天》，残雪《公牛》《山上的小屋》等，引起批评家的热烈反响，被称为“现代派小说”。

“现代派小说”的命名，反映了20世纪80年代以来文学创新者的广泛期望：中国能诞生像西方那样的“现代派”作品。这一期待，由80年代前期一系列的事实所推动和加强：王蒙对“意识流”、宗璞对荒诞变形等现代小说技法的应用，高行健《现代小说技巧初探》(1982)的出版，以及李陀、刘心武、冯骥才等新潮编辑、作家围绕这本书的通信；关于西方现代派文学的论争(1982—1984)，李陀的《七奶奶》《自由落体》等小说做的“实验”等。

“现代派小说”试图超越特定时空的社会政治，摆脱经典现实主义方法，追求“本体意味”的形式和“永恒”的生存命题；用荒诞变形的艺术方法，来质疑当代基于某种价值标准之上的观念和行为规范。通常认为，刘索拉、徐星的小说与《麦田里的守望者》(塞林格)、《在路上》(凯鲁亚克)、《第二十二条军规》(海勒)等存在某种联系。但也有批评家认为，刘索拉和徐星所表达的，与其说是反抗现代社会的“非理性”精神，不如说是刚走出“文革”阴影的一代人，在现代化、民主化进程中，对于人性、自由精神，对于主体创造性追求的“历史情绪”。也有人认为，这些小说还算不上“严格意义上的现代派小说”，因此又有“伪现代派”之说。

先锋小说

继“现代派小说”和“寻根文学”之后，一批更年轻的新潮作家将创新点指向“形式实验”，提出“重要的不是‘写什么’而是‘怎么写’”。他们重视“形式的自觉”，即小说的“虚构性”和叙述方法、叙述语言上的变化。这种创新倾向在1987年左右形成潮流，被称为“先锋小说”。

马原1984年发表的小说《拉萨河女神》，是当代内地第一部将叙述置于重要地位的小说，小说中展现的“叙述圈套”在当时引起了广泛关注。随后，他又发表了《冈底斯的诱惑》《西海无帆船》《虚构》《阅读大师》等小说，成为“先锋小说”的先锋。洪峰1986年的《奔丧》、1987年的《瀚海》《极地之侧》继续在这一方向上探索。1987年，更多的“先锋小说”代表作家作品涌现出来，有余华的《十八岁出门远行》《西北风呼啸的中午》《四月三日事件》，格非的《迷舟》，孙甘露的《信使之函》，苏童的《桑园留念》。在以后的几年里，上述作家还发表了许多重要作品，如余华的《现实一种》《世事如烟》《劫数难逃》，苏童的《罂粟之家》《仪式的完成》《妻妾成群》，格非的《没有人看见草生长》《褐色鸟群》，孙甘露的《访问梦境》《请女人猜谜》等。

先锋小说的创新理论资源主要来自法国新小说的“零度写作”理论、阿根廷作家博尔赫斯的“后现代小说”创作论，以及美国20世纪60和70年代的“反小说”理论。先锋作家们把叙事和语言本身看作审美对象，运用虚构、想象手段，进行叙述方法的实验。有人还把实验本身写入小说中，打破传统小说竭力营造的“真实世界”的幻象。比如，马原就明确指出他的小说是一种编造，“我就是那个叫马原的汉人”是经常出现在他小说里的句子，这种句式成为先锋小说一个颇具标识性的表述。这样的写法对创作界产生了重大冲击，为文坛带来了文体、语言、形式的自觉意识。

先锋小说的激进实验进行数年之后，以形式和叙事方式为主要探索目标的局限性日渐显露，不可避免地走向为形式而形式的偏误。在 20 世纪八九十年代“转折”的历史语境中，先锋小说的写作很快分化，大多数的小说“先锋”色彩减弱，开始与历史元素结合，故事性增强。这一时期创作出了一些讲究叙述技巧但可读性较强的作品，如苏童的《妻妾成群》《红粉》，余华的《活着》《许三观卖血记》等，有的作品还被改编成影视剧。

“女性文学”创作

“女性文学”的概念在 20 世纪 80 年代被提出，主要有两方面的原因：一是女性作家大量涌现，作品的数量和质量都不容忽视；二是西方女性主义理论的引入，增强了“女性意识”。从女性主义理论出发，“女性文学”被限定为女性作家描写女性生活的作品，并且具有一定的“女性意识”，即对女性的历史状况、现实处境和生活经验进行探究和描写，既要显示出与男性作家不同的观点、态度和语言表达方式，又要表现一种女性“独立”的主体意识。

不过，在 20 世纪 80 年代，女作家的创作呈现出一种矛盾的趋向。一方面，由于 20 世纪 50—70 年代，对“时代不同了，男女都一样”的“男女平等”观念的强调，社会生活和文学表达都普遍忽视也有意遮蔽男女性别上的差异，女性参与写作不再是一种需要争取的“权利”。女作家大多热衷于重大社会题材，倾向于淡化性别特征的表达方式。另一方面，在 80 年代的整体文化心理上，由于市场经济的兴起，出现了某种对传统文化的潜在倾斜的倾向。这种倾向在性别上表现为“女性”身份的重新发现，即一种“常识”性（实际上携带着封建传统印记）的关于“女性化风格”的想象，如纯净、抒情、柔美、细腻。因此，80 年代女性创作存在一种悖论式情境，“女性化”风格因受到读者欢迎而成了“女作家”的优势，而她们的文化观念和自强意识又促使她们超越这一性别特征。她们大都不愿被称为“女作家”,也不愿承认是“女性主义者”。这一情境既是女作家的创作矛盾,也是她们创作活力的部分来源。

80年代重要的女性作家创作的具有较强“女性意识”的作品有:谌容《人到中年》《懒得离婚》,张洁《爱,是不能忘记的》《祖母绿》《方舟》,王安忆“三恋”《小城之恋》《荒山之恋》《锦绣谷之恋》,铁凝《玫瑰门》,等等。

▶▶▶ 市场背景下的文学生产

1984年,随着城市体制改革的深入,文艺体制改革也提上了日程。这一年,有关部门针对文学期刊、出版社的体制改革颁布了两个重要决定:规定出版单位要从“单纯的生产型”转为“生产经营型”;期刊除少数必须补贴的外,一律“独立核算,自负盈亏”。1992年邓小平“南方谈话”以后,市场经济全面展开。“市场化”成为中国当代文学生产的新的背景。

中国当代文学的“市场化”转型是在各个环节(发表、出版、销售、评介、稿酬等)中发生的,并具有中国特色,即从计划经济体制下的意识形态生产的一部分,向以市场为主导的消费性文化生产的一部分转型,同时仍保留着政府在意识形态上的控制和某种行业的政策保护。比如,文学期刊必须有“刊号”,图书出版必须有“书号”,民营资本只能进入书刊销售环节,不能创办出版社和刊物。与此同时,经济全球化的到来也加快了中国当代文学“市场化”转型的进程。

90年代以后,文学期刊陆续改版,尤其是在传闻即将“断奶”(即政府停止补贴,文学期刊自负盈亏)的世纪末前后,发生了大规模的期刊改版潮,标志着当代文学生产地基发生了重大变化。但文学期刊的改版大都不成功,并未获得“造血功能”。事实上,政府也并未“断奶”,一些重要期刊甚至获得了越来越高的政府资助。然而,在市场化转型中,文学期刊越来越被边缘化,读者大量流失,尤其是年轻读者流失严重,文学期刊的影响力大大降低。

90年代“长篇热”的现象也与文学市场化有直接关系，背后往往有出版社的推动。长篇小说具有一种“文体的经济性”，更适于策划、宣传和营销，适合读者阅读，作者稿酬也更高。不断有作品与出版运作、广告宣传配合而构成“畅销”热点现象，如《王朔文集》的出版，《北京人在纽约》《曼哈顿的中国女人》等“移民文学热”，《废都》《白鹿原》等小说出版形成的“陕军东征”等。这些现象说明，文学作品的存在，并不仅仅是作家的“个人”行为，而成为从写作、出版到流通各个环节都受到市场选择和干预的“集体”行为。

文学生产的“市场化”转型后，出现了一些靠稿费、版税生活的“体制外”作家，如王朔、王小波，也出现了一些体制内作家“下海”的现象。越来越多的作家则参与一些有丰厚报酬的“亚文学”写作，如影视剧作、纪实文学、通俗小说、广告文学。还有一种比较普遍的现象是，小说家在写作时便计划改编成影视剧，影视剧的创作原则无形中影响到了小说的创作。

20世纪90年代以来的大众文学

20世纪90年代以后，中国社会进入消费社会，“大众文化”成为人们的主要文化需求。“大众文化”生产是一种以满足消费者需求为目的而进行的大规模文化生产。在大众文学生产机制中，读者变成了消费者，他们的选择权起主导作用。因而，大众文学与体制内的“主流文学”和文学精英倡导的“纯文学”“高雅文学”有明显不同，它是以娱乐性为主要功能的商业文学。三者之间互有博弈，但又彼此渗透。

自80年代起，金庸、古龙、琼瑶等港台武侠、言情小说作品以各种形式大量涌入，在内地读者中产生了广泛影响。在80年代末到90年代初的几年间，四川几位男性作家化名“(香港)雪米莉”，通过“二渠道”(体制外的出版发行渠道）推出了一些颇有销路的畅销书“男字系列”“女字系列”。这一现象说明内地已经出现一个颇为庞大的消费市场，急需建立本土大众文学生产机制。

1993年年底，春风文艺出版社推出“布老虎”丛书，总策划安波舜邀请多位知名作家加盟（至2002年共出版22部，包括洪峰《苦界》《中年底线》，铁凝《无雨之城》《大浴女》，赵玫《朗园》，梁晓声《泯灭》，王蒙《暗杀－3322》，叶兆言《走进夜晚》，张抗抗《情爱画廊》，皮皮《渴望激情》《比如女人》等），其目标读者以“白领阶层”为主，旨在出版“雅俗共赏”的作品。“布老虎”的成功，代表着畅销丛书的成功，这给中国出版业带来了“品牌畅销书”的概念。2000年因卫慧《上海宝贝》一书被查禁，“布老虎”丛书编辑部及春风文艺出版社被整顿，这说明畅销书的内容需加强审读，严格把关，使其内容健康，符合社会主义主流价值观。

在大众文学生产领域，较为成功的是“80后”青春写作。“80后”作家虽然大都出身于《萌芽》杂志主办的“新概念”作文大赛，但之后的“走红”基本靠市场。青春写作的作家与读者之间逐渐形成独立于传统写作和主流文坛之外的循环，即“80后”作者写给“80后”读者。一些具有号召力的“80后”作家自身就是大众文学出版的经营者。如郭敬明2004年成立“岛”工作室，2006年创办青春文学杂志《最小说》，2010年又创建上海最世文化发展有限公司；韩寒2010年曾主编《独唱团》，停刊后又于2012年创办了网络文艺期刊《ONE·一个》；2008年张悦然主编的杂志《鲤》创刊（江苏文艺出版社）；2010年，笛安主编的《文艺风赏》、落落主编的《文艺风象》创刊（均由长江文艺出版社出版）。这些杂志成批量地生产着“80后”不同群落消费者的文学产品。“80后”作家的另一特点是充分调动粉丝文化机制，郭敬明和韩寒都堪称偶像明星式作家，多方位经营自己的偶像形象，并都曾执导影片。他们的创作往往是跨媒介的，最具代表性的是郭敬明的《小时代》，该系列长篇曾登上《人民文学》杂志（2009年第8期，总第600期“新锐作家专号”），同时在《最小说》杂志发表，作为畅销书出版，并改编为系列电影，产生了很大影响。

20世纪90年代末以后，伴随着网络时代的到来，商业文学网站成为中国大众文学最大的生产基地。诞生于新媒介的网络文学创建了全新的生产机制，网络类型小说获得飞速发展，创造出奇观式的繁荣局面。

网络文学

作为一种新媒介文学，严格而言，网络文学并非指一切在网络发布、传播的文学，而是指在网络空间里生产的文学。网络不仅是网络文学的一个发布平台，更是一个生产空间。虽然目前长篇类型小说占据中国网络文学的主流，但网络文学具有多种形态，如中短篇小说、诗歌、散文等，也包括在此前"纸质文学"时代未曾出现的文学形态（如"直播贴""段子"等）。从媒介革命的视野出发，网络文学的核心是"网络性"，主要包括"超文本性"、植根于"粉丝经济"的"部落性"（"情感共同体"的文学生活方式）、与ACG[Animation（动画）、Comic（漫画）、Game（游戏）]文化的连通性，等等。

中国网络文学的"先声"来自北美留学生，全球第一份中文电子周刊《华夏文摘》(1991)、第一份中文网络文学刊物《新语丝》(1994年)均诞生于北美留学生群体之中。第一部在中国国内产生广泛影响的网络文学作品是痞子蔡的《第一次的亲密接触》（台湾成功大学BBS论坛，1998年3月）。中国成立最早、规模最大的专业性文学网站是美籍华人朱威廉建立的"榕树下"(1997年12月)。

被称为"网上《收获》"的"榕树下"在传统文学界影响很大，是以编审制度为统摄的文学网站，采用的仍是从纸媒逻辑出发的建站模式。更具网络基因属性、奠定网络文学后来发展基础的，是金庸客栈（1996—2004）、清韵书院（1998—2008）开启的"论坛模式"，这一"网友自由发帖"

“即时互动”的“去中心化”模式，经西陆论坛（1999年成立）发展，孕育出龙的天空（2001年成立）、幻剑书盟（2001—2014）、起点中文网（2002年成立）三大商业文学网站。起点中文网以成功创立VIP付费阅读制度（2003年10月）而后来居上，以后又逐步建立了职业作家制度和粉丝推介制度，从而形成了一套完整的网络文学生产消费机制，打造出了“起点模式”，奠定了中国网络文学的基本形态。在中国网络文学发展的总体格局中，起点中文网长期处于领先和主导地位，促进了网络文学的高速发展。

网络类型小说的“类型”是按消费者的基本欲望和审美趣味的差异形成的，因而有“男性向”“女性向”之分，落实到网站设置上分别为“男频”“女频”。

男频网文的直接源头是港台武侠小说和奇幻、玄幻小说，同时受到欧美桌游、电子游戏的影响。在起点中文网之外，还有17K小说网（2006年成立）、纵横中文网（2008年成立）等重要网站。主要类型有：奇幻类、仙侠类、历史（穿越、架空）类、玄幻（升级）类、都市（官场、职场）类等。代表性作家有血红、唐家三少、我吃西红柿、天蚕土豆、梦入神机、辰东等“大神”，也诞生了具有“文青气质”的作家，如猫腻、烟雨江南、烽火戏诸侯、愤怒的香蕉等。

“女性向”网文受港台言情小说、日本耽美文化影响而兴起，粉丝文化特征更加鲜明。重要网站有露西弗俱乐部（1999年成立）、晋江文学城（1999年成立）、红袖添香小说网（1999年成立）、潇湘书院（2000年成立）、言情小说吧（2005年成立）、起点女生网（2009年成立）、云起书院（2013年成立）、长佩文学论坛（2010年成立）等。其中，聚集大量“腐女”的晋江文学城被视为“女性向文学大本营”。女频网文主要类型有：现代（都市）言情、古代言情、耽美（纯爱）和同人等。代表性作家有风弄、Priest、非天夜翔、顾漫、流潋紫等。

中国网络文学的发展受到了网络技术、商业模式、政治因素的影响。随着中国互联网技术的发展（例如带宽增加、3G和4G技术智能手机普及)，网络文学在2010年前后从“PC时代”进入“移动时代”，随后又进入了“IP(Intellectual Property)时代”。政治监管一直伴随着网络文学的发展，特别在2014年“净网行动”以后，不断加大的审查力度和“现实题材”写作方向的引导，都为网络文学的发展带来了规范性影响。

截至2018年年底，中国网络文学读者达4.3亿人，作者达1 755万人，作品2 000多万部，其规模和活跃度都堪称奇观。2010年前后，中国网络文学开始向海外传播，最初在东南亚地区产生了影响。2014年年底，以粉丝翻译网wuxia world的建立为开端，开始在西方世界传播。2017年5月，阅文集团旗下的海外平台起点国际(webnovel.com)正式上线。截至2018年年底，以各种语言阅读中国网文的海外粉丝有数百万之众。中国网络文学海外传播的影响力受到各界的高度重视。

田汉的戏剧创作

田汉(1898—1968)，本名田寿昌，湖南人。中国现代戏剧和电影事业的奠基人之一。“五四”时期与郭沫若等组织创造社，倡导新文学。1927年创办南国社，为我国现代戏剧事业培养了大批优秀的戏剧人才。他在20世纪20年代创作的话剧《咖啡店之一夜》《名优之死》，表现年轻人面对黑暗现实所产生的苦闷、思索以及对光明的追寻；30年代的《回春之曲》表现抗日爱国情怀，这些作品都带有浪漫的情愫和温馨、轻柔的韵致，曾产生很大影响。1930年，田汉发起了中国左翼戏剧家联盟，领导和推动了左翼剧运的发展。田汉也是我国电影事业的开拓者之一，他的第一个电影剧本《翠艳亲王》写于1925年，是我国最早的电影剧本之一。田汉又是我国戏曲事业最早且贡献最大的改革者之一。新中国成立后，他参与整理改编了我国传统戏曲剧目，其中京剧剧目就达900多个。田汉为电影《风云儿女》的插曲《义勇军进行曲》作词，这首歌后来成为我国的国歌。

欧阳予倩的戏剧、电影创作

欧阳予倩(1889—1962),湖南浏阳人,天才的戏剧家和电影艺术家,能编能导能演,是艺术"全才",在话剧、京剧、电影、舞蹈、音乐等领域都有卓越的建树。

欧阳予倩是中国话剧最早的催生者之一,1907年在日本留学时参加话剧团体春柳社,并在话剧《黑奴吁天录》中饰演了两个角色。1913年创作话剧《鸳鸯剑》,取材于《红楼梦》。后来陆续写过《泼妇》《回家以后》《潘金莲》等比较著名的剧本。抗战时期又创作了话剧《上海之战》和历史剧《忠王李秀成》。1921年,与沈雁冰、郑振铎、熊佛西、陈大悲等组织"民众戏剧社",随后又加入"戏剧协社"。这些都是"五四"时期影响很大的演剧团体。

欧阳予倩有京剧青衣唱功做功底,1915—1928年,做过京剧职业演员,同时担任编剧和导演;编写过京剧剧目18出,自导自演剧目29出;还改编过传统剧目约50出,他编写和导演的"红楼戏"最具特色,如《鸳鸯剑》《馒头庵》《宝蟾送酒》《黛玉焚稿》等,很受观众欢迎。他所参与编、导、演的京剧往往吸收了话剧等现代艺术精华,而他的话剧创作中又带有某些传统戏曲的韵味。

他还跨界电影,是20世纪二三十年代最"当红"的电影编剧和导演。主要作品《玉洁冰清》《天涯歌女》《新桃花扇》《清明时节》《海棠红》《人面桃花》《如此繁华》等,都是他自编自导的电影作品,在当年影响很大。

欧阳予倩还是中国戏剧艺术教育的奠基人。1919年担任南通伶工学社的主任,革除梨园陈规陋习,创办更俗剧场;1929年创办广东戏剧研究所并附设戏剧学校、音乐学校;1931年加入中国左翼戏剧家联盟,并组织"现代剧团";新中国成立后,担任过中央戏剧学院院长、中国戏剧家协会副主席、舞蹈家协会主席。

▶▶▶ 夏衍的话剧、电影创作

夏衍(1900—1995),浙江杭州人,著名的文学、电影、戏剧作家和社会活动家,中国左翼电影运动的开拓者、组织者和领导者之一。

夏衍早年参加"五四"运动,编辑进步刊物《浙江新潮》。1929 年参与筹建中国左翼作家联盟,任执行委员,后发起并组织中国左翼戏剧家联盟。抗战时期在桂林创办影响较大的《救亡日报》。新中国成立后历任上海市委常委、上海市宣传部部长、文化部副部长、中国文联副主席等职。1994 年被国务院授予"国家有杰出贡献的电影艺术家"称号。主要的话剧剧本创作有《心防》《法西斯细菌》《秋瑾传》《芳草天涯》《上海屋檐下》等。创作改编的电影剧本有《狂流》《春蚕》《祝福》《林家铺子》等。他的报告文学《包身工》曾收入中学语文教材。

夏衍的话剧和电影创作善于表现普通知识分子与小市民平凡的人生,从"几乎无事"的日常生活中发掘内在的悲剧性与喜剧性。他的《上海屋檐下》所展开的就是上海弄堂里普通的两层楼房内每天都在静悄悄地发生着的各种故事:琐碎的争吵、隐忧、痛苦、窘困、悔恨、不平、牢骚、企望……剧作家在市民家庭司空见惯的感情摩擦和人事纠纷中独具慧眼:在这黄梅天气里,不仅生活发着霉,连人们的灵魂深处也长着霉;冲破这沉重的阴霾,就有光明的热望。这种取材的平凡性、构思的朴素性与内在的深刻性,构成了夏衍创作的鲜明特色。《上海屋檐下》在同一舞台空间里,同时展开五户人家的悲喜剧,同时写出命运、性格各不相同的十几个人物,充分显示了夏衍简约、谨严、含蓄的艺术风格。对每一户人家命运的揭示、每一个人物性格的刻画,都抓住主要特征,进行了准确、传神的勾勒,做到用笔的极端简洁与鲜明,留下了大量的艺术空白,让观众去想象、去补充;同时又赋予"黄梅天气"以多层的象征意义,让五户人家个性鲜明的十多个人物统一在忽阴忽晴的氛围与色调之下，形成一幅浑然一体的艺术图景。剧作家带着浓厚的人道主义的观点去看待人生，关注大时代中人的命运，特别是人的心灵、微妙的精神世界，这让他的作品充满了人情味，产生了类似契诃夫含泪的微笑的艺术风格。

影视文学

影视文学是伴随电影、电视艺术的繁荣而出现的一种新的文学样式，它既是影视剧创作的文学脚本，又具有文学审美价值。影视文学已经成为中国现当代文学的一个组成部分。影视文学主要指剧本，是一剧之本，也是影视作品成型的前提。影视剧本应当有可读性，可以当作文学作品来读，但它的写作目的主要是拍成电影或者电视，而不只是提供给一般读者阅读。影视创作要根据剧本，但在拍摄制作的过程中，剧本会因修改而产生变化，承载着导演、演员的再创作。探讨影视文学，不能仅限于剧本，而应同时关注影视艺术制作的编、导、演、摄等全过程。

影视文学具有一般小说或者戏剧的基本要素，比如要有故事情节、矛盾冲突、人物形象、语言行动、场景氛围等，其中核心是人物形象的塑造。人物形象是否鲜明、生动，是否蕴含深刻的思想内容与情感，是衡量影视剧本文学价值的主要依据，也是能否成就影视作品艺术魅力的重要因素之一。影视文学可以给人们带来阅读与欣赏的审美趣味，具备“可读性”。与此同时，影视文学还要考虑如何“转化”为影视艺术，其主题思想、故事情节、人物形象、语言行为等，都要尽可能拥有鲜明的视觉传播力，具备“可拍性”。影视文学是影视艺术产生的基础，而影视艺术则构成了对影视文学的发展和超越，影视文学与影视艺术既相辅相成，又相对独立。一部优秀的文学作品不一定能成为成功的影视作品，反之，成功的影视作品不一定改编自一流的文学作品。

中国早期电影人如郑正秋、张石川、蔡楚生、田汉、孙瑜等基本上都是集文学家与电影家的身份于一体的。1905年诞生的中国第一部电影《定军山》，取自谭鑫培主演的同名京剧片段。1933年，夏衍根据茅盾同名小说改编的电影剧本《春蚕》的问世，标志着新文学在银幕上开辟了一个新的阵地。此后，小说开始逐渐取代戏剧成为影视剧改编的主要来源。20世纪80年代以来，大量文学著作被改编为影视剧本，并搬上银幕。以张艺谋、陈凯歌、冯小刚等为代表的导演，从文本到影像的改编出发，对文学著作进行或忠实、或曲解、或背离、或戏仿式的改编。大量中国影视艺术优秀作品的呈现，得益于中国现当代文学史上所涌现的优秀文学作品，在根据文学作品改编的电影中，影响较大的有《红高粱》(改编自莫言同名小说《红高粱》)、《大红灯笼高高挂》(改编自苏童的小说《妻妾成群》)、《霸王别姬》(改编自李碧华同名小说《霸王别姬》)、《活着》(改编自余华同名小说《活着》)、《金陵十三钗》(改编自严歌苓同名小说《金陵十三钗》)、《一九四二》(改编自刘震云的小说《温故一九四二》)、《流浪地球》(改编自刘慈欣同名小说《流浪地球》)。根据同时代文学作品改编的电视剧中，影响较大的有《北京人在纽约》(改编自曹桂林同名小说《北京人在纽约》)、《过把瘾》(由王朔《过把瘾就死》《永失我爱》《无人喝彩》3部小说改编)、《激情燃烧的岁月》(改编自石钟山的小说《父亲进城》)、《青衣》(改编自毕飞宇同名小说《青衣》)、《尘埃落定》(改编自阿来同名小说《尘埃落定》)、《血色浪漫》(改编自都梁同名小说《血色浪漫》)、《暗算》(改编自麦家同名小说《暗算》)、《潜伏》(改编自龙一同名小说《潜伏》)、《平凡的世界》(改编自路遥同名小说《平凡的世界》)、《白鹿原》(改编自陈忠实同名小说《白鹿原》)。

参考书目

1. 陈子善. 中国现代文学编年史：以文学广告为中心(1937—1949)[M]. 北京：北京大学出版社，2013.

2. 丁帆，朱晓进. 中国现代文学史[M]. 北京：北京大学出版社，2011.

3. 洪子诚. 中国当代文学史[M]. 2 版. 北京：北京大学出版社，2007.

4. 黄曼君，朱寿桐. 中国现代文学史[M]. 武汉：武汉大学出版社，2012.

5. 孟繁华，程光炜. 中国当代文学发展史[M]. 2 版. 北京：北京大学出版社，2009.

6. 钱理群，温儒敏，吴福辉. 中国现代文学三十年[M]. 2 版. 北京：北京大学出版社，2016.

7. 温儒敏，赵祖谟. 中国现当代文学专题研究[M]. 北京：北京大学出版社，2002.

8. 温儒敏，李宪瑜，贺桂梅，姜涛，等. 中国现当代文学学科概要[M]. 北京：北京大学出版社，2005.

9. 温儒敏.《中国现代文学三十年》学习指导[M]. 北京：北京大学出版社，2007.

10. 吴宏聪，范伯群. 中国现代文学史自学辅导[M]. 武汉：武汉大学出版社，2000.

11. 严前海. 影视文学批评学[M]. 广州：花城出版社，2016.

12. 朱栋霖，朱晓进，龙泉明. 中国现代文学史[M]. 北京：北京大学出版社，2007.

图书在版编目(CIP)数据

中国现代文学通识读本 / 温儒敏主编. -- 北京 :中国传媒大学出版社, 2020.9
(2025.11 重印)
(文史哲通识读本丛书 / 廖祥忠总主编)
ISBN 978-7-5657-2721-4

Ⅰ. ①中… Ⅱ. ①温… Ⅲ. ①中国文学—现代文学史—教材 Ⅳ. ①I209.6

中国版本图书馆 CIP 数据核字(2020)第 105662 号

中国现代文学通识读本
ZHONGGUO XIANDAI WENXUE TONGSHI DUBEN

主　　编 温儒敏
策划编辑 曾白凌　蔡开松
统　　筹 彭明哲　江　力
责任编辑 李水仙
责任印制 李志鹏
封面设计 拓美设计

出版发行 中国传媒大学出版社
社　　址 北京市朝阳区定福庄东街 1 号　**邮　　编** 100024
电　　话 86-10-65450528　65450532　**传　　真** 65779405
网　　址 http://cucp.cuc.edu.cn
经　　销 全国新华书店

印　　刷 三河市东方印刷有限公司
开　　本 710mm×1000mm　1/16
印　　张 19.25
字　　数 276 千字
版　　次 2020 年 9 月第 1 版
印　　次 2025 年11月第 6 次印刷

书　　号 ISBN 978-7-5657-2721-4　**定　　价** 68.00 元

本社法律顾问:北京嘉润律师事务所　郭建平